天音网站（SM）弹出式广告

U0116078

天音网站（SM）主页

天音网站（SM）留言页面

天音网站（SM）子页1

天音网站（SM）子页2

幸福一家网站（p2）主页

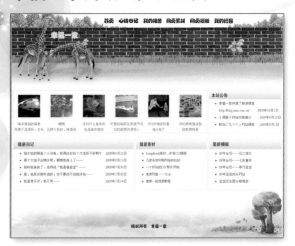

幸福一家网站（p2）子页1

幸福一家网站（p2）子页2

柠檬网站（lemon）主页

柠檬网站（lemon）子页

火百合网站（lily）弹出式窗口

火百合网站（lily）子页2

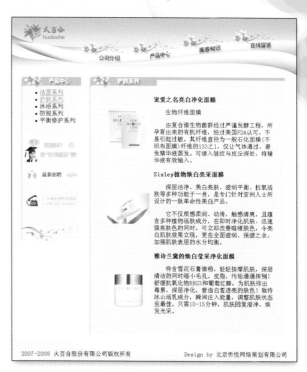

火百合网站（lily）主页

火百合网站（lily）子页3

火百合网站（lily）子页1

火百合网站（lily）子页4

个人网站（personal）主页

个人网站（personal）子页1

个人网站（personal）子页2

金企鹅计算机畅销图书系列

新世纪计算机教育名师课堂
中德著名教育机构精心打造

中文版 Dreamweaver 8
实例与操作

德国亚琛计算机教育中心

        联合策划

北京金企鹅文化发展中心

主编　戴晟晖　常春英

航空工业出版社

北　京

内 容 提 要

　　Dreamweaver 是目前最优秀的网页制作软件之一，本书结合 Dreamweaver 的实际用途，按照系统、实用、易学、易用的原则详细介绍了 Dreamweaver 的各项功能，内容涵盖网页制作基本知识、Dreamweaver 8 入门、使用表格布局网页、编辑基本网页元素、应用动画和多媒体元素、应用超链接和行为、使用 CSS 美化网页、应用模板和库、使用框架布局网页、动态网页制作入门，以及发布站点等。

　　本书具有如下特点：（1）全书内容依据 Dreamweaver 的功能和实际用途来安排，并且严格控制每章的篇幅，从而方便教师讲解和学生学习；（2）大部分功能介绍都以"理论+实例+操作"的形式进行，并且所举实例简单、典型、实用，从而便于读者理解所学内容，并能活学活用；（3）将 Dreamweaver 的一些使用技巧很好地融入到了书中，从而使本书获得增值；（4）各章都给出了一些精彩的综合实例，便于读者巩固所学知识，并能在实践中应用。

　　本书可作为中、高等职业技术院校，以及各类计算机教育培训机构的专用教材，也可供广大初、中级电脑爱好者自学使用。

图书在版编目（CIP）数据

中文版 Dreamweaver 8 实例与操作 / 戴晟晖，常春英主编. —北京：航空工业出版社，2010.6
　　ISBN　978-7-80243-485-1

　Ⅰ. 中… Ⅱ. ①戴…②常… Ⅲ. 主页制作—图形软件，
Dreamweaver 8　Ⅳ. TP393.092

中国版本图书馆 CIP 数据核字（2010）第 063845 号

中文版 Dreamweaver 8 实例与操作
Zhongwenban Dreamweaver 8 Shili yu Caozuo

航空工业出版社出版发行
（北京市安定门外小关东里 14 号　100029）
发行部电话：010-64815615　　010-64978486

北京市科星印刷有限责任公司印刷　　　　全国各地新华书店经售

2010 年 6 月第 1 版　　　　　　　　　2010 年 6 月第 1 次印刷

开本：787×1092　　　1/16　　　印张：18.75　　字数：445 千字

印数：1—5000　　　　　　　　　　　　　　　　　定价：32.00 元

致亲爱的读者

亲爱的读者朋友，当您拿到这本书的时候，我们首先向您致以最真诚的感谢，您的选择是对我们最大的鞭策与鼓励。同时，请您相信，您选择的是一本物有所值的精品图书。

无论您是从事计算机教学的老师，还是正在学习计算机相关技术的学生，您都可能意识到了，目前国内计算机教育面临两个问题：一是教学方式枯燥，无法激发学生的学习兴趣；二是教学内容和实践脱节，学生无法将所学知识应用到实践中去，导致无法找到满意的工作。

计算机教材的优劣在计算机教育中起着至关重要的作用。虽然我们拥有10多年的计算机图书出版经验，出版了大量被读者认可的畅销计算机图书，但我们依然感受到，要改善国内传统的计算机教育模式，最好的途径是引进国外先进的教学理念和优秀的计算机教材。

众所周知，德国是当今制造业最发达、职业教育模式最先进的国家之一。我们原计划直接将该国最优秀的计算机教材引入中国。但是，由于西方人的思维方式与中国人有很大差异，如果直接引进会带来"水土不服"的问题，因此，我们采用了与全德著名教育机构——亚琛计算机教育中心联合策划这种模式，共同推出了这套丛书。

我们和德国朋友认为，计算机教学的目标应该是：让学生在最短的时间内掌握计算机的相关技术，并能在实践中应用。例如，在学习完 Word 后，便能从事办公文档处理工作。计算机教学的方式应该是：理论+实例+操作，从而避开枯燥的讲解，让学生能学得轻松，教师也教得愉快。

最后，再一次感谢您选择这本书，希望我们付出的努力能得到您的认可。

北京金企鹅文化发展中心总裁

致亲爱的读者

亲爱的读者朋友，首先感谢您选择本书。我们——亚琛计算机教育中心，是全德知名的计算机教育机构，拥有众多优秀的计算机教育专家和丰富的计算机教育经验。今天，基于共同的服务于读者，做精品图书的理念，我们选择了与中国北京金企鹅文化发展中心合作，将双方的经验共享，联合推出了这套丛书，希望它能得到您的喜爱！

德国亚琛计算机教育中心总裁

一本好书首先应该有用，其次应该让大家愿意看、看得懂、学得会；一本好教材，应该贴心为教师、为学生考虑。因此，我们在规划本套丛书时竭力做到如下几点：

➤ **精心安排内容。**计算机每种软件的功能都很强大，如果将所有功能都一一讲解，无疑会浪费大家时间，而且无任何用处。例如，Photoshop 这个软件除了可以进行图像处理外，还可以制作动画，但是，又有几个人会用它制作动画呢？因此，我们在各书内容安排上紧紧抓住重点，只讲对大家有用的东西。

➤ **以软件功能和应用为主线。**本套丛书突出两条主线，一个是软件功能，一个是应用。以软件功能为主线，可使读者系统地学习相关知识；以应用为主线，可使读者学有所用。

➤ **采用"理论+实例+操作"的教学方式。**我们在编写本套丛书时尽量弱化理论，避开枯燥的讲解，而将其很好地融入到实例与操作之中，让大家能轻松学习。但是，适当的理论学习也是必不可少的，只有这样，大家才能具备举一反三的能力。

➤ **语言简炼，讲解简洁，图示丰富。**一个好教师会将一些深奥难懂的知识用浅显、简洁、生动的语言讲解出来，一本好的计算机图书又何尝不是如此！我们对书中的每一句话，每一个字都进行了"精雕细刻"，让人人都看得懂、愿意看。

➤ **实例有很强的针对性和实用性。**计算机教育是一门实践性很强的学科，只看书不实践肯定不行。那么，实例的设计就很有讲究了。我们认为，书中实例应该达到两个目的，一个是帮助读者巩固所学知识，加深对所学知识的理解；一个是紧密结合应用，让读者了解如何将这些功能应用到日后的工作中。

➤ **融入众多典型实用技巧和常见问题解决方法。**本套丛书中都安排了大量的"知识库"、"温馨提示"和"经验之谈"，从而使学生能够掌握一些实际工作中必备的应用技巧，并能独立解决一些常见问题。

➤ **精心设计的思考与练习。**本套丛书的"思考与练习"都是经过精心设计，从而真正起到检验读者学习成果的作用。

➤ **提供素材、课件和视频。**完整的素材可方便学生根据书中内容进行上机练习；适应教学要求的课件可减少老师备课的负担；精心录制的视频可方便老师在课堂上演示实例的制作过程。所有这些内容，读者都可从随书附赠的光盘中获取。

➤ **很好地适应了教学要求。**本套丛书在安排各章内容和实例时严格控制篇幅和实例的难易程度，从而照顾教师教学的需要。基本上，教师都可在一个或两个课时内完成某个软件功能或某个上机实践的教学。

本套丛书可作为中、高等职业技术院校，以及各类计算机教育培训机构的专用教材，也可供广大初、中级电脑爱好者自学使用。

本书内容安排

- **第 1 章**：介绍与网页制作相关的基础知识，如网页的构成元素，动态网页与静态网页概念，网页制作流程等。
- **第 2 章**：介绍 Dreamweaver 8 的工作界面，网站规划与定义，网页文档基本操作以及网页页面总体设置等。
- **第 3 章**：介绍使用表格布局网页的方法。
- **第 4 章**：介绍文本、图像等基本网页元素的输入与编辑方法。
- **第 5 章**：介绍在网页中应用动画、音乐和视频等元素的方法。
- **第 6 章**：介绍超链接和行为在网页制作中的应用。
- **第 7 章**：介绍样式表的创建与应用方法。
- **第 8 章**：介绍使用模板和库提高网页制作效率的方法。
- **第 9 章**：介绍使用框架布局网页的方法。
- **第 10 章**：介绍使用 Dreamweaver 制作动态网页的基本方法，包括安装和配置 IIS、应用表单、应用数据库等内容。
- **第 11 章**：介绍测试和发布站点的方法。
- **第 12 章**：通过一个综合实例，详细介绍了 Dreamweaver 在实际工作中的应用。
- **第 13 章**：介绍在 Dreamweaver 中应用第三方插件、网页制作技巧以及常见网页特效等内容。

本书附赠光盘内容

本书附赠了专业、精彩、针对性强的多媒体教学课件光盘，并配有视频，真实演绎书中每一个实例的实现过程，非常适合老师上课教学，也可作为学生自学的有力辅助工具。

本书的创作队伍

本书由德国亚琛计算机教育中心和北京金企鹅文化发展中心联合策划，戴晟晖、常春英主编。其中，戴晟晖老师（东华理工大学信息与电子工程学院）负责编写第 1 章至第 5 章，常春英老师（北京理工大学）负责编写第 6 章至第 13 章。

尽管我们在写作本书时已竭尽全力，但书中仍会存在这样或那样的问题，欢迎读者批评指正。另外，如果读者在学习中有什么疑问，也可登录我们的网站（http://www.bjjqe.com）去寻求帮助，我们将会及时解答。

编　者
2010 年 4 月

第 *1* 章　网页制作基本知识

当你坐在电脑前尽情欣赏网络上各式各样的网站时，是否也想在浩瀚无边的网络天地里拥有一个属于自己的网站呢？不要着急，我们从认识网页的本质起步……

1.1　认识网站与网页 ………………… 1
　1.1.1　网页的本质 ………………… 1
　1.1.2　网页的功能组成 …………… 2
　1.1.3　IP 地址、域名与网址 …… 6
　1.1.4　静态网页与动态网页 …… 7
1.2　网页设计软件和制作技术 …… 8
　1.2.1　网站管理与网页制作软件 … 8
　1.2.2　HTML 语言简介 …………… 8
1.3　网站建设流程 ………………… 11
　1.3.1　网站策划 …………………… 12
　1.3.2　收集网站素材 ……………… 13

1.3.3　设计和制作网站 …………… 14
1.3.4　空间和域名申请 …………… 14
1.3.5　测试和发布网站 …………… 14
1.3.6　推广和维护网站 …………… 15
1.4　网页设计的基本原则 ………… 16
　1.4.1　网页颜色的选择与搭配 … 16
　1.4.2　网页版式设计 ……………… 18
　1.4.3　网页尺寸 …………………… 19
本章小结 ……………………………… 19
思考与练习 …………………………… 19

第 *2* 章　与 Dreamweaver 8 初次见面

作为一名网页制作老手，我个人是比较欣赏 Dreamweaver 的，尤其是它界面的那种"辽阔"感和操作的人性化。用 Dreamweaver 制作网页，比用笔在自己的日记本里写日记还要简单，下面，便让我们来学习如何在 Dreamweaver 中规划网站、定义站点和管理网页……

2.1　熟悉 Dreamweaver 8 工作界面 … 21
　2.1.1　标题栏和菜单栏 …………… 22
　2.1.2　插入栏 ……………………… 23
　2.1.3　文档标签与文档工具栏 … 23
　2.1.4　状态栏 ……………………… 25
　2.1.5　属性面板与面板组 ……… 26

2.1.6　调整 Dreamweaver 8 工作界面 … 26
2.2　网站创建与管理 ……………… 28
　2.2.1　确定网站结构 ……………… 28
　2.2.2　定义站点 …………………… 29
　2.2.3　管理站点 …………………… 31
2.3　网页文档基本操作 …………… 31

2.3.1 网页文档和文件夹的命名规则··32　　2.4.1 设置页面属性················37

2.3.2 新建、打开和保存网页文档··32　　2.4.2 设置头信息················41

2.3.3 预览和关闭网页文档······34　　综合实例——定义站点"SM"

2.3.4 利用"文件"面板管理　　　　　　　　　　并创建网页······43

站点文件与文件夹······35　　本章小结······················45

2.4 页面总体设置··········37　　思考与练习··················46

第 *3* 章　使用表格布局网页

中国有句老话："没有规矩不成方圆。"同样道理，网页元素也要受一定的约束。使用表格布局网页，可以使网页中的元素"各就各位"，使你的网页井然有序……

3.1 表格基本操作··········48　　3.2.2 插入、删除行和列······60

3.1.1 创建表格············48　　3.2.3 移动表格整行内容······61

3.1.2 选择表格和单元格······49　　3.2.4 排序表格内容··········61

3.1.3 设置表格属性··········51　　3.2.5 导入或导出表格内容····62

3.1.4 设置单元格属性········53　　综合实例 2——用表格布局"SM"

综合实例 1——用表格布局"SM"　　　　　　　　网站子页······63

网站主页 54　　本章小结······················67

3.2 表格高级操作··········59　　思考与练习··················67

3.2.1 拆分与合并单元格······59

第 *4* 章　编辑基本网页元素

文字是传递与记录信息的书面符号系统，也是人类文明开始的标志。在网页中，文字更是不可缺少的重要元素之一。另外，使用图像适当修饰的网页会更受大家的欢迎……

4.1 文本输入与编辑·········70　　4.2.3 使用图像占位符········81

4.1.1 输入文本············70　　4.2.4 制作鼠标经过图像······82

4.1.2 设置文本段落格式和　　　　　　　　4.2.5 制作导航条··········84

字符格式··········71　　综合实例 1——为"SM"网站

4.1.3 插入特殊字符··········75　　　　　　　　主页设置内容····86

4.1.4 插入日期和水平线······76　　综合实例 2——为"SM"网站

4.2 使用图像··············78　　　　　　　　子页设置内容····89

4.2.1 网页中可使用的图像格式··78　　本章小结······················92

4.2.2 插入与编辑图像········79　　思考与练习··················93

第5章　让网页动起来

想要增加自己网站的流量？光说不练可不行，让你的网页动起来吧，动画、音乐、视频，一样都不能少。让所有登录你网站的人都有一种轻松愉悦的感觉，让他们像欣赏电影一样欣赏你的网站，谁还舍得离开呢……

5.1　应用 Flash 动画 ················· 95
　　5.1.1　Flash 文件格式 ············ 95
　　5.1.2　插入 Flash 动画 ··········· 96
　　5.1.3　将 Flash 动画背景设置为透明 ···97
　　5.1.4　插入 Flash 按钮 ··········· 99
5.2　应用音乐 ·························· 99
　　5.2.1　网页中可用的音乐文件格式 ···100
　　5.2.2　为网页添加背景音乐 ········ 100
　　5.2.3　在页面中嵌入音乐文件 ······ 101

5.3　使用其他动态元素 ············· 102
　　5.3.1　插入 Shockwave 影片 ······ 102
　　5.3.2　插入 Applet 插件 ········· 103
　　5.3.3　插入视频文件 ············ 105
综合实例——为"SM"网站主页
　　　　　　添加动态元素 ········· 106
本章小结 ···························· 107
思考与练习 ·························· 107

第6章　应用超链接和行为

浏览网页时，只要用鼠标轻点超链接，就可以随心所欲地跳到自己想去的任何地方；另外，利用 Dreamweaver 提供的"行为"，你可以轻松地实现网页弹出窗口、广告弹出窗口等效果……

6.1　应用超链接 ····················· 109
　　6.1.1　认识超链接 ·············· 109
　　6.1.2　设置常规超链接 ·········· 110
　　6.1.3　设置图片链接和下载链接 ···112
　　6.1.4　设置电子邮件链接 ········ 113
　　6.1.5　设置热点链接 ············ 114
　　6.1.6　设置锚记链接 ············ 116
　　6.1.7　设置跳转菜单 ············ 117
综合实例 1——为"SM"网站
　　　　　　主页设置链接 ···· 119

6.2　应用行为 ······················ 121
　　6.2.1　认识行为 ················ 122
　　6.2.2　熟悉"行为"面板 ········ 123
　　6.2.3　应用行为 ················ 123
　　6.2.4　编辑行为 ················ 128
综合实例 2——为"SM"网站主页
　　　　　　添加伴随窗口 ···· 130
本章小结 ···························· 132
思考与练习 ·························· 132

第 7 章 使用 CSS 美化网页

随着人们欣赏水平的不断提高，对网页的要求也越来越高，想要制作出符合现代人欣赏水平的网站，就要使用 CSS。只有掌握了 CSS 的应用，你才算是跨入了专业网页制作的大门……

7.1 CSS 样式入门 ················· 134

   7.1.1 熟悉 "CSS 样式" 面板 ··· 134

   7.1.2 CSS 样式的存在方式 ······ 135

   7.1.3 创建 CSS 样式 ············ 136

7.2 设置 CSS 样式属性 ·········· 138

   7.2.1 设置类型属性 ············ 138

   7.2.2 设置背景属性 ············ 139

   7.2.3 设置区块属性 ············ 140

   7.2.4 设置方框属性 ············ 140

   7.2.5 设置边框属性 ············ 141

   7.2.6 设置列表属性 ············ 142

   7.2.7 设置定位属性 ············ 142

   7.2.8 设置扩展属性 ············ 143

7.3 编辑 CSS 样式 ··············· 144

   7.3.1 在 CSS 规则定义对话框中修改 · 144

   7.3.2 在 "CSS 样式" 面板中修改 · 144

综合实例 1——为 "SM" 网站
           主页设置样式 ··· 145

7.4 CSS 样式的高级应用 ········ 150

   7.4.1 使用外部样式表 ·········· 150

   7.4.2 在同一个网页中
        设置两种链接样式 ··· 151

综合实例 2——为 "SM" 网站
           子页设置样式 ··· 153

本章小结 ··························· 155

思考与练习 ························· 155

第 8 章 使用模板与库项目

经常会听到这样的抱怨 "哎！真烦呢，同样的工作要做这么多遍。"别再烦了，跟我来吧，让我带你去领略一下模板和库项目的神奇功能……

8.1 使用模板 ····················· 159

   8.1.1 创建模板文档 ············ 159

   8.1.2 编辑模板 ················· 161

   8.1.3 应用模板创建文档 ········ 163

   8.1.4 管理模板 ················· 165

综合实例 1——应用模板制作
      "SM" 网站子页 ··· 165

8.2 使用库项目 ··················· 170

8.2.1 什么是库项目 ············· 170

8.2.2 创建库项目 ··············· 171

8.2.3 应用库项目 ··············· 172

8.2.4 编辑库项目 ··············· 173

综合实例 2——应用库项目制作
      "SM" 网站子页 ··· 173

本章小结 ··························· 176

思考与练习 ························· 177

第 9 章　使用框架布局网页

导航条在网页中是必不可少的元素，如果在制作每个页面时都要做一遍导航条，那一定让人难以忍受。试试框架吧，也许它会给你意想不到的收获……

9.1　框架网页的创建·············179

9.1.1　关于框架和框架集·········179

9.1.2　了解框架网页构造·········180

9.1.3　创建框架集···············181

9.2　框架和框架集的基本操作····183

9.2.1　选择框架和框架集·········184

9.2.2　设置框架和框架集属性·······185

9.2.3　保存框架和框架集········187

综合实例——使用框架布局网页

　　　　"柠檬网"··············189

本章小结························193

思考与练习·····················193

第 10 章　动态网页制作入门

以前一说起动态网页，人们首先想到的就是复杂的程序。现在好了，Dreamweaver 为我们提供了"应用程序"面板组，只需要单击相应按钮，就能自动生成注册、登录和留言板等程序模块……

10.1　安装和配置 IIS···········194

10.1.1　安装 IIS···············194

10.1.2　配置 IIS···············196

10.2　配置动态站点·············198

10.3　表单的应用···············199

10.3.1　认识表单···············199

10.3.2　表单对象···············200

10.3.3　插入表单···············200

10.3.4　设置表单属性···········201

10.4　表单对象的应用···········202

10.4.1　应用文本字段···········202

10.4.2　应用隐藏域·············204

10.4.3　应用复选框·············205

10.4.4　应用单选按钮···········206

10.4.5　应用单选按钮组·········206

10.4.6　应用列表/菜单··········207

10.4.7　应用图像域·············208

10.4.8　应用按钮···············209

10.5　数据库的应用·············210

10.5.1　认识数据库·············210

10.5.2　常用数据库管理系统·····210

综合实例——创建留言板模块·····210

本章小结························228

思考与练习······················228

第 11 章　测试和发布站点

网站制作好了，让我们申请一个域名和空间，并把网页放空间里，让所有的网友来分享我们的成果和喜悦吧……

11.1　申请空间和域名 ………… 231
　11.1.1　申请空间 ………… 231
　11.1.2　申请域名 ………… 235
11.2　站点本地测试 ………… 237
　11.2.1　兼容性测试 ………… 237
　11.2.2　检查网页链接 ………… 239
　11.2.3　修复网页链接 ………… 241
11.3　站点发布 ………… 242

11.3.1　设置站点远程信息 ………… 242
11.3.2　上传站点 ………… 243
11.3.3　下载站点 ………… 244
11.3.4　使用扩展"文件"面板
　　　　管理文件上传和取回 ………… 244
11.4　同步文件 ………… 245
本章小结 ………… 246
思考与练习 ………… 246

第 12 章　综合实例——制作个人网站

是否还有些不能上手的感觉？好吧，让我们再从头到尾制作一个完整的网站……

12.1　网站规划 ………… 248
　12.1.1　网站命名 ………… 248
　12.1.2　划分栏目并确定网站结构 … 248
　12.1.3　确定网站风格 ………… 249
　12.1.4　设置本地站点目录
　　　　　并定义站点 ………… 250
12.2　网站制作 ………… 251

12.2.1　制作网站首页 ………… 251
12.2.2　制作网页模板 ………… 262
12.2.3　制作网站子页 ………… 265
12.2.4　设置超级链接 ………… 267
本章小结 ………… 269
思考与练习 ………… 269

第 13 章　Dreamweaver 功能扩展

有时，我们距高手也许仅一步之遥。在这一章中，我们将学到一些足以令我们跻身高手行列的实用功能与技巧。例如，让别人无法保存你的网页，为网页增加一些漂亮的特效，解决网页制作中的常见问题……

13.1 应用第三方插件 …………………270

13.1.1 下载第三方插件 …………………270

13.1.2 安装第三方插件 …………………271

13.1.3 应用第三方插件 …………………272

13.1.4 管理插件 …………………273

13.2 网页制作技巧 …………………273

13.2.1 让你的网页无法另存为 …………274

13.2.2 隐藏右键快捷菜单 …………………274

13.2.3 跑马灯效果 …………………275

13.2.4 滚动条的显隐 …………………275

13.2.5 提高网页下载速度 …………………276

13.3 常见网页特效 …………………276

13.3.1 脚本语言简介 …………………277

13.3.2 显示日期和星期 …………………277

13.3.3 在状态栏显示当前时间 …………278

13.3.4 打开页面时根据当前时间
出现相应问候语 …………………279

13.3.5 自由改变图片大小 …………………279

13.3.6 鼠标指向图片时图片变亮 …………280

13.3.7 图像渐隐渐现特效 …………………280

13.3.8 炫彩变色菜单 …………………281

13.3.9 打开的窗口自左上角展开 …………283

13.3.10 输入框的聚焦效果 …………………284

13.4 网页制作常见问题 …………………284

13.4.1 图片的间隙 …………………284

13.4.2 黄色警告 …………………285

13.4.3 选择小图片 …………………285

13.4.4 背景颜色的设置 …………………285

13.4.5 表格左对齐 …………………285

13.4.6 定义单元格宽度 …………………285

本章小结 …………………285

思考与练习 …………………286

第1章

网页制作基本知识

本章内容提要

- 认识网站与网页 1
- 网页设计软件和制作技术 8
- 网站建设流程 11
- 网页设计的基本原则 16

章前导读

　　刚开始学习网页制作的人，往往不知道从何入手。针对这种情况，本章简单介绍一下网页相关的基础知识和网站建设的基本流程，以使大家对网页有个感性的认识，并从宏观的角度了解一下网站建设。

1.1　认识网站与网页

　　如果读者曾经有过上网的经历，对网站和网页应该不会感到陌生。网页就是我们上网时在浏览器中看到的一个个画面，网站则是一组相关网页的集合。一个小型网站可能只包含几个网页，而一个大型网站则可能包含成千上万个网页。

　　另外，打开某个网站时显示的第一个网页被称为网站的主页（或首页），它可以说是网站的门户，通过它不仅可以了解网站的性质和内容，还可以访问网站中的其他页面。

　　下面，我们从网页制作的角度来了解网页的本质和网页的功能组成，以及 IP 地址、域名、网址、静态网页和动态网页等概念。

1.1.1　网页的本质

　　图 1-1 上图显示了腾讯网的主页，由该画面可以看出，网页主要由文字、图像和动画等元素组成。事实上，我们看到的网页包括了一组文件，它们分别是网页文件（扩展名为.htm、.asp 等）、图像文件（扩展名为.jpg、.gif 等）和 Flash 动画文件（扩展名为.swf）等。在浏览器中选择"文件">"另存为"菜单，将网页保存到磁盘中，便可看到网页的

组成文件，如图 1-1 下图所示。

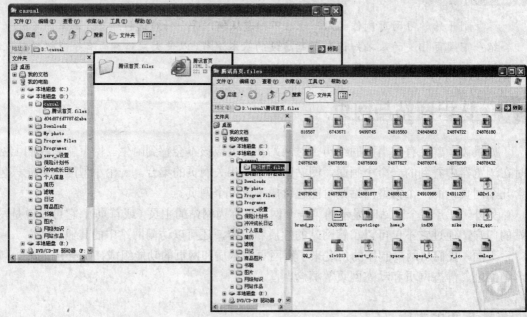

图 1-1　网页及其组成

1.1.2　网页的功能组成

从浏览者的角度看，网页中无非就是一些文字、图像、动画等。但从专业的角度来讲，网页中的元素各有其不同的作用，可以将它们分为站标、导航栏、广告条、标题栏和按钮等，如图 1-2 所示。

图 1-2 网页的功能组成

1. 站标

站标也叫 Logo，是网站的标志，其作用是使人看见它就能够联想到企业。因此，网站 Logo 通常采用企业的 Logo。

Logo 一般采用蕴含企业文化和特色的图案，或是与企业名称相关的字符或符号及其变形，当然也有很多是图文组合，如图 1-3 所示。

图 1-3 网站 Logo

在网页设计中，通常把 Logo 放在页面的左上角，大小没有严格要求；不过，考虑到网页显示空间的限制，要求 Logo 的尺寸不能太大。此外，Logo 普遍没有过多的色彩和细腻的描绘。

2. 导航条

导航条是链接到网站内主要页面的超链接组合，它可以引导浏览者轻松找到网站中的各个页面，导航条也因此而得名。同时，导航条也是网站中所有重要内容的概括，可以让浏览者在最短时间内了解网站的主要内容。

设计导航条时，应注意以下几点。

➢ 如果网站内容不多，可根据网站风格尝试灵活摆放导航条，也可以使用图片或 Flash 动画等制作导航条，如图 1-4 所示。

图 1-4　灵活摆放的导航条

➢　如果网站栏目很多，可以将导航条分为多排放置在 Logo 的下方或右侧。为便于观看，可为各排设置不同的底色，如图 1-5 所示。

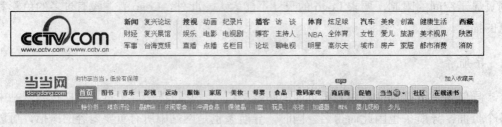

图 1-5　多排导航条

3. 广告条

广告条又称 Banner，其功能是宣传网站或替其他企业做广告。Banner 的尺寸可以根据版面需要来安排。

在 Banner 的制作过程中有以下几点需要注意。

➤ Banner 可以是静态的，也可以是动态的。现在使用动态的居多，动态画面容易引起浏览者的注意。

➤ Banner 的体积不宜过大，尽量使用 GIF 格式图片与动画或 Flash 动画，因为这两种格式的文件体积小，载入时间短。

➤ Banner 中的文字不要太多，只要达到一定的提醒效果就可以，通常是一两句企业的广告语。

➤ Banner 中图片的颜色不要太多，尤其是 GIF 格式的图片或动画。要避免出现颜色的渐变和光晕效果，因为 GIF 格式仅支持 256 种颜色，颜色的连续变换会看出明显的断层甚至光斑，影响效果。

4. 标题栏

此处的标题栏不是指整个网页的标题栏，而是网页内部各版块的标题栏，是各版块内容的概括。它使得网页内容的分类更清晰、明了，大大地方便了浏览者。

标题栏可以是文字加不同颜色的背景，也可以是图片，这要根据网站的内容和规模来决定，如图 1-6 所示。

图 1-6　标题栏

5. 按钮

在现实生活中，按钮通常是启动某些装置或机关的开关。网页中的按钮也沿用了这个概念。网页中的按钮被点击之后，网页会实现相应的操作，比如页面跳转或数据的传输等，图 1-7 是比较常见的几个网页按钮。

图 1-7　按钮

1.1.3　IP 地址、域名与网址

1.　IP 地址

　　虽然互联网上连接了不计其数的服务器与客户机，但它们并不是杂乱无章的。每一个主机在互联网上都有唯一的地址，我们称这个地址为 IP 地址（Internet Protocol Address）。IP 地址由 4 个小于 256 的数字组成，数字之间用点间隔。例如，"61.135.150.126"就是一个 IP 地址。

2.　域名

　　由于 IP 地址在使用过程中难于记忆和书写，人们又发明了一种与 IP 地址对应的字符来表示地址，这就是域名。每一个网站都有自己的域名，并且域名是独一无二的。例如，我们只需要在浏览器地址栏中输入搜狐网站的域名"www.sohu.com"，然后按回车键就可以访问搜狐网站了。

　　　在创建好网站后需要申请域名和虚拟空间，并将网站上传到虚拟空间（后面将讲述虚拟空间的概念），别人才能通过互联网访问你的网站。

3.　网址

　　网址又叫 URL，英文全称是"Uniform Resource Locator"，即统一资源定位符。它是网络上通用的一种地址格式，用于标识网页文件在网络中的位置。

　　一个完整的网址由通信协议名称、域名或 IP 地址、网页在服务器中的路径和文件名 4 部分组成。例如，对于图 1-8 所示的网址"http://page.china.alibaba.com/cp/cp1.html"，"http"是超文本传输协议，"page.china.alibaba.com"是域名，"cp"是文件在服务器中的路径，"cp1.html"是文件名。

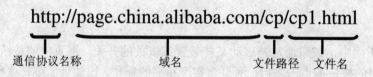

图 1-8　网址示例

　　　当我们在浏览器地址栏中输入域名，并按下回车键后，本地计算机首先通过浏览器将要浏览的网页地址发送给存放网页的服务器，服务器在收到请求后，即将网页文件及其用到的图像文件、动画文件和其他文件发送给客户机。客户机上的浏览器则通过解释执行网页文件中的命令，将网页完整地显示在浏览器中，整个过程如图 1-9 所示。

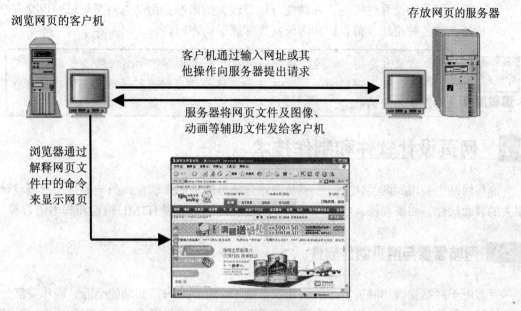

图 1-9　显示网页的过程

1.1.4　静态网页与动态网页

网页根据制作技术的不同分为静态网页和动态网页。完全采用 HTML 技术制作的网页称为静态网页；使用 HTML、编程语言和数据库共同完成，需要与服务器实时交互的网页称为动态网页。下面从不同角度阐述静态网页与动态网页的区别。

➢ 要制作静态网页，用户只需要掌握常用的网页制作软件（如 Dreamweaver）就可以了；而要创建动态网页，除了需要掌握常用的网页制作软件外，还必须掌握诸如 ASP、PHP 等动态网页制作技术，以及 Microsoft SQL Server 或 Oracle 等数据库管理系统。

➢ 每一个静态网页都有一个固定的 URL，且网页文件名以.htm、.html、.shtml 等为后缀；而动态网页没有固定的 URL，其后缀名与网页使用的制作技术对应，通常为.asp、.jsp、.php 等。

➢ 静态网页文件一经发布到服务器上，无论是否有用户访问，每个网页都是客观存在的，也就是说，静态网页是实实在在保存在服务器上的独立的文件；而动态网页并不是独立存在于服务器上的网页文件，只有当用户请求时服务器才返回一个完整的网页（需要从数据库中调用数据）。

➢ 静态网页的内容相对稳定，因此容易被搜索引擎检索到；动态网页则反之，所以现在人们一般都将动态网页内容转化为静态网页发布。

➢ 静态网页在网站制作和维护方面工作量较大；而动态网页由于有数据库的支持，在制作和维护方面要简单容易得多。因此当网站信息量很大，需要经常更新时，通常采用动态网页制作技术。

➤ 静态网页的交互性较差，在功能方面有较大的限制；而动态网页可以实现交互功能，如各种论坛、留言板和聊天室等都属于动态网页。

> 这里需要指出的是，在静态网页上出现的各种动态效果，如.GIF 格式的动画、FLASH 动画、滚动文字等，这些动态效果只是视觉上的，与动态网页是不同的概念。

1.2 网页设计软件和制作技术

制作网站主要用到两类软件，一类是网站管理与网页制作软件，另一类是与网页设计相关的辅助软件。如果要深入学习网页制作的话，还需要掌握 HTML 语言和脚本语言等。

1.2.1 网站管理与网页制作软件

目前用于网站管理和网页制作的软件主要是 Dreamweaver，其功能全面、操作灵活、专业性强。另外，它还可以作为动态网站的开发环境。本书将以该软件为工作环境，并结合诸多实例带领大家共同走进网页制作的大门。

在制作网页时，除 Dreamweaver 外还需要用到 Fireworks、Flash、Photoshop 等辅助软件，这些软件的主要功能与特点如下。

➤ Fireworks：Macromedia 公司推出的专门针对网页图形图像设计的工具软件。主要用于制作网页图像、网站标志、GIF 动画、图像按钮和导航条等。

➤ Flash：Macromedia 公司推出的动画制作软件。主要用于制作矢量动画，如广告条、网站片头动画、动画短片和 MTV 等。此外，利用该软件还可以制作交互性很强的游戏、网页和课件等。

➤ Photoshop：Adobe 公司出品的一个优秀而强大的图形图像处理软件，起初它的应用领域主要是平面设计而不是网页设计，但是它所具有的强大功能完全涵盖了网页设计的需要（除了多媒体）。

> 比较常见的图像处理与动画制作软件还有：CorelDRAW（优秀的矢量绘图软件）、Illustrator（功能强大的矢量绘图软件）、FreeHand（优秀的矢量绘图软件，也可用来制作网页图像）、GIF Animator（GIF 动画制作软件）、Cool3D（特效字动画制作软件）及 SwishMax（小巧却十分强大的动画制作工具，支持导出 swf 格式）等。

1.2.2 HTML 语言简介

HTML 是 Hypertext Markup Language 的首字母缩写，中文称作"超文本标记语言"。

1. 为什么要学习 HTML

HTML 语言是网页制作的基础，目前 Internet 上的绝大多数网页都遵循 HTML 语言规范，或是由 HTML 语言发展而来。

以前，人们是靠手写 HTML 代码来制作网页的，随着网页可视化编辑软件（如 Dreamweaver）的出现，我们可以借助软件中的工具、菜单、面板等对网页进行可视化编辑。一般情况下，系统会自动将这些内容转换成 HTML 代码。这也是 Dreamweaver 中"设计"视图和"代码"视图的来历（图 1-10 显示了一个网页的设计视图和代码视图）。

图 1-10　网页设计视图和代码视图

虽然在 Dreamweaver 中用户已不需要直接手工编辑 HTML 代码。但是，适度地掌握 HTML 语言也是非常有益的，其原因如下：

> ➤ **有利于提高网页制作效率和优化网页代码**：如果我们对 HTML 语言很熟悉，就可以直接手工编写 HTML 代码，从而提高网页制作效率。此外，如果掌握 HTML 语言，可以手工删除网页中多余的或不完整的代码，从而优化网页。

➢ **有利于网页排错**：如果在制作网页时出现了什么问题，可以通过检查网页的 HTML 代码来进行排除。

➢ **有利于快速提高自己的网页制作水平**：我们在浏览网上的各种网页时都可以看到其 HTML 源代码。因此，如果掌握了 HTML 语言，就能通过分析一些优秀网页的 HTML 源代码来快速学习一些网页制作手段和技巧。

2. HTML 语言的组成

HTML 语言的核心是标签（或者称为标记）。也就是说，我们在浏览网页时看到的文字、图像、动画等在 HTML 文档中都是用标签来描述的。一个完整的 HTML 文档由\<html\>标签开始并由\</html\>标签结束，所有的 HTML 代码都应写在\<html\>标签与\</html\>标签之间，如图 1-11 所示。

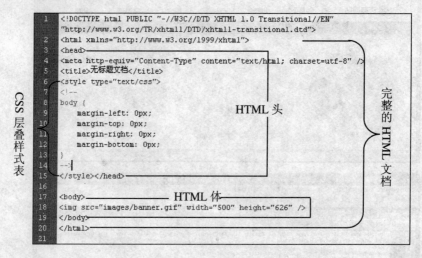

图 1-11　HTML 文档组成

起始标签\<head\>与结束标签\</head\>之间的内容是 HTML 文档的头部，其中主要包括：由 "meta" 对象声明的页面类型（"text/html"）和编码方式（"gb2312"），由起始标签\<title\>和结束标签\</title\>指明的文档标题（"HTML"），以及由起始标签\<style\>和结束标签\</style\>构成的 CSS 层叠样式表。另外，我们还可以在这里加入由起始标签\<script\>和结束标签\</script\>包含的 JavaScript 脚本代码。

起始标签\<body\>和结束标签\</body\>之间是网页显示的主要内容，由表格、图像、文本等各种对象组成。

　　HTML 文件最上方的 "\<!DOCTYPE……dtd"\>" 部分表示当前文档遵循 W3C 组织的 XHTML 1.0 规范，这个通常由 Dreamweaver 自动生成，我们无需过多考虑。

　　XHTML 1.0 是在 HTML 的基础上推出的，可以说是 HTML 的升级版本。

3. HTML 标签的类型与特点

实际上，学习 HTML 语言的过程也就是学习各种标签格式的过程。下面我们首先来具体了解一下 HTML 标签的类型与特点。

（1）单标签

某些标签称为"单标签"，因为它只需单独使用就能完整地表达意思，这类标签的语法如下：

<标签名称>

最常用的单标签是
，它表示换行。

（2）双标签

另一类标签称为"双标签"，它由"始标签"和"尾标签"两部分构成，必须成对使用，其中，始标签告诉 Web 浏览器从此处开始执行该标签所表示的功能，而尾标签告诉 Web 浏览器在这里结束该功能。始标签前加一个斜杠（/）即成为尾标签。这类标签的语法是：

<标签> 内容 </标签>

其中，"内容"部分就是要被这对标签施加作用的部分。例如，你想突出显示某段文字，就可以将此段文字放在<em> </em>标签中：

<em>第一：</em>

> 如果一个双标签中又嵌套了其他双标签或单标签，我们就把这个双标签称为一个代码块。

（3）标签属性

许多单标签和双标签的始标签内可以包含一些属性，其语法是：

<标签名字 属性1 属性2 属性3 … >

各属性之间无先后次序，属性也可省略（即取默认值）。例如，单标签<hr>表示在文档当前位置画一条水平线（horizontal line），一般是从窗口中当前行的最左端一直画到最右端。其属性有：

<hr size=3 align=left width="75%">

其中，size 属性定义线的粗细，属性值取整数，缺省为 1；align 属性表示对齐方式，可取 left（左对齐，缺省值），center（居中），right（右对齐）；width 属性定义线的长度，可取相对值（由一对""号括起来的百分数，表示相对于充满整个窗口的百分比），也可取绝对值（表示屏幕像素点的个数，如 width=300），缺省值是"100%"。

1.3　网站建设流程

新手在制作网站时往往不知道从何入手。针对这种情况，下面简要介绍一下网站建设的基本流程。

1.3.1 网站策划

在整个网站建设中，网站策划是一个非常重要的环节，它关系到后面的整个制作过程和网站质量，所以一定要认真对待。

1. 确定网站内容

建设网站要有目的性，首先要根据网站的性质和受众，确定网站内容和要实现的功能。如果是企业形象宣传网站，受众主要是其客户，目的是通过网络展示和宣传自己的企业及产品，主要内容应该是企业相关信息、产品和服务信息等。另外，可根据需要添加产品发布和管理系统，以方便后期的维护和更新。如果是电子商务网站，主要以在线交易、客户服务为核心。如果是个人主页，那么所有你感兴趣的东西都可以成为网站内容。

2. 规划网站结构

确定网站内容后，就要根据网站的内容来规划网站结构。网站结构有两层意思，一是逻辑结构，二是物理结构。

逻辑结构主要是指将网站内容划分成哪些栏目，实际上就相当于网页中的导航条，图1-12 显示了某企业网站的逻辑结构图。

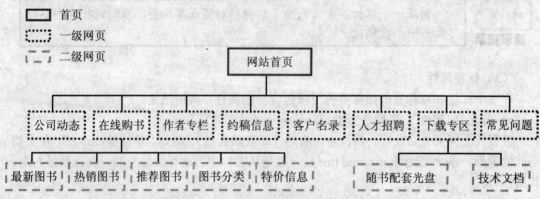

图 1-12　某企业网站逻辑结构图

拥有结构清晰、内容完整的网站结构，不但利于设计和管理，而且还能提高浏览者的访问效率，使浏览者更容易找到所需要的信息。另外，也有利于网站的维护和更新。

物理结构是指网站中文件的目录结构，其一般可分为两种，一种是扁平式的，就是所有网页都放在网站根目录下，该方式比较适合小型网站；还有一种是树型结构，根目录下分成多个类别，然后在每个类别下再放上属于该类别的网页。对于第二种方式来说，比较好的情况是物理结构与逻辑结构相吻合，从而便于网站的管理和维护，如图 1-13 所示。

图 1-13　网站目录结构

3. 确定网站要应用的技术

网站要应用的技术包括两个方面，一个是程序和数据库，另一个是运行环境。网站技术与网站的定位、功能和规则都是密切相关的，对于网站的运营，网站的成本，网站目标的达成都非常关键。

1.3.2 收集网站素材

在开始动手制作网站之前，应事先收集好制作网站时要用到的素材，包括文字资料、图片、动画、声音、视频等。网站素材的收集是相当重要的。通常情况下，素材按来源可分为以下几种类型。

> **客户提供的素材**：主要是与产品或企业相关的图像和文字，比如产品外观图像等。
> **网上收集的素材**：主要是一些辅助性图像，这些图像的装饰性较强，比如背景图像等。
> **独自创作的素材**：主要是整个页面中视觉面积最大、最有说服力的图像，比如广告图像、标题图片等。

收集材料时要保证其真实、合法性。对于一些原始的材料可以使用 Photoshop、Fireworks、Flash 等软件进行处理，以使其更好地应用于网页。将所有需要的素材收集整理好后，放在本地站点中的"images"文件夹中。

目前提供网页素材下载的网站有韩国设计网（http://www.krwz.com/）、3lian 素材网（http://www.3lian.com/）、网页制作大宝库（http://www.dabaoku.com/）、中国站长站（http://www.chinaz.com/）和素材中国（http://www.sccnn.com/）等。图 1-14 显示了素材中国的首页。

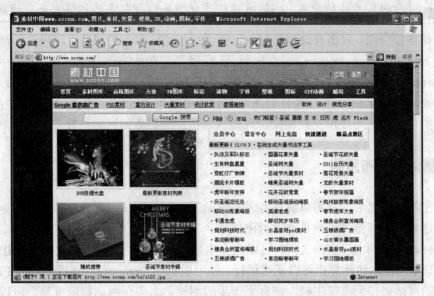

图 1-14 素材中国网首页

1.3.3 设计和制作网站

所谓设计，就是根据网站的性质和内容确定网站的风格，然后根据已确定的风格，用图像处理软件（如 Photoshop、Fireworks 等）设计好网页效果图，并将设计好的效果图进行切割导出。

温馨提示 | 像 Photoshop、Fireworks 等图像处理软件，一般都有切割图片的功能。

将切割好的图片导出后，就可以在 Dreamweaver 中组织网站内容了，包括输入文本、插入图片、动画等。此外，还可根据需要为网页增加一些特效，比如闪烁的字幕、跳出动画、可变换形状的鼠标指针等。这些特效可以使网页看起来更活泼，从而为网页增色不少。

1.3.4 空间和域名申请

要使别人能通过互联网访问你的网站，就需要将其上传到服务器上，并拥有一个属于自己的域名。这就需要申请虚拟空间和域名。

所谓虚拟空间，是指网站内容所占用的连接到互联网上的服务器空间。目前，服务商能够提供的虚拟空间模式有两种：主机托管和虚拟主机。主机托管是指用户独享 Internet 数据中心的一台主机（服务器），由客户自己进行维护，或交由其他签约人进行远程维护。而虚拟主机则是在一台主机中运行的各个服务器程序，每个虚拟主机都有独立的域名和 IP 地址，具有完整的 Internet 服务器功能，并且虚拟主机是完全独立的。

温馨提示 | 目前，大多数网站都使用虚拟主机，这样不仅可以大大节省购买主机和租用专线的费用，同时也省去了使用和维护服务器过程中产生的麻烦。

要申请虚拟空间，只需登录到任何一家提供虚拟空间服务的网站进行操作即可，如"e 网通"（http://www.ewont.com）、"你好万维网"（http://www.nihao.cn）、"中资网"（http://web.114.com.cn）、"中国万网"（http://www.net.cn/）、"西部数码"（http://www.netinter.cn/）等。本书 11.1 节将详细讲述申请过程。

域名的申请方法与虚拟空间相同，凡提供虚拟空间服务的网站一般都提供域名服务。

1.3.5 测试和发布网站

有了空间和域名后，就可以测试并发布网站了，网站测试一般包括服务器稳定和安全测试、程序和数据库测试、网页兼容性测试等。

在将网站上传到主机空间之前，可以先在本地计算机上使用服务器软件（如 IIS）进行网站测试。如果在本地计算机可以正常运行，便可以利用 Dreamweaver 或专门的 FTP 软件将已完成的网站上传至虚拟主机，进行下一步的测试。为确保网站稳定可靠，可以使用不同的系统和浏览器多次登录进行测试。测试通过后，网站就可以被访问了。

1.3.6 推广和维护网站

发布网站后，还要进行宣传推广，否则网站就会被淹没在浩如烟海的网络海洋中。另外，还要经常更新或添加站点内容。本节将简单介绍推广和维护网站的方法。

1. 网站推广

目前，网站推广的方法主要有下面几种。

（1）注册到搜索引擎

目前最经济、实用和高效的网站推广形式就是搜索引擎登录，比较有代表性的搜索引擎有：百度（www.baidu.com）、Google（www.google.cn）、雅虎（www.yahoo.com.cn）、搜狐（www.sohu.com）等。

（2）交换广告条

现在有很多提供广告交换信息的网站，我们称之为广告交换网。登录到该类网站，注册并填写一些主要信息，即可与其他网站进行广告交换。图 1-15 是提供广告交换服务的阿里妈妈网站（http://www.alimama.com/）。

图 1-15 阿里妈妈网站

另外，很多网站都设有链接栏目，也可以跟一些合作伙伴或者朋友的网站交换链接。

（3）宣传

将网站网址印在公司每个人的名片和公司宣传册上，向自己的客户宣传网站。

（4）网络广告

可以在一些大型的门户网站上投放广告。

（5）报纸、杂志

可以在传统的媒体（如报纸、杂志等）上登广告宣传自己的网站。

2. 网站维护

网站维护主要是指网站发布后内容的实时更新。严格来说，每一个网站都应该由专业的技术人员定期更新维护。互联网的最大优势就是信息的实时性，只有快速反映，准确报道，吸引更多的浏览者，才能保证网站的流量。

为方便后期的维护和更新，在上传网站后，最好写一个使用手册，让每个网站维护人员都能非常容易地上手。

1.4 网页设计的基本原则

在进行网页设计时，有一些基本的原则是需要遵循的，下面来简单介绍一下。

1.4.1 网页颜色的选择与搭配

调查显示，色彩总是先于形式和内容被人识别。因此，颜色的选择与搭配在设计网页时是一个非常重要的环节。

设计网页时，可根据以下原则确定网页的背景色和主色调，并进行颜色搭配。

（1）网页背景颜色最好选择白色或黑色（大部分网页均选择白色），此时颜色搭配最灵活。

（2）可根据网站的性质确定网页的主色调，并且该主色调应贯穿于网站中的全部网页。例如，蓝色和银灰色常用于工业企业和高科技企业，华硕的网站就大量使用了蓝色和银灰色，从而使网页显得十分典雅和时尚，如图1-16所示。

图1-16　华硕网站主页

又如，粉红色最能体现女性的柔美和艳丽，因此，腾讯女性频道大量使用了粉红色，如图 1-17 所示。

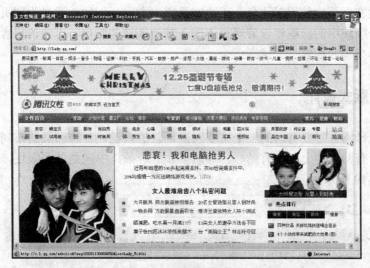

图 1-17　腾讯女性频道

（3）设计网页时恰当地利用同类色、邻近色和对比色，可增强网页的层次感、丰富网页的色彩或突出某些重要内容（如导航条或版块标题）：

> 通过在网页中运用同类色（同一种颜色的深浅或浓淡变化，如深蓝与浅蓝、深绿与浅绿等），可使页面看起来统一、和谐且有层次感。图 1-18 所示的网页，虽然多处使用了大面积的蓝色，但通过调整颜色的深浅变化，使页面不仅不显得单调，反而给人眼前一亮的感觉。

图 1-18　同类色的运用

➢ 通过在网页中使用邻近色（色谱中相邻的颜色，如红色和紫色、黄色和绿色），
可使页面色彩丰富而不花哨。

➢ 通过在网页中使用对比色，可更容易突出主题。例如，通过为网页中的导航条或
每个版块中的标题栏设置明显不同于其他区域的颜色，可使访问者更快地找到自
己感兴趣的内容。

1.4.2 网页版式设计

版式是设计网页时要考虑的一个重要因素。总的来说，各种网页的布局都大同小异。
例如，几乎所有网页的上部都有站标、导航条和广告条，中间是各个版块，下部为网站信
息区，如图 1-19 所示。

图 1-19 网页的基本版式

设计页面前应事先规划好站标、导航条、广告条和各版块位置。此外，一些基本的元素要贯穿整个网站中的各个页面，如网页上部的站标、导航条和网页底部的网站信息区，从而方便用户随时切换至网站首页，并在网站的各页面之间来回切换，或了解一些有关网站的基本信息。

一般的版式设计可采用网格法，即首先确定页面版心尺寸，然后通过绘制网格精心确定各区域的位置和尺寸。

此外，设计网页版式时还应注意以下几点。

➢ 最好为导航条和各版块标题区设计一组形状别致、颜色突出的背景图像，以方便网页浏览者快速找到自己需要的内容，并使网页看起来更精美别致。

➢ 对每个版块而言，可通过插入典型图片来吸引访问者。

➢ 各版块之间以空白区分隔。同时，为使各版块区分明显，还可为其设置不同的背景色或加上边框。

1.4.3　网页尺寸

页面尺寸是网页设计中必须要考虑的一个问题。目前，我国大部分电脑的显示器是 17 英寸，其分辨率通常为 1024×768 像素。因此，为避免在浏览网页时需频繁拖动水平滚动条，最好将网页宽度设置为 1002 像素以内。同时，由于浏览者可以利用浏览器的垂直滚动条快速上下滚动网页，因此对网页的高度没有特别的要求，用户可根据需要设置。

本章小结

本章主要介绍了网页制作基础知识。通过本章的学习，读者应了解或掌握以下知识。

➢ 认识网页的本质和功能组成，了解 IP 地址、域名、网址以及静态网页和动态网页的概念。

➢ 对网页制作软件和 HTML 语言有个简单的认识。

➢ 了解网站建设的基本流程和网页设计的基本原则。

思考与练习

一、选择题

1. 以下不属于网页所包含的文件是（　　　）。

　　A. 网页文件　　　　B. 图像文件　　　　C. Flash 动画文件　　　　D. Word 文档

2. 以下不属于网页功能组成的是（　　　）。

　　A. 站标　　　　　　B. 广告条　　　　　C. 页眉和页脚　　　　　D. 标题栏

3. 以下不属于网址组成的是（　　　）。

　　A. 通信协议名称　　B. 域名　　　　　　C. 网页文件名　　　　　D. 导航条

4．HTML 语言的核心是（　　　）。

    A．标签　　　　　　B．IP 地址　　　　　C．代码　　　　　　　D．Dreamweaver

5．要使别人能通过互联网访问你的网站，需要将其上传到服务器上，并拥有一个属于自己的（　　　）。

    A．网址　　　　　　B．域名　　　　　　C．浏览器　　　　　D．Modem

6．网站逻辑结构主要是指将网站内容划分成哪些栏目，实际上相当于网页中的（　　　）。

    A．导航条　　　　B．标题栏　　　　C．广告条　　　　　D．按钮

7．以下说法中错误的是（　　　）。

    A．ASP 可用于制作动态网页

    B．静态网页的文件名通常以.htm、.html、.shtml 等为后缀

    C．动态网页没有固定的 URL

    D．在静态网页上无法实现动态效果

8．以下不属于网站推广的是（　　　）。

    A．注册到搜索引擎　　B．交换广告条　　C．写网站使用手册　　D．网络广告

二、填空题

1．打开某个网站时显示的第一个网页被称为网站的_____，它可以说是网站的门户。

2．_____是网站的标志，其作用是使人看见它就能够联想到企业。

3．_____是链接到网站内主要页面的超链接组合，它可以引导浏览者轻松找到网站中的各个页面。

4．广告条又称_____，其功能是宣传网站或替其他企业做广告。

5．IP 地址由 4 个小于____的数字组成，数字之间用点间隔。

6．目前，网络服务商能够提供的虚拟空间模式有两种：_____和_____。

7．为避免在浏览网页时需频繁拖动水平滚动条，最好将网页宽度设置为____像素以内。

8．一个完整的 HTML 文档由_____开始并由_____结束。

三、操作题

1．浏览搜狐网站主页（www.sohu.com），辨识其站标、导航条、广告条、标题栏和按钮等功能组成，然后将该网页保存，并通过查看保存的文件，分析网页主要是由哪些文件组成的。

2．规划一个生产手机的企业网站，在纸上画出其逻辑结构。

第2章
与 Dreamweaver 8 初次见面

本章内容提要

- 熟悉 Dreamweaver 8 工作界面 ·························· 21
- 网站创建与管理 ·································· 28
- 网页文档基本操作 ································ 31
- 页面总体设置 ··································· 37

章前导读

　　Dreamweaver 8 集网页制作和网站管理于一身，利用它不仅可以轻而易举地制作出各种精彩的网页，还可以非常方便地管理网站中的文件和文件夹。本章将首先简要介绍 Dreamweaver 8 的工作界面，然后依次介绍站点规划与创建、文档基本操作和页面总体设置等内容。

2.1　熟悉 Dreamweaver 8 工作界面

　　安装 Dreamweaver 8 后，单击桌面左下角的"开始"按钮 ，选择"所有程序" > "Macromedia" > "Macromedia Dreamweaver 8"菜单，就可以启动 Dreamweaver 8 了，如图 2-1 左图所示。

　　启动 Dreamweaver 8 后，首先显示其起始页。通过起始页可以打开最近使用过的文档或其他文档，也可以创建新文档，如图 2-1 右图所示。这里我们单击"创建新项目"中的"HTML"项，创建一个.html 文档并进入 Dreamweaver 8 工作界面，如图 2-2 所示。

　　Dreamweaver 8 的工作界面由标题栏、菜单栏、插入栏、文档工具栏、文档窗口、状态栏、"属性"面板和面板组等组成，下面首先介绍各组成部分的特点，然后介绍调整 Dreamweaver 8 工作界面的方法。

　　双击桌面上的快捷方式图标 也可以启动 Dreamweaver 8。创建桌面快捷方式图标的方法是：右击图 2-1 中的"Macromedia Dreamweaver 8"，在弹出的快捷菜单中选择"发送到" > "桌面快捷方式"项即可。

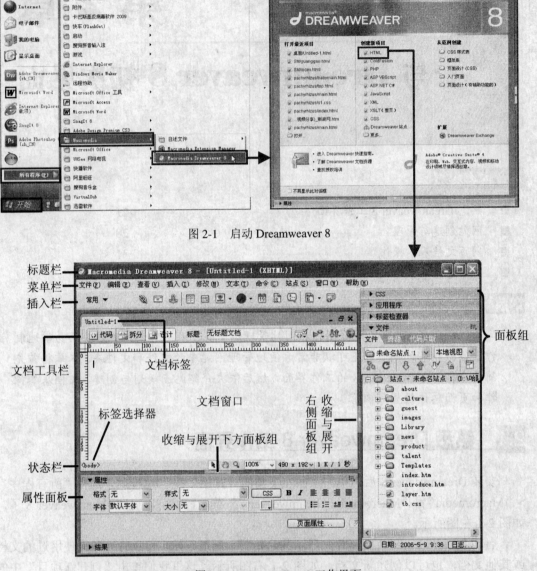

图 2-1　启动 Dreamweaver 8

图 2-2　Dreamweaver 8 工作界面

2.1.1　标题栏和菜单栏

标题栏位于界面顶部，左侧显示软件名称和文档标题，右侧显示程序窗口的控制按钮，包括"最小化窗口"按钮、"最大化窗口"按钮和"关闭窗口"按钮。

菜单栏位于标题栏下方，它几乎集中了 Dreamweaver 8 的全部操作命令，利用这些命令可以编辑网页、管理站点以及设置操作界面等。要执行某项命令，可首先单击主菜单名打开其下拉菜单，然后用鼠标单击相应的菜单项。

2.1.2 插入栏

插入栏包含各种类型的对象按钮（如图像、表格和 Flash 动画等），通过单击这些按钮，可将相应的对象插入到文档中。默认状态下，插入栏中显示的是网页中最常用的对象按钮组，即"常用"插入栏。单击插入栏左侧的"常用"按钮可以打开一个下拉列表，从中选择其他选项可切换至其他类型的插入栏，如布局、表单、文本等，如图 2-3 所示。

默认状态下，插入栏的显示方式被称为菜单方式。当在"常用"按钮的下拉列表中选择"显示为制表符"项后，插入栏将显示为制表符形式，如图 2-4 所示。

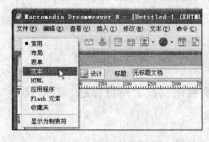

图 2-3　改变插入栏类型

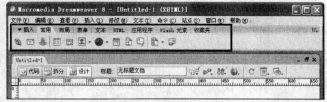

图 2-4　以制表符形式显示的插入栏

如果要使插入栏重新显示为菜单方式，可以右键单击插入栏名，在弹出的快捷菜单中选择"显示为菜单"，如图 2-5 所示。

另外，插入栏中某些按钮右侧带有一个小三角符号"▾"，这表示该按钮具有同位按钮组，单击该三角符号▾将弹出其同位按钮组。选择某个按钮后，所选按钮将成为该按钮组的当前按钮，如图 2-6 所示。

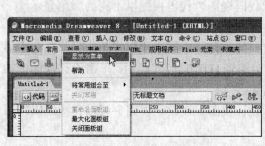
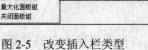

图 2-5　改变插入栏类型

图 2-6　打开同位按钮组

2.1.3 文档标签与文档工具栏

1. 文档标签

文档标签位于插入栏下方，左侧显示当前打开的所有网页文档的名称，右侧显示当前文档对应的最小化 ▬、向下还原 ❐ 和关闭 ✕ 按钮。当用户打开多个网页时，通过单击文档标签可在各网页之间切换，如图 2-7 所示。

图 2-7　文档标签

如果文档名后带一个 "*" 号，表示网页已修改但未保存。

2. 文档工具栏

文档工具栏位于文档标签下方，使用它可以切换网页视图、设置网页标题、检查浏览器支持、管理文件等。各按钮名称如图 2-8 所示。

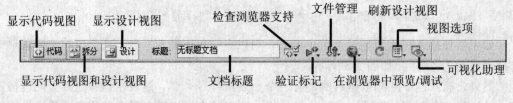

图 2-8　文档工具栏

下面简单介绍一下各按钮意义。

> **显示代码视图：**仅在文档窗口中显示代码视图，代码视图以不同的颜色显示 HTML 代码，方便用户区分各种标签并对代码进行编辑。

> **显示代码视图和设计视图：**在文档窗口的一部分中显示代码视图，另一部分中显示设计视图。这样当用户在代码视图中编辑 HTML 源代码后，单击设计视图中的任意位置，会立刻看到相应的编辑结果。

> **显示设计视图：**仅在文档窗口中显示设计视图。在设计视图中可以直接编辑网页中的各个对象。

> **文档标题：**可为文档设置标题。浏览网页时，该标题将显示在浏览器的标题栏中。

> **检查浏览器支持：**检查跨浏览器兼容性，以减少或避免由于浏览器不同而造成网页版式、链接的混乱。

> **验证标记：**验证当前文档或整个当前站点中是否存在错误或警告。

> **文件管理：**单击该按钮将打开一个列表，选择其中的选项可以从远程站点取回文件，或者将文件由本地站点上传至远程站点。

> **在浏览器中预览/调试：**在浏览器中预览或调试文档，单击后可在弹出菜单中选择一个浏览器版本。

> **刷新设计视图：**用于在代码视图中进行更改后刷新文档的设计视图。在执行某些

操作（如保存文档或单击"刷新设计视图"按钮）之前，用户在"代码"视图中所做的更改不会自动显示在"设计"视图中。

➢ **视图选项：**允许为代码视图和设计视图设置显示方式。例如，是否显示网格和标尺，哪个视图显示在上面等。

> 如果当前视图为代码视图，则"视图选项"列表中只出现针对代码视图的选项；如果当前视图为设计视图，则"视图选项"列表中只出现针对设计视图的选项。

➢ **可视化助理：**设置在编辑网页时显示或隐藏某个可视化助理以便于操作，如显示表格边框、表格宽度等。

2.1.4 状态栏

状态栏位于文档窗口下方，它提供了与当前文档相关的一些信息，如图 2-9 所示。

图 2-9 状态栏

➢ **标签选择器：**针对 HTML 语言中的标签，其中显示了插入点所在位置的标签层次结构。单击某个标签可以选中网页中该标签所代表的内容，如单击"<table>"标签，可选中网页中与之对应的表格。

> 标签选择器中显示对象层次结构的方式为自左向右，也就是说，在标签选择器中的位置越靠左，对象覆盖的范围就越大，如图 2-9 中最左边的"<body>"表示整个网页。

➢ **选取工具** ：为默认选择工具，用于在页面中选取对象。
➢ **手形工具** ：如果页面内容超出当前窗口，要平移页面，可选择"手形"工具 ，然后在页面中单击并拖动。
➢ **缩放工具** ：可以放大或缩小文档。如要放大文档，可在选择该工具后，在页面上需要放大的位置上单击；如要缩小文档，可在按住【Alt】键的同时，在页面上单击。
➢ **窗口大小：**该数值仅在设计视图可见，它显示了文档窗口的当前尺寸。

2.1.5 属性面板与面板组

在 Dreamweaver 中，大多数操作都是通过面板实现的。下面讲解与面板相关的知识。

"属性"面板位于文档窗口下方，主要用于查看或编辑所选对象的属性。例如，单击选中网页中的图像时，可以利用"属性"面板设置图像的路径、链接网页等，如图 2-10 上图所示；在表格单元格中单击时，"属性"面板如图 2-10 下图所示，此时可利用"属性"面板设置单元格中文字的格式，以及单元格的对齐方式和背景图像等。

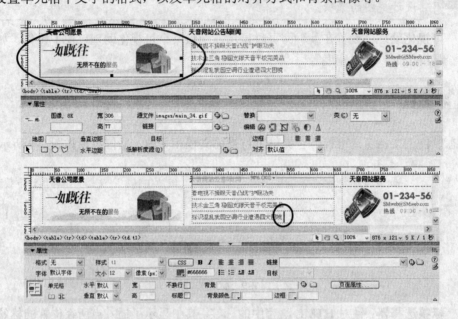

图 2-10　随操作对象变化而变化的属性面板

除"属性"面板外，Dreamweaver 8 还提供了众多面板，如"文件"面板、"历史记录"面板等。为便于管理，Dreamweaver 8 将这些面板归入到不同的面板组中。例如，"文件"面板组包含了"文件"面板、"资源"面板和"代码片断"面板，如图 2-11 左图所示；"CSS"面板组包含了"CSS 样式"面板和"层"面板，如图 2-11 右图所示。不过，并非所有面板组都包含了多个面板。例如，"框架"面板组就只包含了一个面板。

2.1.6 调整 Dreamweaver 8 工作界面

在 Dreamweaver 中制作网页时，经常需要对其工作界面进行各种调整。为方便后面的操作，下面我们简单介绍一下 Dreamweaver 8 中面板的基本操作。

Step 01 默认状态下，面板组位于文档窗口的右侧和下方。要关闭所有面板和面板组，可按【F4】键；再次按【F4】键，可恢复原来的状态。

Step 02 要打开或关闭某个面板，可选择"窗口"菜单下的相应菜单项，如图 2-12 所示。例如，可选择"窗口">"文件"菜单，打开或关闭"文件"面板。

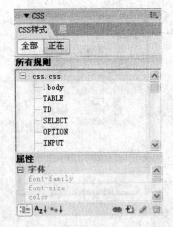

图2-11　"文件"面板与"CSS样式"面板　　　　　图2-12　"窗口"菜单

Step 03 单击某个面板组的名称或名称左侧的▶按钮，可以展开面板组，此时▶按钮变为▼按钮；再次单击该按钮或面板组名称可以收缩面板组，如图2-13所示。

Step 04 如要隐藏窗口右侧的所有面板，可单击该面板区域左侧的█按钮，此时█按钮将变成◀按钮，单击可重新显示面板；如果要隐藏窗口下方的面板，则单击██████按钮，如图2-14所示。

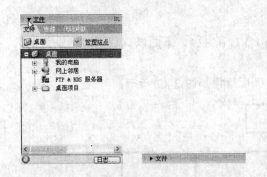
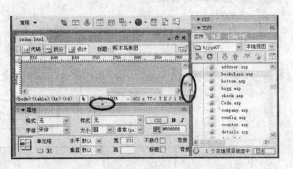

图2-13　收缩面板组　　　　　　　　　　图2-14　隐藏面板区域

Step 05 如果面板组包含了多个面板，可以在展开面板组后，通过单击面板标签在各面板之间切换。例如，展开"文件"面板组后，可以通过单击"文件"、"资源"标签在两个面板之间切换。

Step 06 单击面板组标题栏左侧的█按钮并拖动，可将面板组变为浮动状态。此时可拖动面板组标题栏，将其置于屏幕上任意位置，如图2-15所示。要还原面板组到文档窗口右侧的面板区域，可将其重新拖动至面板区域。

Step 07 单击面板组右上角的█符号，在弹出的菜单中选择"关闭面板组"，可关闭面板组，如图2-16所示。

Step 08 如果用户在更改面板组布局后又想恢复其原始布局，可选择"窗口" > "工作区布局" > "设计器"菜单。

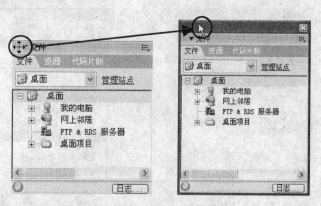 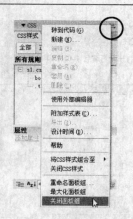

图 2-15　将面板组变为浮动状态　　　　　图 2-16　关闭面板组

2.2　网站创建与管理

创建网站的第一步是根据所要创建网站的内容和性质确定网站栏目，然后在此基础上确定本地网站的目录结构，并在 Dreamweaver 中定义站点，下面就来看看这方面的内容。

2.2.1　确定网站结构

关于规划网站结构的相关知识，请参考本书 1.3.1 节内容。下面以规划播客网站为例，学习确定网站栏目和本地目录结构的方法。

Step 01 本例规划的是一个小型播客网站，其栏目结构如图 2-17 所示。

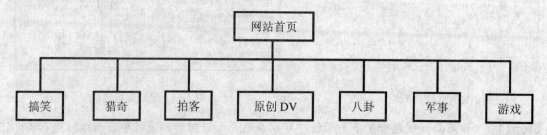

图 2-17　网站栏目结构

Step 02 接下来确定网站的目录结构。首先在本地磁盘上创建用来保存网站内容（包括网页文件和图像、动画等）的文件夹，该文件夹被称为站点根文件夹，这里我们在本地磁盘中创建一个"lemon"文件夹。

Step 03 为便于管理站点中的内容，还要在站点文件夹中创建若干子文件夹，以存放不同类型的文件。这里我们在"lemon"文件夹中创建一个"images"文件夹，用来保存网页中用到的图片、动画和视频素材，如图 2-18 所示。

本例规划的是小型网站，可将网页保存在网站根目录下。对于大中型网站，最好根据网站栏目，创建若干子文件夹来分类保存网页和相关素材。

Step 04 在开始网页制作之前，最好将网站中用到的所有素材文件都分类放置在站点文件夹中。这里我们将本书提供的素材"素材与实例" > "素材" > "lemon" > "images"文件夹中的文件复制到创建的站点文件夹中的"images"文件夹中。

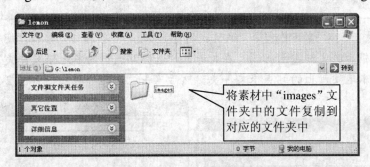

图 2-18 规划站点目录结构

关于网站中的文件夹和网页文档命名规则，请参考 2.3.1 节内容。

2.2.2 定义站点

规划好站点目录结构后，接下来需要在 Dreamweaver 中定义站点，即把在本地磁盘中创建的站点文件夹同 Dreamweaver 建立一定的关联，从而方便使用 Dreamweaver 管理站点和编辑站点内的网页文档，以及上传或下载站点内容等。下面是定义站点的具体操作步骤。

Step 01 启动 Dreamweaver 8，选择"站点" > "新建站点"菜单，打开"未命名站点 1 的站点定义为"对话框，单击"基本"选项卡，在"您打算为您的站点起什么名字"编辑框中输入站点名（此处为"lemon"），然后单击"下一步"按钮，如图 2-19 左图所示。

Step 02 由于我们创建的是静态站点，因此，在弹出的对话框中选择"否，我不想使用服务器技术"单选钮，然后单击"下一步"按钮，如图 2-19 右图所示。

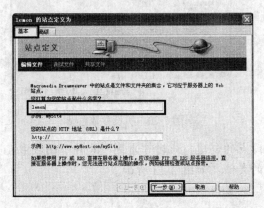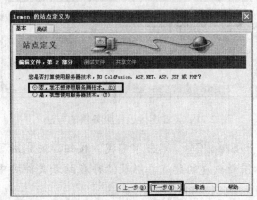

图 2-19 设置站点名和服务器技术

温馨提示　　如果你的网站中包含动态网页，此处应选择"是，我想使用服务器技术"单选钮。

Step 03　在打开的对话框中选择"编辑我的计算机……"单选钮，单击"您将把……"编辑框后的文件夹图标，在打开的"选择站点**的本地根文件夹"对话框中选择本地硬盘上的站点根文件夹，然后单击"选择"按钮，如图 2-20 所示。

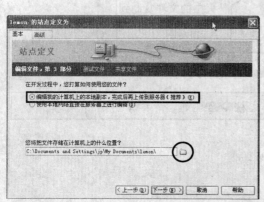

图 2-20　设置网站编辑方式和站点根文件夹

Step 04　回到"***的站点定义为"对话框，单击"下一步"按钮。由于现在只是在本地编写和调试网页，故不需要连接到远程服务器，在"您如何…"下拉列表中选择"无"，如图 2-21 所示。

Step 05　单击"下一步"按钮，系统显示所设参数的总结，如图 2-22 所示。

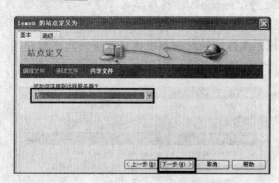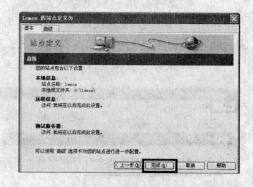

图 2-21　设置连接远程服务器的方法　　　　图 2-22　所设参数总结

Step 06　单击"完成"按钮，便完成了站点的创建。此时可看到"文件"面板中显示了新创建的站点，以及储存在站点文件夹中的文件，如图 2-23 所示。

2.2.3 管理站点

创建站点后，如果遇到了某些问题还可以对站点进行编辑，如修改站点属性、复制或删除站点等，下面是操作方法。

Step 01 选择"站点">"管理站点"菜单，打开"管理站点"对话框。

Step 02 该对话框中列出了在 Dreamweaver 中创建的所有站点，选择要编辑的站点（此处为前面创建的"lemon"），然后单击"编辑"按钮 编辑(E)...，如图 2-24 所示。

图 2-23 "文件"面板

Step 03 打开"lemon 的站点定义为"对话框，在该对话框"基本"选项卡中，可根据需要修改站点名称（与前面新建站点时出现的选项相同）。

Step 04 切换到"高级"选项卡，在其中可修改更多的站点属性，如修改站点名称、重新定义本地站点根文件夹等，如图 2-25 所示。设置好后，单击"确定"按钮。

Step 05 在"管理站点"对话框选中某站点后，单击"删除"、"复制"按钮，可复制或删除所选站点。最后单击"完成"按钮，关闭对话框。

图 2-24 选择需要编辑的站点

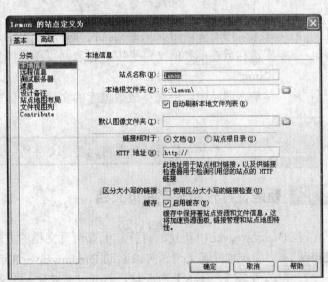

图 2-25 切换至"高级"选项卡

2.3 网页文档基本操作

定义好站点后，接下来便是对站点中的网页文档或文件夹进行操作。本节我们首先介绍 Dreamweaver 中网页文档和文件夹的命名规则，然后介绍新建、打开、保存、预览和关闭网页文档的方法，最后介绍利用"文件"面板管理站点中网页文档和文件夹的方法。

2.3.1 网页文档和文件夹的命名规则

为便于日后的维护和管理，网站中所有文件和文件夹的命名最好遵循一定的规则。

➢ 静态的首页文档一般命名为"index.html"。如果是包含程序代码的动态页面，比如 ASP 文件，则命名为"index.asp"。总之，后缀名与网页本身所使用的技术是一一对应的。

➢ 最好不要使用中文命名网页文档和文件夹，因为在使用 Unix 或 Linux 作为操作系统的主机上，使用中文命名的文件会出错。

➢ 网页文档名中不要使用大写英文字母，因为 Unix 操作系统区分英文字母大小写，而 Windows 操作系统不区分英文字母大小写。因此，为保证网站发布后不出错，文件名最好全部使用小写英文字母。

➢ 运算符符号不能用在文件名的开头。

➢ 比较长的网页文档名可以使用下划线"_"来隔开多个单词或关键字。

> 网页文档命名原则的指导思想有两条，一是使你自己和工作组的每一个成员都能通过文档名非常容易地理解文档的意义，二是当我们在文件夹中使用"按名称排列"命令时，同一种大类的文件能够排列在一起，以便执行查找、修改和替换等操作。

➢ 在大型网站中，分支页面的文件应存放在单独的文件夹中，每个分支中的图像也应该存放在单独的文件夹中，存放网页图像的文件夹一般命名为"images"或者"img"。

➢ 在动态网站中，用来存放数据库的文件夹一般命名为"data"或者"database"。

> 本书中提到的所有网站图像文件夹一律命名为"images"。

2.3.2 新建、打开和保存网页文档

在 Dreamweaver 中新建、打开和保存网页文档的方法非常简单，下面来看具体操作。

Step 01 要新建网页文档，可在启动 Dreamweaver 8 后，选择"文件" > "新建"菜单，或按【Ctrl+N】组合键，打开"新建文档"对话框。

Step 02 在"新建文档"对话框的"常规"选项卡的"类别"列表中选择相应类别（此处选择"基本页"），在中间的列表中选择一种网页类型（此处选择"HTML"），单击"创建"按钮即可创建一个新网页文档，如图 2-26 所示。

> 用户也可以利用"文件"面板进行新建、打开网页文档等操作，具体操作请参考 2.3.4 节内容。

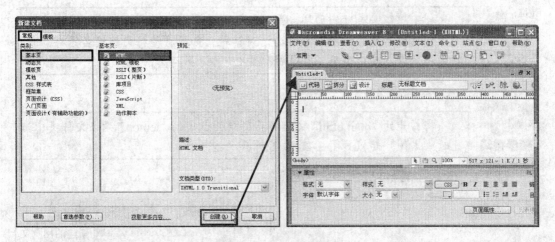

图 2-26　新建网页文档

Step 03 要打开现有的网页文档进行编辑，可选择"文件">"打开"菜单，或按【Ctrl+O】组合键，打开"打开"对话框。

Step 04 在"查找范围"下拉列表中选择网页文档所在位置（此处选择"素材与实例">"素材">"lemon"文件夹），在"文件列表"中选择要打开的文件（此处选择"main"文件），单击"打开"按钮，如图 2-27 左图所示。打开的网页文档如图 2-27 右图所示。

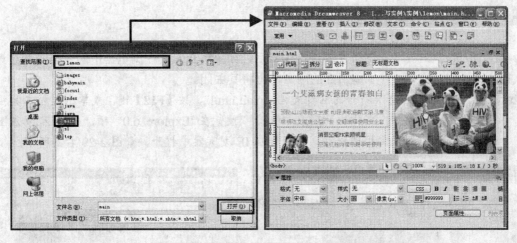

图 2-27　打开网页文档

Step 05 新建或编辑网页文档后，需要将其保存，才能使所做的设置生效。要保存前面新建的网页文档，可选择"文件">"保存"菜单，或按【Ctrl+S】组合键，打开"另存为"对话框。

Step 06 在该对话框的"保存在"下拉列表中选择保存文件的文件夹（此处为前面创建的站点文件夹"lemon"），在"文件名"文本框中输入文件名（此处为"index"），单击"保存"按钮，即可将文件保存，如图 2-28 左图所示。

对于已经保存过的文档，或通过"文件"面板创建的文件，在执行保存操作时，不会再弹出"另存为"对话框。如果希望将文档换名保存，或将文档保存在其他位置，可选择"文件">"另存为"菜单。

将打开的"mail.html"文档另存到前面创建的"lemon"站点文件夹中。此时"文件"面板如图 2-28 右图所示。

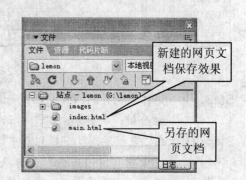

图 2-28　保存网页文档

2.3.3　预览和关闭网页文档

在 Dreamweaver 中对网页文档进行编辑后，如果想查看其在浏览器中的效果，可对其执行预览操作。另外，对于编辑好的网页，可将其关闭。

Step 01 切换到 2.3.2 节打开的网页文档"mail.html"，按【F12】键，或单击文档工具栏中的 按钮，在弹出的列表中选择"预览在 IExplore 6.0"项，如图 2-29 左图所示；如果文档已保存，将直接在 IE 浏览器中打开，如图 2-29 右图所示。

图 2-29　预览文档

如果网页文档已被修改但未保存，执行预览操作时会弹出图 2-30 所示的提示框，可单击"是"按钮保存文档，并在 IE 浏览器中打开。

图 2-30　提示框

Step 02 要关闭文档，只需单击相应网页文档窗口右上方的"关闭"按钮✖（或按【Ctrl+W】组合键）即可，这里我们将"mail.html"和"index.html"文档关闭。执行该操作时，如果文档已被修改但未保存，系统会弹出提示框，询问是否保存修改。

2.3.4 利用"文件"面板管理站点文件与文件夹

利用"文件"面板可以非常高效地管理站点中的网页文档与文件夹。实际操作中，在定义站点后，我们通常利用该面板来创建、重命名或打开站点中的网页文档或文件夹。

Step 01 要在当前站点的某个文件夹中创建网页文档，可右击该文件夹，从弹出的快捷菜单中选择"新建文件"选项，如图 2-31 左图所示。

Step 02 此时在站点中新建了一个网页文档，并且该网页文档名处于可编辑状态，用户可直接输入文档名称并按【Enter】键。本例在站点根文件夹下创建名称为"main_c.html"的网页文档，如图 2-31 中图和右图所示。

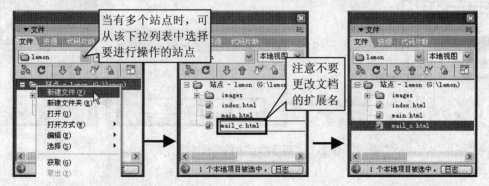

图 2-31　创建网页文档

在"文件"面板中所建文档的扩展名取决于创建站点时所选择的服务器技术。如果选择"否，我不想使用服务器技术"，则新建文档的扩展名默认为"html"；如果选择使用 ASP JavaScript 服务器技术，则新建文档的扩展名默认为"asp"。

Step 03 同样，要新建文件夹，可在站点根文件夹上单击鼠标右键，从弹出的快捷菜单中选择"新建文件夹"选项，如图 2-32 所示。

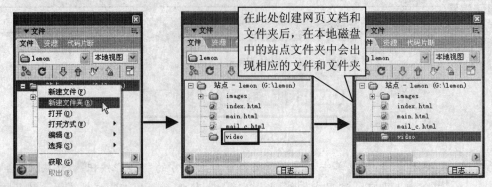

图 2-32　新建文件夹

Step 04 要重命名现有的网页文档或文件夹，可首先在"文件"面板中选中文档或文件夹，然后单击文档名或文件夹名（或按【F2】键），接着输入新名称并按【Enter】。重命名文档时，注意不要更改其扩展名。

Step 05 当不需要站点中的某个网页文档或文件夹时，可将其删除，方法为：在"文件"面板中选中需要删除的网页文档或文件夹，右击选中的网页文档或文件夹，从弹出的快捷菜单中选择"编辑">"删除"项，然后在弹出的提示框中单击"是"按钮即可，如图 2-33 所示。

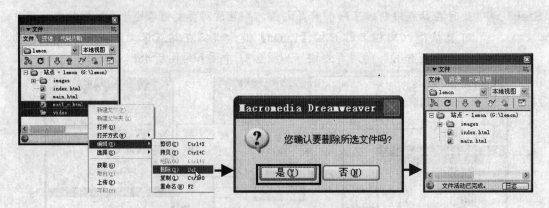

图 2-33　删除站点中的文件或文件夹

　　在选中需删除的文件或文件夹后，按键盘上的【Delete】键同样会弹出提示框，单击"是"按钮即可。

Step 06 除了上述操作外，在"文件"面板中双击某个网页文档名称，可在文档编辑窗口中快速打开该文档，如图 2-34 所示。

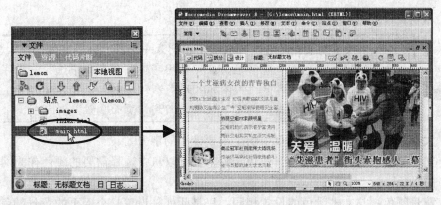

图 2-34 利用"文件"面板打开文档

2.4 页面总体设置

新建网页后,可以根据需要对页面进行一些简单的设置,这主要包括页面属性和头信息设置,下面分别介绍。

2.4.1 设置页面属性

要设置页面属性,可在不选择网页文档中任何对象的前提下,单击属性面板上的"页面属性"按钮,或者选择"修改"菜单下的"页面属性"命令,或按【Ctrl+J】组合键,打开"页面属性"对话框,如图 2-35 所示。

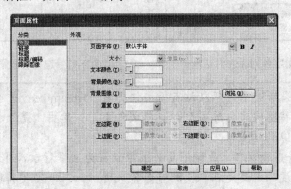

图 2-35 "页面属性"对话框

在"页面属性"对话框中,单击左侧"分类"列表中的选项,可以分别设置页面的外观、链接、标题、编码和跟踪图像等属性,下面分别介绍。

1. 外观

通过设置页面的"外观"选项,可以设置网页中文本的字体和字号、网页背景颜色或背景图像、网页页边距等,如图 2-35 所示,其各参数的意义如下。

➤ **页面字体：** 用来选择网页中的文本要使用的字体。

> 如果没有想要的字体，可在该下拉列表中选择"编辑字体列表"选项，打开"编辑字体列表"对话框，在"可用字体"列表框中选择一种字体，然后单击 ⧉ 按钮，将选中的字体加入到字体列表中，如图 2-36 所示。添加完需要的字体后，单击"确定"按钮，回到"页面属性"对话框。

➤ **大小：** 用来选择或输入网页中的文本要使用的字号。

➤ **文本颜色：** 单击 ▇ 按钮打开颜色选择器，可以从中选择需要的颜色作为网页文本的颜色。

➤ **背景颜色：** 与文本颜色的设置相同，只是此处是设置整个网页的背景颜色。

➤ **背景图像：** 当单一的背景颜色不能满足要求时，可以使用图像作为网页的背景。单击"背景图像"文本框后的 浏览® 按钮，弹出图 2-37 所示的"选择图像源文件"对话框。在"查找范围"下拉列表中选择所需图像的位置，然后在列表窗口中选择所需文件，最后单击"确定"按钮，即可将所选图像设置为网页背景。

图 2-36 "编辑字体列表"对话框

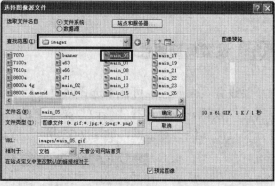

图 2-37 选择背景图像源文件

> 如果所选图像不在站点根文件夹中，Dreamweaver 会弹出提示框，询问是否将图像文件复制到站点根文件夹中。单击"是"按钮，系统将自动复制图像到站点根文件夹中。
>
> 一般情况下，最好不要将图像设置为网页背景，因为这会影响网页的下载速度，尤其是在网页浏览量较大时。如果一定要将图像设置为网页背景，也应尽可能选择尺寸较小的图像，使图像以平铺的方式填充整个网页。

➤ **重复：** 设置背景图像的显示方式，默认状态为"重复"，即不管设置的背景图像有多大，它都会填满整个窗口；如果选择"不重复"，则背景图像会保持原大小；如果选择"横向重复"，背景图像会沿水平方向平铺；同样地，选择"纵向重复"，背景图像会沿垂直方向平铺。

➤ **左、右、上、下边距：** 设置页面与浏览器左、右、上、下边界之间的距离，一般设置为 0。在每个边距设置的文本框中输入数值后可激活其后的 ▣▣▣(px) ▾ 下拉列表框，可从中选择边距的单位。

如果我们不明确设置网页中的字体、字号大小、文本颜色和背景颜色等，则在浏览器中浏览网页时，其显示效果将取决于网页浏览者的电脑桌面设置。例如，通常情况下，文本的字体为"宋体"，大小为 12pt（point，点），文字颜色为黑色，网页背景颜色为白色。

2. 链接

在"页面属性"对话框中，单击左侧"分类"列表中的"链接"选项，可以设置网页中链接文本的字体、大小、颜色、下划线等选项，如图 2-38 所示，其各参数的意义如下。

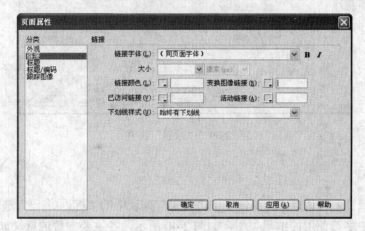

图 2-38　"链接"选项

"链接"指向我们要访问的目标文档或其他元素，从而使我们可以从一个页面跳转至另一个页面，其具体内容将在第 6 章中做详细介绍。

> **链接字体：** 设置网页中链接文本的字体，单击右侧的 **B** 和 **I** 按钮，可将链接文本设置为加粗或斜体格式。
> **大小：** 设置网页中链接文本的字号大小。
> **链接颜色：** 设置网页中链接文本的颜色。
> **变换图像链接：** 设置鼠标经过时链接文本的颜色。
> **已访问链接：** 设置访问后的链接文本颜色。
> **活动链接：** 设置鼠标单击时链接文本的颜色。
> **下划线样式：** 设置链接文本的下划线情况。

3. 标题

在"页面属性"对话框中，单击左侧"分类"列表中的"标题"选项，可设置标题字体和各级标题的字号大小，如图 2-39 所示，其各参数的意义如下。

> **标题字体：** 设置页面标题的字体样式，单击后面的 **B** 和 **I** 按钮，可设置标题文本为加粗或斜体。

> **标题 1：** 设置一级标题的字号大小，可在下拉列表框中选择，也可直接输入数字。此外，单击其后的 ⏷ 按钮，可在弹出的颜色选择器中选择标题文本的颜色。

> "标题 2"到"标题 6"分别对应 2 到 6 级标题，其设置方法与"标题 1"相同。

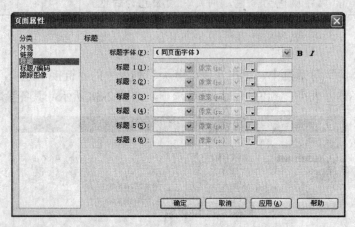

图 2-39 "标题"选项

4. 标题/编码

在"页面属性"对话框中，单击左侧"分类"列表中的"标题/编码"选项，可设置网页标题和网页中字符使用的编码类型，如图 2-40 所示，各主要参数的意义如下。

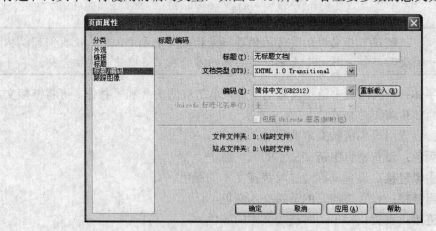

图 2-40 "标题/编码"选项

> **标题：** 设置网页标题（与"文档工具栏"中的"标题"文本框等效），该标题将出现在浏览器标题栏中，一般是表示网页特征或欢迎词之类的文本。

> **编码：** 设置网页文档中字符所用的编码类型，国内常用的有"简体中文（GB2312）"和"Unicode（UTF-8）"。

5.　跟踪图像

在"页面属性"对话框中，单击左侧"分类"列表中的"跟踪图像"选项，可参照现有的某个网页制作网页，如图 2-41 所示，其各参数的意义如下。

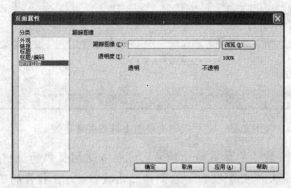

图 2-41　"跟踪图像"选项

- ➢ **跟踪图像：**如果希望参照某个网页设计自己的网页，可首先利用抓屏软件将该网页保存为 JPG 格式的图像，然后将其设置为跟踪图像即可。
- ➢ **透明度：**设置跟踪图像的透明度，可使用鼠标拖动滑块进行设置。

2.4.2　设置头信息

头信息包括网页关键字、网页说明等。在使用 Google、baidu、Yahoo 等搜索引擎搜索网页时，不是检索网页的所有内容，而是只检索网页的关键字。如果希望自己的网页能够被搜索引擎检索到，最好把关键字设置为人们经常使用的词语。

Step 01　将"常用"插入栏切换至"HTML"插入栏，单击其中的"文件头"按钮右侧的三角按钮，在打开的下拉列表中选择"关键字"，打开"关键字"对话框。

Step 02　在"关键字"编辑框中输入要为网页设置的关键字，各个关键字之间用逗号隔开，单击"确定"按钮，插入关键字，如图 2-42 所示。

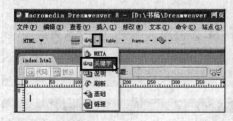

图 2-42　设置关键字

Step 03　为确认所插入的关键字，单击"拆分"按钮，在文档窗口上方将显示"代码"视图，可以看到在<head>标签里插入了<meta>标签，其中显示了刚才设置的关键字，如图 2-43 所示。

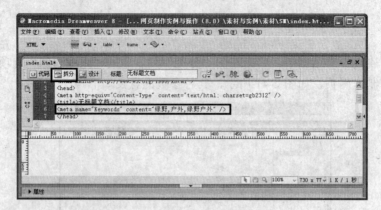

图 2-43　在"代码"视图中查看关键字效果

Step 04 除关键字外,搜索引擎在检索网页时还会查看网页中的说明文本。单击"HTML"插入栏中"文件头"按钮 右侧的三角按钮 ,在打开的下拉列表中选择"说明",打开"说明"对话框,在"说明"编辑框中输入对网页的描述性文本,如图 2-44 所示。

Step 05 单击"确定"按钮,插入说明文本。可参考查看关键字的方法,查看插入的说明文本,如图 2-45 所示。

图 2-44　设置说明文本

图 2-45　查看说明文本

　　在"HTML"插入栏中的"文件头"按钮 下拉列表中选择"META"选项,也可插入关键字、说明文本等 Meta 标签。例如,要插入关键字,可在打开的"META"对话框中设置属性和内容,然后单击"确定"按钮;要插入说明文本,同样可在打开的对话框中进行设置,如图 2-46 所示。

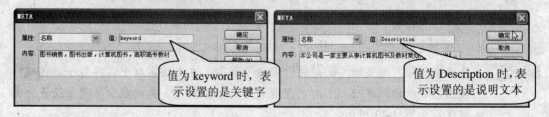

图 2-46　插入关键字和说明文本

 综合实例——定义站点"SM"并创建网页

本例通过定义站点"SM"并创建网页文档及设置文档属性，来巩固前面所学知识。

本书各章后的综合实例都将围绕此处定义的"SM"网站展开，该网站是一个电子产品企业网站，其栏目规划和首页效果如图 2-47 所示。学完本书各章后的综合实例后，读者将制作出该网站首页及某些栏目的页面，并能举一反三，独立制作出网站其他栏目的页面。

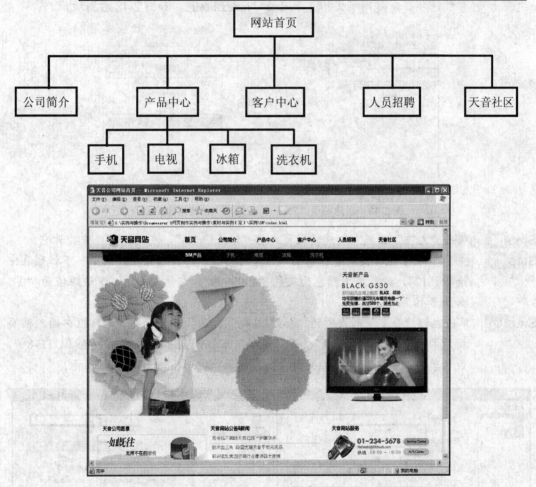

图 2-47　电子产品企业网站栏目规划和首页效果

制作思路

本例主要用到了定义站点、"文件"面板的应用及页面设置等知识。首先将本书提供的素材文件夹"SM"拷贝到本地磁盘中并将其定义为站点文件夹，然后利用"文件"面板分别新建两个网页文档并设置文档的页面属性和头信息，最后将文档保存。

制作步骤

Step 01 将本书附赠光盘"素材与实例\素材"中的"SM"文件夹拷贝至本地磁盘。

Step 02 启动 Dreamweaver 8 后，选择"站点">"新建站点"菜单，打开"未命名站点
1 的站点定义为"对话框，然后参照 2.2.2 节内容，在 Dreamweaver 中定义站点
"SM"（将步骤 1 拷贝过来的"SM"文件夹设置为站点根文件夹），效果如图
2-48 左图所示。

Step 03 在"文件"面板中右键单击站点根文件夹，在弹出的快捷菜单中选择"新建文
件"选项，新建网页文档并命名为"index.html"，如图 2-48 右图所示。

图 2-48 新建站点"SM"并在站点中创建网页文档

Step 04 双击"文件"面板中新建的网页文档"index.html"，在文档窗口中打开它。

Step 05 按【Ctrl+J】组合键打开"页面属性"对话框。在该对话框"大小"下拉列表中
选择"12"，设置文本颜色为灰色"#999999"，左、右、上、下边距值为"0"，
如图 2-49 所示。

Step 06 单击左侧"分类"列表中的"标题/编码"选项，在"标题"编辑框中输入网页
标题"天音公司网站首页"；在"编码"下拉列表中选择"Unicode（UTF-8）"，
最后单击"确定"按钮，关闭"页面属性"对话框，如图 2-50 所示。

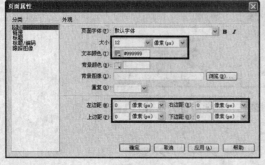 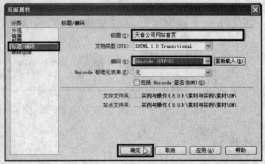

图 2-49 设置"外观"选项　　　　图 2-50 设置"标题/编码"选项

Step 07 将"常用"插入栏切换至"HTML"插入栏，单击"文件头"按钮右侧的三

角按钮▼，在打开的下拉列表中选择"关键字"，打开"关键字"对话框。

Step 08 在"关键字"编辑框中输入要为网页设置的关键字，然后单击"确定"按钮插入关键字，如图 2-51 所示。

Step 09 再次单击"文件头"按钮右侧的三角按钮▼，在打开的下拉列表中选择"说明"，打开"说明"对话框，在"说明"编辑框中输入要为网页设置的说明文本，然后单击"确定"按钮，如图 2-52 所示。

图 2-51　插入"关键字"　　　　　　　图 2-52　插入"说明"文本

Step 10 按【Ctrl+S】组合键将设置好的"index.html"网页文档保存，在"文件"面板中新建文档并命名为"sub1.html"，如图 2-53 所示。

Step 11 在文档编辑窗口中打开"sub1.html"，按【Ctrl+J】组合键打开"页面属性"对话框，设置其"外观"属性与"index.html"相同。

Step 12 在左侧的"分类"列表中选择"标题/编码"选项，在"标题"编辑框中输入网页标题"天音网站企业简介"；在"编码"下拉列表中选择"Unicode（UTF-8）"，如图 2-54 所示。最后单击"确定"按钮，关闭"页面属性"对话框。

图 2-53　新建文档并命名　　　　　　图 2-54　设置网页页面属性

Step 13 参照为"index.html"设置关键字和说明文本的方法，为"sub1.html"设置同样的关键字和说明文本，最后将文档保存。

本章小结

本章主要介绍了 Dreamweaver 基础知识，学完本章后，读者应了解或掌握以下知识。

➢ 在熟悉工作界面部分，应重点掌握文档标签栏、文档工具栏、状态栏、属性面板的作用和使用方法，以及调整面板组的方法。

> 在网站创建与管理部分，应重点掌握规划网站结构、定义站点的作用和操作方法。要注意的是，为方便分类管理网页，除了可以在本地磁盘中创建站点根文件夹下的子文件夹外，还可在定义好站点后，利用"文件"面板创建。

> 在网页文档基本操作部分，要了解网页文档和文件夹的命名规则，重点掌握利用"文件"面板创建、重命名和打开网页文档的方法。一般情况下，在相关站点中创建、打开网页时，都是通过"文件"面板进行。

> 在页面总体设置部分，应重点掌握页面外观、标题/编码，以及头信息的设置方法。

思考与练习

一、选择题

1. 默认状态下，插入栏的显示方式被称为菜单方式，此外还可以以（　　）方式显示。

    A. 项目符号　　　　　B.制表符　　　　　　C. 项目符号　　　　　D. 编号

2. 要使浏览网页时在浏览器窗口显示网页标题，可通过（　　）设置（此为多选题）。

    A. 文档工具栏　　　B 属性面板　　　B "页面属性"对话框　　　D. 状态栏

3. 保存网页文档的快捷键是（　　）。

    A. 【Ctrl+A】　　　B. 【Ctrl+O】　　　C. 【Ctrl+S】　　　D. 【Ctrl+D】

4. 预览网页文档的快捷键是（　　）。

    A. 【Ctrl+A】　　　B. 【Ctrl+O】　　　C. 【F2】　　　D. 【F12】

5. 通常我们将页面与浏览器左、右、上、下边界之间的距离设置为（　　）。

    A. 0　　　　　　　B. 2　　　　　　　C. 10　　　　　　　D. 20

6. 要让搜索引擎能检索出你的网页，（　　）的设置是一个重点。

    A. 网页标题　　　　B. 字号　　　　　C. 关键字　　　　　D. 编码

二、填空题

1. 在标签选择器中的位置越靠左，对象覆盖的范围就越_____。

2. 如果用户在更改面板组布局后又想恢复其原始布局，可选择"窗口">"工作区布局">"_____"菜单。

3. 创建网站的第一步是根据所要创建网站的内容和性质确定网站_____，然后在此基础上确定本地网站的_____，并在 Dreamweaver 中定义站点。

4. 为网页命名时，静态的首页文件一般命名为_____；如果是包含程序代码的动态页面，比如 ASP 文件，则命名为_____。

5. 存放网页图像的文件夹一般命名为_____或_____。

6. 在使用 Google、baidu、Yahoo 等搜索引擎搜索网页时，不是检索网页的所有内容，而是只检索网页的_____。

三、操作题

　　将本书附赠光盘"素材与实例\素材"中的"lily"文件夹拷贝至本地磁盘，然后参照 2.2.1 节的操作在 Dreamweaver 中创建一个名为"lily"的站点，将"lily"文件夹设置为站点根文件夹。

第 3 章

使用表格布局网页

本章内容提要

- 表格基本操作 48
- 表格高级操作 59

章前导读

布局在网页制作中起着至关重要的作用，只有学会构建网页布局，才能让网页中的元素"各就各位"，也才能制作出高水平的网页。目前来说，表格是构建网页布局最常用，也最容易上手的工具。将不同的网页元素放在不同表格和单元格中，能让网页变得井然有序。

3.1 表格基本操作

所谓表格（Table）就是由一个或多个单元格构成的集合，表格中横向的多个单元格称为行（在 HTML 语言中以<tr>标签开始，</tr>标签结束），垂直的多个单元格称为列（以<td>标签开始，</td>标签结束），行与列的交叉区域称为单元格，网页中的元素就放置在这些单元格中，如图 3-1 所示。

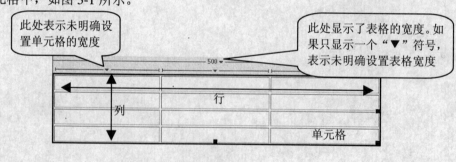

图 3-1 表格

3.1.1 创建表格

Dreamweaver 8 提供了非常完善的表格编辑功能，下面我们首先来看一下如何在网页文档中插入表格。

Step 01　首先在文档页面上要插入表格的位置单击，以确定插入点位置。

Step 02　单击"常用"插入栏中的"表格"按钮⊞，打开"表格"对话框，设置各项参
数后，单击"确定"按钮，即可插入表格，如图3-2所示。

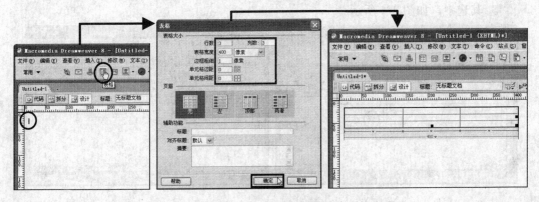

图3-2　插入表格

下面简单介绍一下"表格"对话框中几个重要选项的意义。

➢　**表格宽度（Width）**：设置表格宽度值，如不设置该值，表格宽度将随其中内容
而改变。在Dreamweaver中，最常用的单位是像素和百分比。像素使用0或大于
0的整数来表示；百分比是相对于浏览器或其父级对象而言的，使用0或百分比
来表示。二者的区别在于：当浏览器窗口的宽度发生变化时，直接位于浏览器中
的使用了百分比作为单位的表格的宽度将随浏览器窗口发生同比例的变化，而使
用像素作为单位的表格的宽度将保持不变。

温馨提示

　　父级对象是指它所处的对象，假设有一个表格1，表格1的某一个单
元格中又有一个表格2，那么此时表格2所在的单元格就是表格2的父级
对象。

➢　**边框粗细（Border）**：是指整个表格边框的粗细，标准单位是像素。整个表格外
部的边框叫外边框，表格内部单元格周围的边框叫内边框。

➢　**单元格边距（Cellpadding）**：也叫单元格填充，是指单元格内部的文本或图像与
单元格边框之间的距离，标准单位是像素。

➢　**单元格间距（Cellspacing）**：是指相邻单元格之间的距离，标准单位是像素。

3.1.2　选择表格和单元格

要对表格或单元格进行编辑，首先需要将其选中。

1. 选择表格

在Dreamweaver中选择表格的方法主要有以下几种。

➢ 将鼠标光标移至单元格边框线上，当鼠标光标变为 ‡ 或 ╫ 形状时单击鼠标左键。
  当表格外框显示为黑色粗实线时，就表示该表格被选中了，如图 3-3 所示。

➢ 将鼠标光标移至表格外框线上，当鼠标光标变为 ╟ 形状时，单击鼠标左键即可将
  其选中，如图 3-4 所示。

 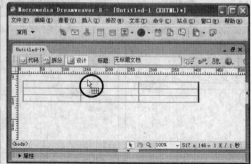

图 3-3　单击单元格边框线选择表格　　　　图 3-4　单击表格边框线选择表格

➢ 在表格内部任意单元格中单击鼠标左键，然后在标签选择器中单击对应的
  "<table>"标签，该表格便处于选中状态，如图 3-5 所示。

➢ 将插入点置于表格的任意单元格中，表格上方或下方将显示绿线标志，单击最上
  方或最下方标有表格宽度的绿线中的 ▾，在弹出的下拉菜单中选择"选择表格"
  命令，如图 3-6 所示。

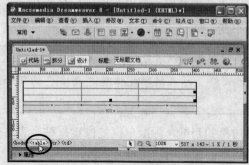 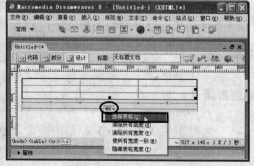

图 3-5　单击标签选择表格　　　　　　　图 3-6　通过快捷菜单选择表格

2. 选择行或列

要选择某行或某列，可将光标置于该行左侧或该列顶部，当光标形状变为黑色箭头➡
或⬇时单击鼠标左键，如图 3-7 所示。

图 3-7　选择某行或某列

3. 选择单元格

可以选择单个单元格，也可以选择连续的多个单元格或不连续的多个单元格，下面分别介绍。

➤ 要选择某个单元格，可首先将插入点置于该单元格内，然后按【Ctrl＋A】组合键或单击"标签选择器"中对应的"<td>"标签。

➤ 要选择连续的单元格区域。应首先在要选择的单元格区域的左上角单元格中单击，然后按住鼠标左键向右下角单元格方向拖动鼠标，最后松开鼠标左键，如图 3-8 所示。

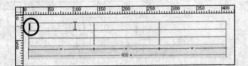

图 3-8　选择单元格区域

　　　在左上角的单元格中单击，然后按住【Shift】键不放，在右下角的单元格中单击鼠标左键，亦可选择连续的单元格区域，如图 3-9 所示。

➤ 如果希望选择一组不相邻的单元格，可按住【Ctrl】键单击选择各单元格，如图 3-10 所示。

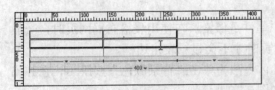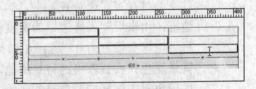

图 3-9　选择连续单元格　　　　　　　　图 3-10　选择不相邻的单元格

3.1.3　设置表格属性

选中表格后，可利用"属性"面板查看或修改表格的行、列、宽，以及填充、间距、背景颜色、背景图像等属性，如图 3-11 所示。

图 3-11　表格"属性"面板

下面简单介绍一下表格"属性"面板中各主要选项的意义及设置方法。

➤ **表格 Id：**用来设置表格的 ID，一般无需设置。

➤ **行：**显示表格的行数，可通过修改该数值改变表格的行数。

> **列**：显示表格的列数，可通过修改该数值改变表格的列数。
> **宽**：显示表格的宽度值，可通过修改该数值改变表格的宽度。其后的下拉列表框用来设置宽度的单位，有"%"和"像素"两个选项。
> **高**：显示表格的高度值，可通过修改该数值改变表格的高度。

若不需要精确指定表格宽度，可在选中表格后，通过拖动其右侧边框上的黑色控制点，来改变表格的宽度，如图 3-12 所示。

另外，通过拖动表格下方边框上的控制点，可以改变其高度；拖动右下角的控制点可以同时改变表格的宽度和高度。

图 3-12　改变表格宽度

> **填充**：用来设置单元格内容距单元格边框的距离，单位是像素。
> **间距**：用来设置各相邻单元格之间的距离，单位是像素。
> **对齐**：用来设置表格在网页中的对齐方式。其中有四个选项——"默认"、"左对齐"、"居中对齐"和"右对齐"。"默认"表示按照浏览器默认的或其父级对象的对齐方式来对齐。
> **边框**：用来设置表格边框的宽度值，单位是像素。在使用表格布局网页时，一般将"边框"设置为 0。这样在浏览网页时才不会显示表格边框。
> **背景颜色**：设置表格的背景颜色，具体方法为单击"背景颜色"按钮，在弹出的调色板中选择想要填充的颜色，如图 3-13 所示。

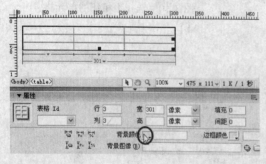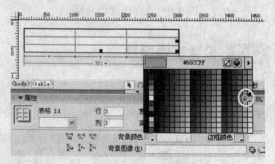

图 3-13　设置表格背景颜色

> **边框颜色**：设置表格边框的颜色，与背景颜色的设置方法相同。需要说明的是，只有在表格的边框值不为 0 时，该项才起作用。
> **背景图像**：设置表格的背景图像，单击"背景图像"编辑框后的"浏览文件"按钮，在弹出的"选择图像源文件"对话框中选择图像后单击"确定"按钮即可，如图 3-14 所示。

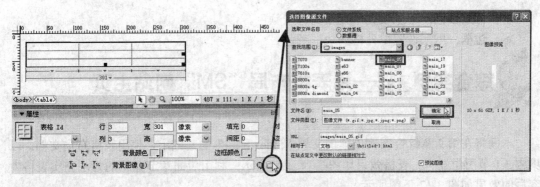

图 3-14 设置表格背景图像

3.1.4 设置单元格属性

在表格的某个单元格中单击，"属性"面板中将显示水平、垂直、宽、高等单元格属性，此时可通过"属性"面板设置其属性，如图 3-15 所示。

图 3-15 单元格"属性"面板

下面简单介绍单元格"属性"面板中几个常用选项的意义。

➢ **水平**：设置单元格内元素的水平排列方式。

➢ **垂直**：设置单元格内元素的垂直排列方式。

➢ **宽**：设置单元格的宽度值，单位可以为像素或百分比。

➢ **高**：设置单元格的高度，单位可以为像素或百分比。

> 对于单元格来说，同样可以通过拖动其边框来改变宽度和高度值，如图 3-16 所示。

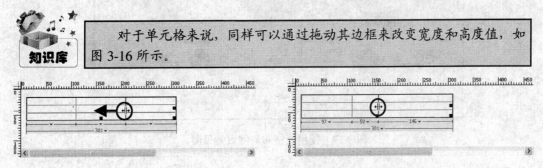

图 3-16 通过拖动边框改变单元格宽度值

➢ **"不换行"复选框**：选中该项，可以防止单元格中较长的文本自动换行。

➢ **"标题"复选框**：选中该项，单元格中的内容将成为标题。

➢ **背景**：用来设置单元格的背景图像，其设置方法与表格的背景图像设置方法相同。

> ➤ **背景颜色：**用来设置单元格的背景颜色。
> ➤ **边框：**用来设置单元格的边框颜色。

综合实例 1——用表格布局"SM"网站主页

本例将在第 2 章综合实例创建的文档"index.html"的基础上，使用表格布局文档，以巩固 3.1 节所学知识。表格效果如图 3-17 上图所示；利用后面章节介绍的方法充实表格内容后的效果如图 3-17 下图所示。

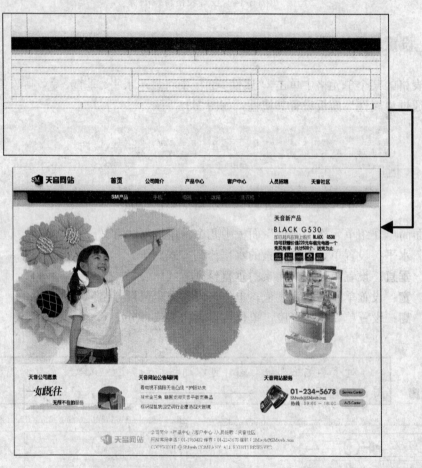

图 3-17   使用表格布局网页效果图

制作思路

本例主要练习插入表格和设置表格、单元格属性的方法。制作时，会依次插入 7 个表格，并分别设置表格和单元格的对齐方式、背景颜色和背景图像等属性。

制作步骤

Step 01 启动 Dreamweaver 8 后，将"文件"面板中的当前站点设置为上一章综合实例中定义的"SM"站点，并双击打开"index.html"文档，然后在文档窗口中单击定位插入点。

 温馨提示 用户也可以将本书提供的素材"素材与实例" > "素材" > "SM 素材"文件夹中的"index_a.html"文档拷贝至站点中，并打开进行操作。

Step 02 单击"常用"插入栏中的"表格"按钮，在打开的"表格"对话框中设置"行数"为 1，"列数"为 5，"表格宽度"为 1000 像素，"边框粗细"、"单元格边距"和"单元格间距"均为 0，如图 3-18 左图所示。

Step 03 单击"确定"按钮插入表格，为便于后面的操作，我们称该表格为表格 1，如图 3-18 右图所示。

 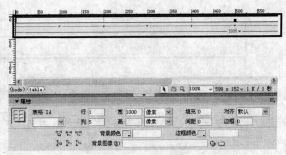

图 3-18　插入表格

Step 04 选中插入的表格 1，在"属性"面板"对齐"下拉列表中选择"居中对齐"；单击"背景图像"文本框后的"浏览文件"按钮，如图 3-19 左图所示。

Step 05 打开"选择图像源文件"对话框，在"查找范围"下拉列表中选择网站根文件夹中的图像文件夹"images"，在文件列表中选择图像文件"main_05.gif"，之后单击"确定"按钮设置背景图像，如图 3-19 右图所示。

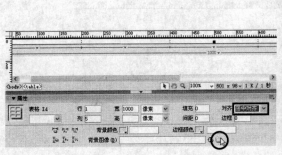 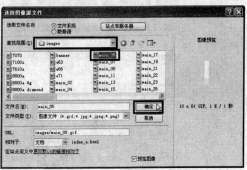

图 3-19　设置表格对齐和背景图像

Step 06 将插入点置于表格 1 左侧第 1 个单元格中,在"属性"面板"宽"和"高"文本框中分别输入 44 和 61,设置单元格宽和高分别为 44 像素和 61 像素,如图 3-20 所示。

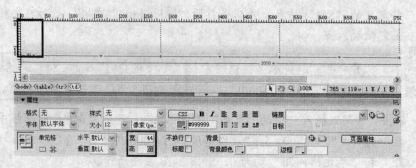

图 3-20 设置单元格宽和高

Step 07 参照设置第 1 个单元格的方法,分别设置第 2、3、4 个单元格的宽为 132 像素、85 像素和 618 像素,如图 3-21 所示。

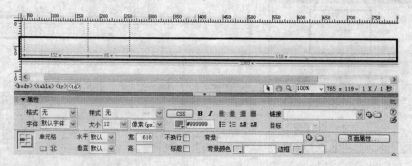

图 3-21 设置第 2、3、4 个单元格宽

温馨提示

由于前面设置了第 1 个单元格的"高"后,整个表格的"高"都变为了所设置的值,所以此处不再设置其他单元格的高。

Step 08 将插入点置于表格 1 下方,插入一个 1 行 13 列,宽为 1000 像素,"边框粗细"、"单元格边距"和"单元格间距"均为 0 的表格,我们称该表格为表格 2,然后设置该表格左侧第 1 个单元格宽为 50 像素,高为 44 像素,如图 3-22 所示。

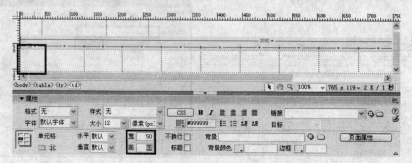

图 3-22 插入表格 2 并设置其单元格宽和高

经验之谈

当文档窗口下方没有空间时，有些读者可能不知道此时该如何定位插入点。没关系，你可以先选中最下方的表格，然后按键盘上的向右方向键【→】，则新插入的表格将出现在所有表格下方。

Step 09 依次设置表格2中第2~12个单元格宽分别为217像素、54像素、57像素、42像素、32像素、50像素、30像素、47像素、36像素、49像素和265像素，如图3-23所示。

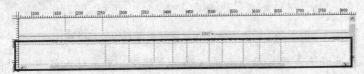

图3-23　设置表格2各个单元格宽

Step 10 选中表格2，首先在"对齐"下拉列表中选择"居中对齐"，然后设置其背景图像为站点"images"文件夹中的"main_08.gif"文件，如图3-24所示。

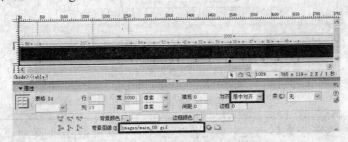

图3-24　设置表格对齐和背景图像

Step 11 在表格2下方插入一个1行2列，宽1000像素，"边框粗细"、"单元格边距"和"单元格间距"均为0的表格，我们称其为表格3；设置表格3为居中对齐。

Step 12 在表格3下方插入一个1行1列，宽1000像素，"边框粗细"、"单元格边距"和"单元格间距"均为0的表格，我们称其为表格4；设置表格4高为20像素，居中对齐，如图3-25所示。

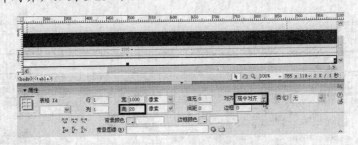

图3-25　插入表格4并设置高和对齐方式

Step 13 在表格4下方插入一个2行5列，宽1000像素，"边框粗细"、"单元格边距"和"单元格间距"均为0的表格，我们称其为表格5。

Step 14 设置表格5居中对齐，并分别设置其第1行的1、2、3、4个单元格宽为25像素、306 像素、338 像素和 304 像素，如图 3-26 所示。

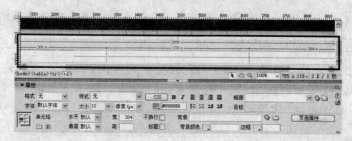

图 3-26 插入表格 5 并设置对齐方式和单元格宽

Step 15 将插入点置于表格 5 第 2 行第 3 列单元格中，单击插入栏中的"表格"按钮 ，插入一个 4 行 1 列，宽为 90% 的表格，并设置其居中对齐，如图 3-27 所示。

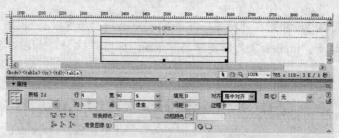

图 3-27 在单元格中插入表格并设置居中对齐

温馨提示 在一个表格的某个单元格里插入一个新表格，这就是所谓的嵌套表格。

Step 16 在表格 5 下方插入一个 1 行 1 列，宽 1000 像素，"边框粗细"、"单元格边距"和"单元格间距"均为 0 的表格（称为表格 6），并设置其为居中对齐。

Step 17 在表格 6 下方插入一个 1 行 3 列，宽 1000 像素，"边框粗细"、"单元格边距"和"单元格间距"均为 0 的表格，我们称其为表格 7，然后设置表格 7 为居中对齐，并依次设置第 1 和第 2 个单元格宽为 216 像素和 160 像素，如图 3-28 所示。

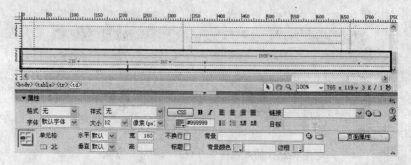

图 3-28 插入表格 7 并设置单元格宽

Step 18 最后选择"文件" > "保存"菜单，将文件保存。

3.2　表格高级操作

前面讲述的是表格最基本的应用，在实际的网页制作中，经常需要拆分或合并单元格，插入、删除行和列，以及移动或排序表格内容等，下面分别介绍。

3.2.1　拆分与合并单元格

在网页制作中，经常会用到一些特殊结构的表格，此时就需要拆分或合并单元格。

1. 拆分单元格

拆分单元格就是将一个单元格拆分成多个单元格，具体操作如下。

Step 01 新建一个文档并在其中插入一个 3 行 3 列的表格。在要拆分的单元格中单击(此处为第 1 行中间的单元格)，然后单击"属性"面板上的"拆分单元格为行或列"按钮，如图 3-29 左图所示。

Step 02 打开"拆分单元格"对话框，在"把单元格拆分"区选择"列"单选钮，在"列数"编辑框中输入"3"，然后单击"确定"按钮，单元格被拆分为 3 列，如图 3-29 中图和右图所示。

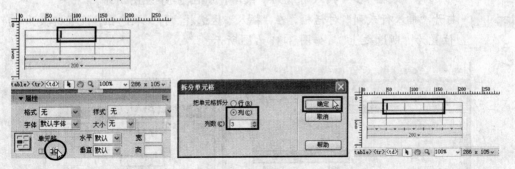

图 3-29　拆分单元格

温馨提示

如果在"把单元格拆分"区选择"行"，则下方的"列数"会自动变为"行数"。

2. 合并单元格

所谓合并单元格，就是将相邻的几个单元格合并成一个单元格。下面继续在前面的文档中操作，也就是将前面拆分的单元格合并成一个单元格。

拖动鼠标选中要合并的连续单元格（此处为第 1 行中间的 3 个单元格），然后单击"属性"面板上的"合并所选单元格，使用跨度"按钮，则 3 个单元格合并为 1 个单元格，如图 3-30 所示。

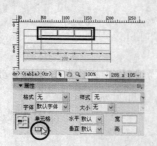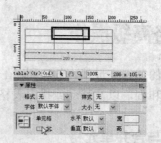

图 3-30　合并单元格

　　如果需要，也可选中某一列单元格将其合并，比如图 3-30 所示的第 1 列的 3 个单元格。

3.2.2　插入、删除行和列

在使用表格组织大量信息时，往往需要在创建好的表格中添加或删除行与列，以增加或减少记录，具体操作如下。

Step 01　继续在前面创建的表格中操作。在第 1 行第 1 列单元格（为展示插入或删除行与列效果，本例在该单元格中输入 "1"）中单击鼠标右键，在弹出的快捷菜单中选择 "表格" > "插入行或列" 菜单，如图 3-31 左图所示。

Step 02　打开 "插入行或列" 对话框，在 "插入" 区选择 "行" 单选钮，设置行数为 "1"，位置为 "所选之上"，如图 3-31 右图所示。

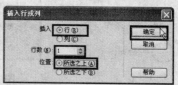

图 3-31　打开并设置 "插入行或列" 对话框

　　如果要在某单元格的左侧或右侧添加列，只需在 "插入行或列" 对话框中的 "插入" 区选择 "列"，下方会自动变为 "列数"，"位置" 也会自动变为针对列的选项。
　　另外，如果要在所选行上方插入 1 行，可直接在快捷菜单中选择 "表格" > "插入行" 菜单；如果要在所选列左侧插入 1 列，可直接选择 "表格" > "插入列" 菜单。

Step 03　单击 "确定" 按钮，在插入点所在行上方插入 1 个新行，并且插入点自动移至新行中，如图 3-32 所示。

Step 04　如要删除某行，只需在该行单击鼠标右键，然后在弹出的快捷菜单中选择 "表格" > "删除行" 菜单即可, 如图 3-33 所示。

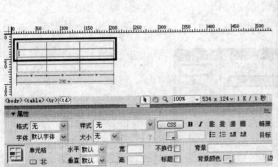
图 3-32 插入行

图 3-33 删除行

3.2.3 移动表格整行内容

移动表格整行内容的方法非常简单, 下面来看具体操作。

Step 01 在 Dreamweaver 中打开本书附赠的 "素材与实例\素材\3-2" 目录下的 "3_2.html" 文档。

Step 02 首先选中需要移动的行, 然后按【Ctrl+X】组合键 (或在所选行上单击鼠标右键, 在弹出的快捷菜单中选择 "剪切" 选项), 如图 3-34 所示。

Step 03 将插入点置于目标位置的下一行中任意一个单元格中, 如图 3-35 所示。

Step 04 按【Ctrl+V】组合键 (或单击右键, 在弹出的快捷菜单中选择 "粘贴" 选项), 粘贴前面剪切的内容, 结果如图 3-36 所示。

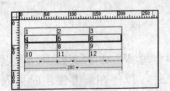
图 3-34 选择要移动的行

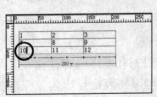
图 3-35 定位插入点

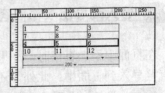
图 3-36 粘贴行内容

新手秀场

移动表格中整列内容的方法与移动整行内容相同, 大家可以自己试试。

3.2.4 排序表格内容

如果希望对 Dreamweaver 表格中的内容进行排序, 可执行如下操作。

Step 01 依然在前面打开的 "3_2.html" 文档中操作, 选中要排序的表格, 如图 3-37 所

Step 02 在"排序按"下拉列表框中选择用来排序的列，如"列 1"；在"顺序"下拉列表框中分别选择排序依据（如"按数字排序"）和排序顺序（如"升序"），如图 3-38 所示。

Step 03 单击"确定"按钮，关闭对话框，排序后的表格如图 3-39 所示。

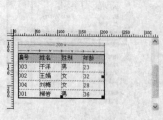
图 3-37 选择表格

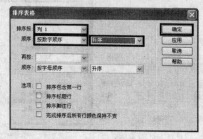
图 3-38 设置"排序表格"对话框

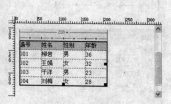
图 3-39 排序结果

如有必要，可在"再按"下拉列表框中选择第二个排序的依据。也可根据实际需要在"选项"区中进行必要的设置，该区中各项参数的意义如下。

➤ 选中 □ 排序包含第一行，可将表格的第一行包括在排序中，一般不用选此项。

➤ 选中 □ 排序标题行，除了对表格体的内容进行排序外，还可将表格的所有标题行（thead 部分）按照指定的依据进行排序，前提是 thead 部分存在。

➤ 选中 □ 排序脚注行，除了对表格体的内容进行排序外，还可将表格的所有脚注行（tfoot 部分）按照指定的依据进行排序，前提是 tfoot 部分存在。

➤ 选中 □ 完成排序后所有行颜色保持不变，可保证每一行的颜色保持不变，如果行内容与行颜色是一一对应的，需要选中此项。如果表格使用两种交替的颜色，则不要选中此项，以确保排序后的表格仍保持颜色交替。

3.2.5 导入或导出表格内容

在页面中添加表格时，如果预先有表格内容存储在记事本或 Word 等文档中，可以将其直接导入到页面中；此外，还可以将表格导出为独立的文件，以便在需要使用时导入。

Step 01 将插入点置于要插入表格的位置，然后选择"文件">"导入">"表格式数据"菜单，打开"导入表格式数据"对话框。

Step 02 单击"数据文件"文本框后的 浏览... 按钮，在弹出的对话框中选择需导入的数据文档"宝宝档案.txt"文件（位于本书附赠的"素材与实例\素材\3-2"目录下），源数据如图 3-40 所示。

Step 03 在"定界符"下拉列表框中选择源数据文档中分隔各项数据内容的符号，并在其后的文本框中输入符号。

Step 04 在该对话框中还可设置表格宽度、单元格边距、单元格间距以及边框和首行格式等，如图 3-41 所示。

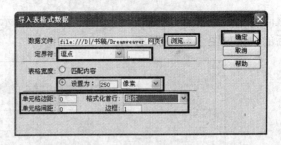

图 3-40　源数据　　　　　　　　　　图 3-41　"导入表格式数据"对话框

Step 05　单击"确定"按钮关闭该对话框，完成表格数据的导入，效果如图 3-42 所示。

图 3-42　导入的表格数据

在导入表格式数据时，源数据中的定界符必须是在"中文（中国）"输入法状态下输入的标点，否则会导致分类混乱或不起作用。

同样地，如有需要也可以将 Dreamweaver 中的表格数据导出到外部文档中，只需将插入点定位在要导出表格中的任意一个单元格中，然后选择"文件">"导出">"表格"菜单，在弹出的"导出表格"对话框中进行相应的设置，单击"导出"按钮，然后在打开的"表格导出为"对话框中选择文件保存路径，单击"确定"按钮即可，如图 3-43 所示。

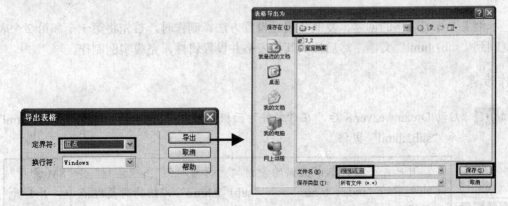

图 3-43　导出表格

综合实例2——用表格布局"SM"网站子页

本例将在第 2 章综合实例创建的文档"sub1.html"的基础上，使用表格布局文档，以巩固本章所学知识。表格效果如图 3-44 上图所示；利用后面章节介绍的方法充实表格内容后的效果如图 3-44 下图所示。

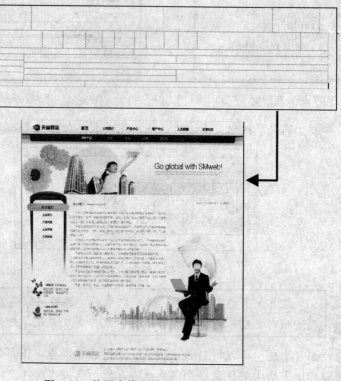

图 3-44　使用表格布局网页效果图

制作思路

　　本例主要练习表格的创建、复制和属性设置方法。制作时，首先将第 1 个和第 2 个表格复制到"sub1.html"文档，然后插入其他表格并设置属性，完成实例制作。

制作步骤

Step 01　启动 Dreamweaver 8 后，在"文件"面板中打开"SM"站点中的"index.html"和"sub1.html"文档。

　　　　用户也可以将本书提供的素材"素材与实例" > "素材" > "SM 素材"文件夹中的"index_b.html"和"sub1_a.html"文档拷贝至站点中，并打开进行操作。

Step 02　切换至"index.html"文档，单击第 1 个表格边框将其选中，然后按【Ctrl+C】组合键复制表格内容，如图 3-45 所示。

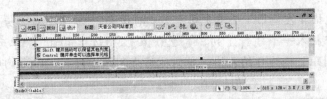

图 3-45　选中表格并复制

Step 03 切换至 "sub1.html" 文档，在文档窗口单击后按【Ctrl+V】组合键粘贴前面复制的表格，效果如图 3-46 所示。

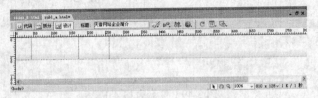

图 3-46　粘贴第 1 个表格

Step 04 使用同样的方法，将 "index.html" 中的第 2 个表格复制并粘贴至 "sub1.html" 文档中，效果如图 3-47 所示。

图 3-47　粘贴第 2 个表格

Step 05 在 "sub1.html" 中的表格 2 下方定位插入点，然后单击 "常用" 插入栏中的 "表格" 按钮，插入一个 1 行 2 列，宽为 1000 像素，"边框粗细"、"单元格边距" 和 "单元格间距" 均为 0 的表格，我们称其为表格 3，并设置为居中对齐。

Step 06 在表格 3 下方插入一个 1 行 2 列，宽为 1000 像素，"边框粗细"、"单元格边距" 和 "单元格间距" 均为 0 的表格，我们称其为表格 4，并设置为居中对齐，如图 3-48 所示。

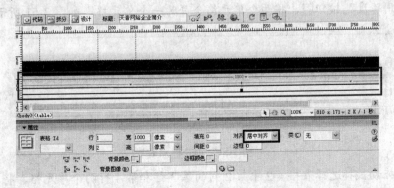

图 3-48　插入表格 4 并设置居中对齐

Step 07 设置表格 4 左侧第 1 个单元格宽为 220 像素，"垂直"对齐方式为"顶端"，并在其中插入一个 3 行 1 列，宽 220 像素，"边框粗细"、"单元格边距"和"单元格间距"均为 0 的表格，我们称其为表格 4-1，如图 3-49 所示。

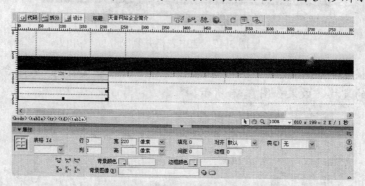

图 3-49 嵌套表格 4-1

Step 08 将插入点置于表格 4 第 2 个单元格中，设置其"垂直"对齐方式为"顶端"，并在其中插入一个 4 行 2 列，宽 780 像素，"边框粗细"、"单元格边距"和"单元格间距"均为 0 的表格，我们称其为表格 4-2，如图 3-50 所示。

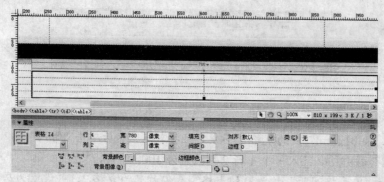

图 3-50 嵌套表格 4-2

Step 09 将插入点置于表格 4-2 第 1 行第 1 列单元格中，设置其"高"为 20 像素；拖动鼠标选择第 2 行的两个单元格，单击"属性"面板中的"合并所选单元格，使用跨度"按钮 ，将两个单元格合并为一个单元格，如图 3-51 所示。

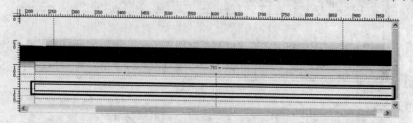

图 3-51 合并单元格

Step 10 拖动鼠标选择表格 4-2 中第 2 列的第 3 行和第 4 行两个单元格，将其合并，然后将插入点置于合并后的单元格中，设置其"水平"对齐方式为"左对齐"，"垂直"对齐方式为"底部"，如图 3-52 所示。

Step 11　将插入点置于表格 4-2 第 4 行第 1 列单元格中，设置其"水平"对齐方式为"右对齐"，"垂直"对齐方式为"底部"。

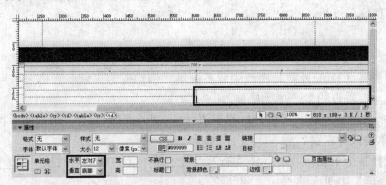

图 3-52　合并单元格并设置对齐方式

Step 12　将"index.html"中的最后 1 个表格复制并粘贴至"sub1.html"所有表格的下方，如图 3-53 所示。

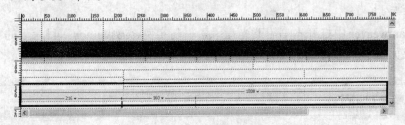

图 3-53　复制并粘贴表格

Step 13　最后选择"文件">"保存"菜单，将文档保存。

本章小结

本章主要介绍了表格的应用。学完本章后，读者应了解或掌握以下知识。

➤　在表格基本操作部分，所有知识都是应该重点掌握的，包括表格的创建、选择、属性设置等。

➤　在表格高级操作部分，应重点掌握单元格的拆分与合并，行和列的插入、删除、移动等。

思考与练习

一、选择题

1．在表格内部任意单元格中单击鼠标左键，然后在标签选择器中单击对应的（　　）标签，该表格便处于选中状态。

　　A. <title>　　　　B. <td>　　　　C. <tr>　　　　D. <table>

2. 如果希望选择一组不相邻的单元格，可按住（　　　）键单击选择各单元格。

 A. 【Ctrl】   B. 【Shift】   C. 【Alt】   D. 【F12】

3. 在一个表格的某个单元格里插入一个新表格，这就是所谓的（　　　）表格。

 A. 切换   B. 嵌套   C. 嵌入   D. 切入

二、填空题

1. 所谓表格（Table）就是由一个或多个单元格构成的集合，表格中横向的多个单元格称为_____，垂直的多个单元格称为_____。

2. 要选择某行或某列，可将光标置于该行___侧或该列___部，当光标形状变为黑色箭头➡或⬇时单击鼠标左键。

3. 要选择某个单元格，可首先将插入点置于该单元格内，然后按_____组合键或单击"标签选择器"中对应的"_____"标签。

4. 拆分单元格就是_____。

5. 所谓合并单元格，就是_____。

三、操作题

在 Dreamweaver 中打开本书附赠光盘"素材与实例\实例\lemon"目录下的"top.html"文档，效果如图 3-54 所示。

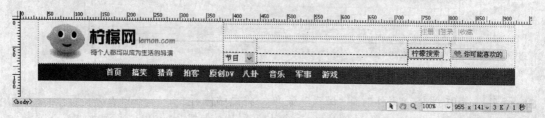

图 3-54 "top.html"文档效果图

在第 2 章中创建的站点"lemon"中创建一个名为"top.html"的文档，为其设置页面属性，然后参照图 3-54 为其构建布局。

提示：

（1）在 Dreamweaver "lemon"站点中创建一个网页文档"top.html"，然后在其中插入一个 2 行 5 列，宽 890 像素的表格，称为表格 1；设置表格 1 居中对齐。

（2）将第 1 列的 2 个单元格合并，并设置合并后的单元格宽 424 像素，左对齐。

（3）将第 1 行，第 2、3、4、5 列的 4 个单元格合并，并设置合并后的单元格高 30 像素，然后在其中嵌套一个 1 行 2 列，宽 100%的表格；设置嵌套表格第 1 个单元格宽为 68%，如图 3-55 所示。

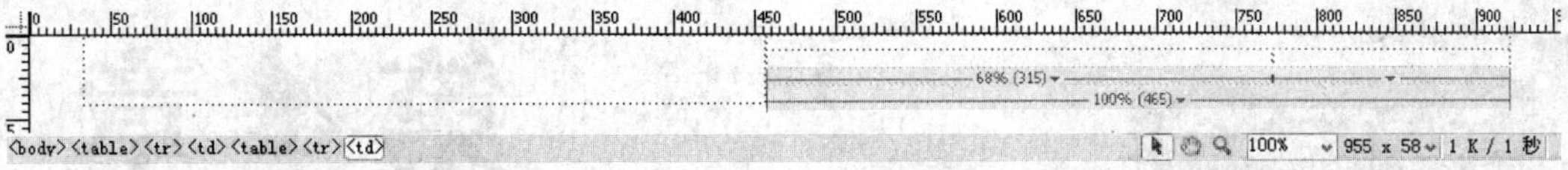

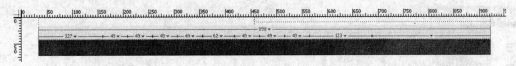

图 3-55　表格 1 效果

（4）在表格 1 下方插入一个 1 行 11 列，宽 890 像素的表格，称为表格 2；设置表格 2 高 31 像素，居中对齐，背景图像为"bg.jpg"（位于该站点"image"文件夹）。

（5）设置表格 2 第 1 个单元格宽为 127 像素，第 2、3、4、5、7、8、9 个单元格宽为 49 像素，第 6 和第 10 个单元格宽分别为 62 像素和 123 像素，最终效果如图 3-56 所示。

图 3-56　布局效果

第4章
编辑基本网页元素

本章内容提要

- 文本输入与编辑 ………………………………………………… 70
- 使用图像 ………………………………………………………… 78

章前导读

　　通过前面的学习，相信大家对网页已经有了一定的了解。我们知道，文本和图像是网页中最基本的元素，文本可以准确地传达网页所要表达的意思，图像可以给单调的页面增加生趣。本章我们就来学习这两个最基本的元素在网页中的应用。

4.1　文本输入与编辑

　　文本是网页中不可缺少的组成元素，它能将各种信息有效地传达给浏览者，通常内容丰富的网页都有大量的文本。在 Dreamweaver 中可以直接输入文本，也可以从其他文档中复制文本，还可以插入水平线和特殊字符等。另外，我们还可通过设置文本的字体、字号、颜色、字符间距与行距等属性来区别不同的文本。

4.1.1　输入文本

　　在 Dreamweaver 中输入文本的方法非常简单，只要将插入点定位在网页的某个位置（如某个表格单元格内），然后选择输入法输入文本就可以了。对于大量的外部文本，用户可利用剪贴板将其拷贝至网页文档中，方法如下。

Step 01　打开本书附赠光盘"素材与实例\素材\lemon"站点中的文本文档"text.txt"，然后选择"格式" > "自动换行"菜单，取消"自动换行"前面的对勾，如图 4-1 左图所示。

Step 02　按【Ctrl+A】组合键全选文本，然后按【Ctrl + C】组合键复制选中的文本，如图 4-1 右图所示。

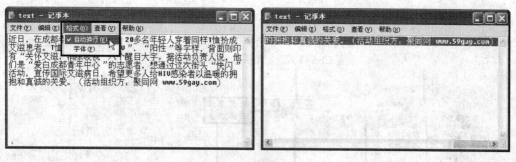

图 4-1　打开外部文本并复制

Step 03　在 Dreamweaver 中打开 "lemon" 站点中的 "main.html" 网页文档，将插入点置于文档中要输入文本的位置（本例为 "关爱、温暖" 图片下方的单元格），按【Ctrl + V】组合键即可将文本粘贴到文档中，如图 4-2 所示。

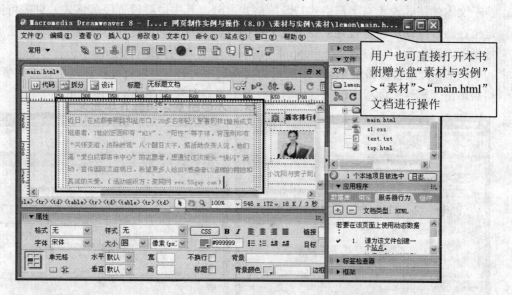

用户也可直接打开本书附赠光盘"素材与实例" > "素材" > "main.html" 文档进行操作

图 4-2　将文本粘贴到网页中

为便于浏览者阅读，对于输入的长文本，需要对其进行换行和分段。其中，分段时可将插入点置于要作为下一段的文本起始处的左侧，然后按【Enter】键；换行时可按【Shift+Enter】组合键。

4.1.2　设置文本段落格式和字符格式

　　默认情况下，网页中文本的字体、字号等，与该网页 "页面属性" 中设置的相同。另外，用户也可利用 "属性" 面板上的 "格式" 下拉列表为文本设置系统提供的格式化样式（段落、标题 1、标题 2 等），或直接设置所选文本的字体、大小、颜色、粗体、斜体、对齐方式和列表方式等，如图 4-3 所示。

设置文本的格式（段落或标题），默认为"无"　　为所选文本设置 CSS 样式　　为所选文本设置粗体和斜体　　为所选文本设置链接

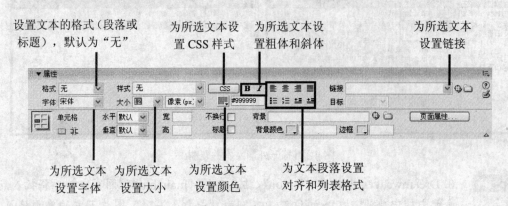

为所选文本设置字体　　为所选文本设置大小　　为所选文本设置颜色　　为文本段落设置对齐和列表格式

图 4-3　文本"属性"面板

文本的格式设置有字符格式与段落格式之分。其中，要设置段落格式，只需将插入点定位在该段落即可进行设置；要设置字符格式，应首先利用拖动方法选中文本，然后再进行设置。下面我们以设置"main.html"网页中的文本为例进行说明。

例如，如果希望将图 4-4 左图所示的文本居中对齐，可以首先在该段中任意位置单击，然后单击"属性"面板中的"居中对齐"按钮，结果如图 4-4 右图所示。

图 4-4　设置段落对齐

又如，如果希望改变文本颜色，则应首先利用拖动方法选中文本，然后利用"属性"面板进行设置，如图 4-5 所示。

这里需要指出的是，当设定了某段文本的样式后，Dreamweaver 会在"属性"面板的"样式"列表中，自动创建 CSS 样式，如图 4-5 右图中的"STYLE5"所示。

如果需要将该样式应用于别的文本，选中文本后，直接在"属性"面板的"样式"列表中选择即可。

接下来我们分别说明设置字体列表、设置文本字体及大小、设置段落缩进和列表项的方法。

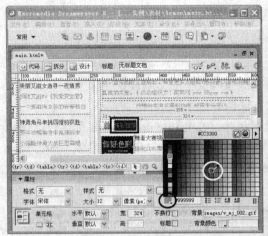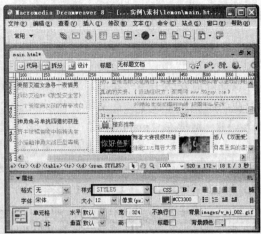

图 4-5 设置文本颜色

1. 设置字体列表

Dreamweaver 中自带的字体有限，一般满足不了大多数网页设计者的需求。我们可以通过设置字体列表来解决这一问题。

Step 01 在"属性"面板的"字体"下拉列表中选择"编辑字体列表"选项，弹出"编辑字体列表"对话框，如图 4-6 所示。

Step 02 在"可用字体"列表区选择需要添加的字体，然后单击 按钮即可将其添加至字体列表区，如图 4-7 所示。

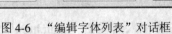

图 4-6 "编辑字体列表"对话框

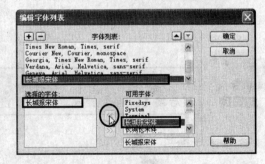

图 4-7 添加字体

> 虽然通过设置字体列表可以为网页中的文本设置各种字体，但不提倡在网页中使用特殊字体。因为即使使用了特殊字体，如果浏览者的电脑上没有安装该字体，它也只能显示为默认字体，那样会使网页的效果大打折扣。如果想对网页中的少量文本使用特殊字体，可将文本做成图像后插入到网页中。

Step 03 要继续添加新字体，可以单击"字体列表"区左上角的 按钮，然后执行步骤 2 的操作。若要删除某种字体，可在"字体列表"区选中该字体后单击 按钮。

Step 04 字体列表编辑完成后，单击"确定"按钮关闭该对话框。

2. 设置文本字体及大小

设置好需要的字体列表后，就可以随心所欲地为网页中的文本设置字体了。下面就来学习在"属性"面板中设置文本字体及大小的方法。

Step 01 继续在"main.html"网页文档中进行操作。在文档中选中图 4-8 所示的"精彩推荐"文本，在"属性"面板的"字体"下拉列表中选择所需字体，如"长城报宋体"，然后单击 **B** 按钮使文字加粗显示，如图 4-8 所示。

Step 02 在"大小"下拉列表中选择"16"，设置文本大小，如图 4-9 所示。

图 4-8 设置文本字体和加粗

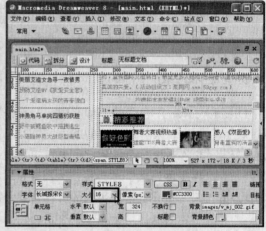

图 4-9 设置文本大小

也可在选中文本后，直接在"大小"编辑框 大小 24 中输入数值，然后按【Enter】键或单击文档空白处来改变文本大小。

3. 设置段落缩进

通过设置段落缩进格式，可以更好地布局文档。将插入点置于"main.html"网页文档中需要设置段落缩进的任意段落中，单击"文本凸出"按钮 可使段落凸出，单击"文本缩进"按钮 可使段落缩进，图 4-10 右图所示为单击"文本缩进"按钮 后的效果。

这里的凸出和缩进是针对整个段落而言。如果要让段落凸出或缩进更明显，可多次单击相应按钮。

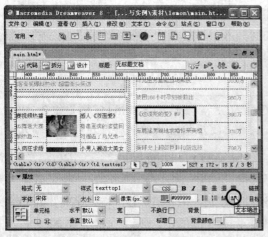

图 4-10 设置段落缩进

4. 设置列表项

列表分为项目列表和编号列表，项目列表常应用在"列举"类型的文本中，编号列表常应用在"条款"类型的文本中。通过设置列表项可使文本更直观、明了。

选中要设置的文本（如图 4-11 左图所示），然后单击"属性"面板上的"项目列表"按钮 ，即可为所选文本设置项目列表，如图 4-11 右图所示。

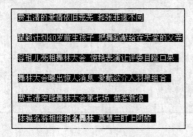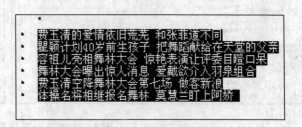

图 4-11 设置列表项

"编号列表"的设置方法与"项目列表"类似，此处不再赘述。

> 此处需要注意的是，在对文本应用列表项之前，必须用【Enter】键把文本中的各项分为不同的段落。

4.1.3 插入特殊字符

我们在设计网页时经常会用到一些无法用输入法来直接输入的特殊字符，如版权符号、注册商标符号以及常见的货币符号等。

另外，有时候用户可能希望在某个地方插入几个空格，以便进行格式对齐，但是，无论按多少次空格键，却只能插入一个空格。其原因在于 HTML 文档只允许字符之间包含一个空格。这种情况下，我们可以通过在字符之间插入一种称为"不换行空格"的字符来插入多个空格。

> **经验之谈**　将输入法切换至"智能 ABC 输入法"，然后按【Shift+空格】组合键，将半角输入状态切换至全角输入状态，之后按空格键同样可在网页中输入空格。

要插入特殊字符和不换行空格，可以选择"插入" > "HTML" > "特殊字符"菜单，然后在其下级菜单中选择相应的特殊字符，如图 4-12 左图所示。

如果没有找到合适的特殊字符，还可以通过选择该菜单中最下面的"其他字符"命令，打开"插入其他字符"对话框，这样就能获取更多的特殊字符了，如图 4-12 右图所示。在该对话框中选中要插入的字符后，单击"确定"按钮即可插入。

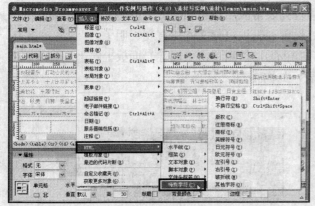

图 4-12　插入特殊字符

4.1.4 插入日期和水平线

1. 插入日期

如果希望在网页中插入当前日期和时间，可以在"常用"插入栏中单击"日期"按钮，打开"插入日期"对话框，如图 4-13 所示。

在该对话框中，我们可以选择希望插入的星期、日期和时间格式。如果希望日期是可更新的（即每次保存网页时都自动更新插入的日期），则应选中"储存时自动更新"复选框。此时插入的日期将成为一个整体，单击即可选中它。同时，"属性"面板中将出现"编辑日期格式"按钮，单击该按钮可重新编辑所选日期格式，如图 4-14 所示。

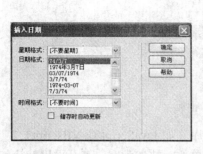
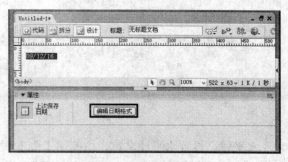

图 4-13 "插入日期"对话框　　　　　　图 4-14 编辑日期格式

2. 插入水平线

水平线对于组织信息和区分版块很有帮助，如图 4-15 所示。

图 4-15 网页中的水平线

下面是插入水平线的方法。

Step 01 继续在"main.html"网页文档中操作。将插入点置于要插入水平线的位置（此处为网页最下方的表格上方一行），选择"插入" > "HTML" > "水平线"菜单，即可插入水平线，如图 4-16 所示。

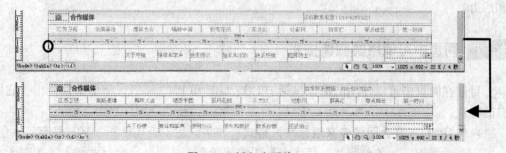

图 4-16 插入水平线

Step 02 当我们在设计视图中选中水平线后，可以通过"属性"面板设置其属性，如图

4-17 所示，其中各选项意义如下。

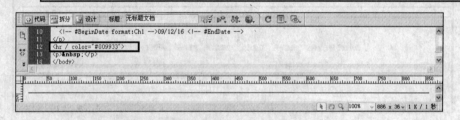

图 4-17　水平线"属性"面板

- ➢ **水平线：**设置水平线名称，主要用于脚本程序（如 JavaScript 或 VBscript）。
- ➢ **宽：**设置水平线的宽度，以像素或百分比为单位。缺省为空，表示采用默认值（100%）。
- ➢ **高：**设置水平线的粗细，以像素为单位。缺省为空，表示采用默认值（2 像素）。
- ➢ **对齐：**设置水平线的对齐方式。
- ➢ **阴影：**·是否为水平线添加阴影。
- ➢ **类：**为水平线设置类样式（3 种样式类型之一，将在第 7 章中做详细介绍）。

> 　　如要改变水平线颜色，可以首先选中水平线，然后切换至代码视图，在水平线标签<hr/>中输入 "color='颜色代码'"，如图 4-18 所示。但是，我们无法直接在编辑画面看到水平线的颜色设置效果，而只能在浏览器中预览效果。

```
10     <!-- #BeginDate format:Ch1 -->09/12/16 <!-- #EndDate -->
11     </p>
12     <hr / color="#009933">
13     <p> </p>
14     </body>
```

图 4-18　设置水平线颜色

4.2　使用图像

除文本外，网页中最常见的就是图像了。图像可以美化页面，给单调的网页增加生机和活力。

4.2.1　网页中可使用的图像格式

目前在网页中可以使用的图像包括 JPEG、GIF 和 PNG 格式，下面分别列出了它们各自的特点。

- ➢ **JPEG（联合图像专家组标准）格式：**该格式适于表现色彩丰富，具有连续色调的图像，如各种照片。其优点是图像质量高，缺点是文件尺寸稍大（相对于 GIF 格式），且不能包含透明区。

> **GIF（图形交换格式）格式：** 由于它最多只能包含 256 种颜色，因而适合表现色调不连续或具有大面积单一颜色的图像，如卡通画、按钮、图标、徽标等。其优点是图像尺寸小，可包含透明区，且可制成包含多幅画面的简单动画，缺点是图像质量稍差。

> **PNG（便携网络图像）格式：** 该格式集 JPEG 和 GIF 格式的优点于一身，图像质量高且可包含透明区。

4.2.2　插入与编辑图像

在 Dreamweaver 中插入图像的方法非常简单，下面来看具体操作。

Step 01　继续在"main.html"网页文档中进行操作。在要插入图像的位置单击确定插入点，然后单击"常用"插入栏中的"图像"按钮，如图 4-19 所示。

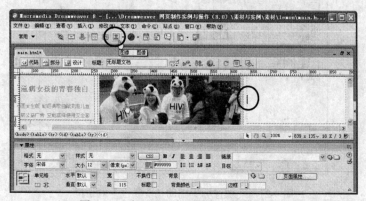

图 4-19　确定插入点后单击"图像"按钮

　　在网页中插入图像时，最好能保证网页和要插入的图像均位于当前站点中，否则很容易出现网页发布后看不到图像的现象。因此，如果此时还没有使用 2.2 节介绍的方法定义"lemon"站点，则应将本书附赠光盘"素材与实例\素材"中的"lemon"文件夹拷贝至本地磁盘，并在 Dreamweaver 中将其定义为站点，然后打开该站点中的"main.html"网页文档进行操作。

Step 02　打开"选择图像源文件"对话框，在"查找范围"下拉列表中选择图像文件所在文件夹，在文件列表中选择要插入的图像文件，然后单击"确定"按钮，如图 4-20 左图所示。

Step 03　弹出"图像标签辅助功能属性"对话框，直接在该对话框中单击"确定"按钮即可插入图像，如图 4-20 右图所示。

　　如果不想显示"图像标签辅助功能属性"对话框，可单击对话框下方的"请更改'辅助功能'首选参数"链接文本，在打开的"首选参数"对话框左侧的"分类"列表中选择"辅助功能"，然后取消选择右侧的"图像"复选框，如图 4-21 所示。

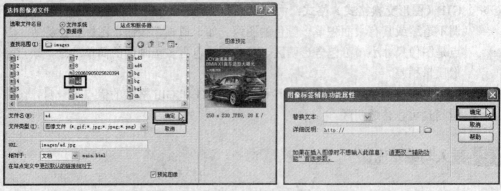

图 4-20 在网页中插入图像

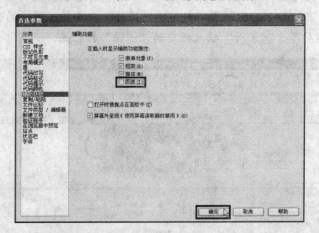

图 4-21 "图像标签辅助功能属性"对话框

Step 04 选中插入的图像，可利用"属性"面板对该图像的各项属性进行修改，如图 4-22 所示。

图 4-22 图像"属性"面板

下面列出图像"属性"面板中各常用项的意义。

> **图像：** 设置图像名称，主要用于通过脚本控制图像。
> **宽和高：** 显示图像的宽度和高度（单位为像素），当改变了图像的尺寸后，该数值将加粗显示。
> **源文件：** 显示图像文件的路径。
> **链接：** 用于创建从图像到其他文件的链接。
> **替换：** 在浏览器无法显示图像文件时，在图像位置显示的说明性文字。
> **垂直边距和水平边距：** 指定图像上、下、左、右空白的像素值。
> **目标：** 设置在何处打开链接文档，_blank 表示新窗口，_self 表示当前窗口，_parent 表示当前窗口的父窗口，_top 表示当前窗口的顶级窗口。
> **边框：** 设置图像边框的粗细，以像素为单位。有时在为图像设置链接后，图像的周围会多出一个蓝色的边框，此时只需将图像的边框值设置为"0"，即可将该边框去掉。
> **对齐：** 确定图像在单元格或页面中的对齐方式。

4.2.3 使用图像占位符

图像占位符相当于图像的临时替代对象，如果网页中的某个图像尚未制作好，可暂时用图像占位符来代替。图像占位符的用法非常简单，具体操作如下。

Step 01 继续在前面的文档中操作。首先在网页文档中单击定位插入点，然后选择"插入" > "图像对象" > "图像占位符"菜单，打开"图像占位符"对话框，设置图像占位符的名称、宽度、高度、颜色和替换文本，如图 4-23 所示。

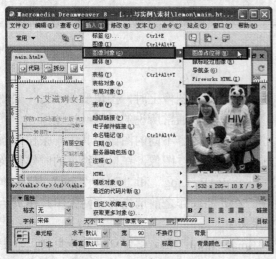
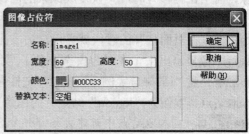

图 4-23 打开并设置"图像占位符"对话框

Step 02 单击"确定"按钮，即可在指定位置插入一个图像占位符，如图 4-24 所示。

Step 03 要用制作好的图像替换图像占位符，可首先单击选择图像占位符，然后在"属性"面板的"源文件"编辑框中输入图像的保存路径和名称，或者单击该编辑框后面的"浏览文件"按钮 📁，在打开的"选择图像源文件"对话框中选择要替换的图像，单击"确定"按钮，Dreamweaver 会自动将图像占位符替换为所选择的图像，如图 4-25 所示。

图 4-24 插入图像占位符   图 4-25 替换图像

另外，也可以单击"常用"插入栏中"图像"按钮 🖼后的小箭头，在其同位工具组中选择"图像占位符" 🖼，来打开"图像占位符"对话框。

如果图像占位符和图像大小不一致，插入图像后会拉伸变形，需要进一步调整。

4.2.4 制作鼠标经过图像

在网页中经常可以看到这种情况，当鼠标移动到某一图像上时，图像变成了另一幅图像，而当鼠标移开时，又恢复成原来的图像，这就是我们通常所说的鼠标经过图像。

要制作鼠标经过图像，需要用到两张大小相同，而内容不同的图像。其中一张作为原始图像，在页面打开的时候就显示；另一张则作为鼠标经过图像，在鼠标经过的时候替换原始图像显示出来。本书为大家准备了两张图片"EAR_1.jpg"和"EAR_2.jpg"，位于本书附赠光盘"\素材与实例\素材\4-2"文件夹中。在开始操作之前请先将这两张图片拷贝至本地站点（本例为"lemon"站点）的图像文件夹中。

Step 01 在本地站点中新建文档，并命名为 image.html。在文档窗口中打开文档，单击定位插入点，然后选择"插入"＞"图像对象"＞"鼠标经过图像"菜单。

Step 02 弹出"插入鼠标经过图像"对话框，在"图像名称"文本框中为图像输入一个名称（此处为"ear"），然后单击"原始图像"编辑框右侧的"浏览"按钮，如

图 4-26 所示。

Step 03 弹出"Original image:"对话框，在"查找范围"下拉列表中选择图像所在文件夹，在文件列表中选择原始图像（此处为 EAR_1.jpg），然后单击"确定"按钮，如图 4-27 所示。

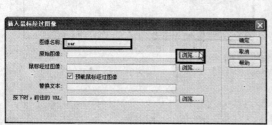

图 4-26 "插入鼠标经过图像"对话框   图 4-27 选择原始图像

Step 04 按照同样的方法设置"鼠标经过图像"为"EAR_2.jpg"，在"替换文本"编辑框中输入替换文本（此处为"耳钉"），在"按下时，前往的 URL"编辑框中输入单击图像时将打开的网页文档名称（或单击编辑框右侧的"浏览"按钮选择网页），最后单击"确定"按钮，插入鼠标经过图像，如图 4-28 所示。

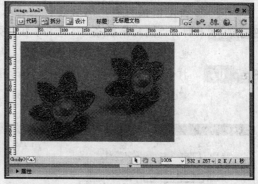

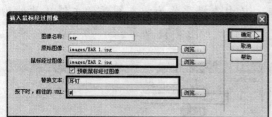

图 4-28 插入鼠标经过图像

默认情况下，"预载鼠标经过图像"复选框被选中，表示浏览器在下载网页时自动在后台载入鼠标经过图像，从而加快鼠标经过图像的显示速度。

"替换文本"是在图片不能正常显示时出现在图片位置的说明性文字。

"按下时，前往的 URL"编辑框中输入的"#"号是空链接，表示图像没有链接目标，也可以为空。

Step 05 按【Ctrl+S】组合键保存文档，然后按【F12】键预览网页，将光标放在鼠标经过图像上方时，可以看到原始图像变为鼠标经过图像，如图 4-29 所示。

图 4-29　预览文档

4.2.5　制作导航条

　　导航条在网站中起着不可替代的作用，它把网站中的各个页面连接起来。每一个网站都有自己的导航条。利用与制作鼠标经过图像类似的方法，可制作具有可变效果的导航条。

　　制作具有可变效果的导航条需要用到两组大小相同而内容不同的图片，本书为大家准备了这样的图片"dh_05~dh_11"和"dhh_05~dhh_11"，位于本书附赠光盘"\素材与实例\素材\4-2"文件夹中。在开始操作之前请先将这两组图片拷贝至本地站点的图像文件夹中。

Step 01　在本地站点中新建文档，并命名为 dh.html。双击打开该文档，在文档窗口中单击定位插入点，然后选择"插入" > "图像对象" > "导航条"菜单。

Step 02　打开"插入导航条"对话框，在"项目名称"编辑框中输入项目名（此处为"dh1"，也可不输）；单击"状态图像"编辑框后的"浏览"按钮，如图 4-30 所示。

Step 03　打开"选择图像源文件"对话框，从中选择要作为状态图像的文件（此处为"dh_05.png"），然后单击"确定"按钮，如图 4-31 所示。

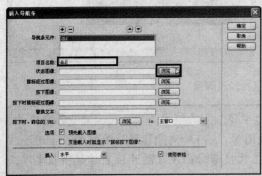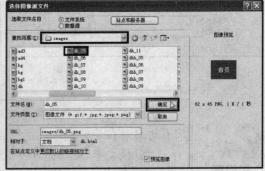

图 4-30　"插入导航条"对话框　　　　　　图 4-31　"选择图像源文件"对话框

Step 04　单击"鼠标经过图像"编辑框后的"浏览"按钮，在打开的"选择图像源文件"对话框中设置"鼠标经过图像"为"dhh_05.png"，如图 4-32 所示。如有必要，可设置其他选项。

Step 05 单击编辑框左上方的"添加项"按钮⊞，添加新项，然后参照前面的方法继续设置项目名称、状态图像和鼠标经过图像，如图4-33所示。

图4-32 设置鼠标经过图像 图4-33 添加并设置新项

若要删除某导航项目，可先在"插入导航条"对话框的"导航条元件"列表框中选中该项，再单击"删除项"按钮⊟。

若要调整导航项目的顺序，可先选中该项目，然后单击▲或▼按钮上移或下移。

"插入导航条"对话框中各主要选项的意义如下。

➢ **状态图像**：表示网页中初始显示的图像。

➢ **鼠标经过图像**：鼠标滑过时显示的图像。

➢ **按下图像**：按下按钮时显示的图像，一般不设置。

➢ **按下时鼠标经过图像**：按钮处于按下状态时的鼠标经过图像，一般不设置。

➢ **替换文本**：导航图片不能正常显示时，在图片位置显示的文字。

➢ **插入**："插入"下拉列表中有两个选项，其中"水平"表示插入水平的导航条，"垂直"表示插入垂直的导航条，默认为"水平"。

Step 06 重复执行上面的操作，添加并设置新项，最后单击"确定"按钮插入导航条，如图4-34所示。

图4-34 插入导航条

Step 07 按【Ctrl+S】组合键保存文档，然后按【F12】键预览网页，将光标置于导航条
上方时，文本颜色变深，如图 4-35 所示。

图 4-35 预览网页

要修改、增加导航条项目，可在选中导航条后，选择"修改">"导航
条"菜单，打开"修改导航条"对话框进行修改。

可单击并拖动导航条改变其在网页中的位置；可以复制导航条到别的
网页；也可以对导航条附加行为。另外，一个网页中只允许有一个导航条。

综合实例 1——为 "SM" 网站主页设置内容

本例将在第 3 章综合实例中布局好的主页文档 "index.html" 的基础上，为该网页设置
内容，主要包括输入文本和插入图片。最终效果如图 4-36 所示。

图 4-36 为 "SM" 网站主页设置内容最终效果

制作思路

本例主要通过在各表格单元格中插入图片，或输入文本来完成网页内容的设置。具体制作时应注意将图片插入到与其对应的单元格中。

制作步骤

Step 01 启动 Dreamweaver 8 后，打开"SM"站点中的"index.html"网页文档。

> 用户也可以将本书附赠光盘"素材与实例\素材\SM 素材"文件夹中的"index_b.html"网页文档拷贝至站点中，并打开进行操作。

Step 02 将插入点置于表格1第2个单元格中，然后单击"常用"插入栏中的"图像"按钮，如图 4-37 所示。

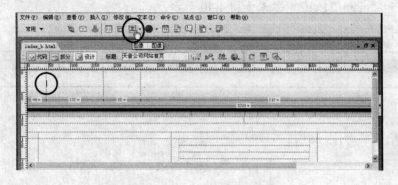

图 4-37 定位插入点后单击"图像"按钮

Step 03 打开"选择图像源文件"对话框，在"查找范围"下拉列表中选择"SM"站点中的"images"文件夹，在文件列表中选择图像文件"main_02.gif"，然后单击"确定"按钮插入图像，如图 4-38 所示。

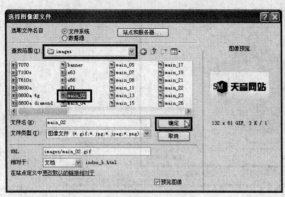

图 4-38 插入图像

Step 04 采取同样的方法，在表格1第4个单元格中插入图像"main_04.gif"，效果如图

4-39 所示。

图 4-39 插入图像"main_04.gif"

Step 05 在表格 2 第 1、3、5、7、9、11 和 13 个单元格中分别插入图像"main_07.gif"、"main_11.gif"、"main_13.gif"、"main_15.gif"、"main_17.gif"、"main_19.gif"和"main_21.gif",效果如图 4-40 所示。

图 4-40 在表格 2 中插入图像

Step 06 在表格 3 第 1 个单元格中插入图像"main_22.gif";在表格 5 第 1 行第 2、3、4 列单元格中分别插入图像 main_26.gif、main_28.gif 和 main_30.gif,效果如图 4-41 所示。

图 4-41 在表格 3 和表格 5 第 1 行中插入图像

Step 07 首先在表格 5 第 2 行第 2 列和第 4 列分别插入图像"main_34.gif"和

"main_32.gif"，并设置图像在单元格中的"垂直"对齐方式为"顶端"，然后在第 2 行第 3 列的嵌套表格前 3 行中分别输入文本，效果如图 4-42 所示。

图 4-42　在表格 5 第 2 行插入图像和输入文本

Step 08　在表格 6 中插入图像"main_38.gif"，在表格 7 第 2 个单元格中插入图像"main_41.gif"，第 3 个单元格中输入文本，效果如图 4-43 所示。

图 4-43　在表格 6 和表格 7 中插入图像和输入文本

Step 09　按【Crtl+S】组合键将网页文档保存，然后按【F12】键预览，效果如图 4-36 所示。

温馨提示

　　此时看起来文本之间可能有些挤，没关系，等我们学习了样式表的应用，为其设置行距后会好起来的。

综合实例 2——为 "SM" 网站子页设置内容

　　本例将在第 3 章综合实例中布局好的网页文档"sub1.html"的基础上，为该网页设置内容，最终效果如图 4-44 所示。

制作思路

　　本例主要通过在各表格单元格中插入图片，或输入文本来完成网页内容的设置。

制作步骤

Step 01　启动 Dreamweaver 8 后，打开 "SM" 站点中的 "sub1.html" 网页文档。

温馨提示　　用户也可以将本书附赠光盘"素材与实例\素材\SM 素材"文件夹中的"sub1_b.html"网页文档拷贝至站点中，并打开进行操作。

图 4-44　为"SM"网站子页设置内容最终效果

Step 02　参照综合实例 1 中设置 index.html 前两个表格的方法，设置该网页中的前两个表格，效果如图 4-45 所示。

图 4-45　设置表格 1 和表格 2 内容

Step 03　在表格 3 的两个单元格中分别插入图像"sub1_02.gif"和"sub1_03.gif"，效果如图 4-46 所示。

图 4-46　在表格 3 中插入图像

Step 04　在表格 4 左侧的嵌套表格的各个单元格中分别插入图像"sub1_04.gif"、

"sub1_10.gif"和"sub1_13.gif"；在右侧的嵌套表格的第2行单元格中插入图像"sub1_06.gif"，在第3行第2列单元格中插入图像"sub1_08.gif"，在第4行第1列单元格中插入图像"sub1_12.gif"，效果如图4-47所示。

图 4-47　在表格4的各个单元格中插入图像

Step 05 在"文件"面板中双击"SM"站点中的文本文档"text.txt"将其打开，然后按【Ctrl+A】组合键选中其中的文本，如图4-48所示。

图 4-48　打开文本文档并选择其中的文本

Step 06 按【Ctrl+C】组合键复制文本，然后切换至"sub1.html"文档，在表格4右侧的嵌套表格的第3行第1列单元格中单击，按【Ctrl+V】组合键粘贴文本，效果如图4-49所示。

图 4-49　复制并粘贴文本

Step 07 在文本第 1 行行首单击，将输入法切换至"智能 ABC 输入法"，然后按【Shift+空格】组合键，将半角输入状态切换至全角输入状态，之后按两次空格键，在文本第一行插入两个空格，如图 4-50 所示。

图 4-50 插入空格

Step 08 拖动鼠标选中输入的两个空格，按【Ctrl+C】组合键复制，然后在第 2 段行首单击，按【Ctrl+V】组合键粘贴，从而在第 2 段行首插入两个空格。可采取同样的方法在其他段前插入空格，最终效果如图 4-51 所示。

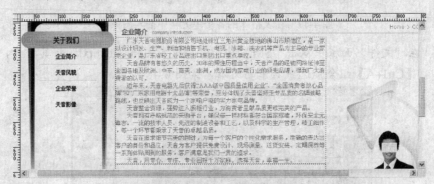

图 4-51 在各段前插入空格

Step 09 参照"index.html"最后一个表格的内容设置方法，在最后一个表格中插入图像和输入相应的文本。

Step 10 按【Crtl+S】组合键将网页文档保存，然后按【F12】键预览，效果如图 4-44 所示。

本章小结

本章主要介绍了网页中的基本元素——文本和图像的应用。学完本章后，读者应了解或掌握以下知识。

➢ 在文本输入与编辑部分，应重点掌握输入文本与设置文本段落和字符格式的方法，能够熟练地在网页中输入文本并为其设置段落和字符格式。另外，应该简单了解特殊字符和水平线的应用。

➢ 在使用图像部分，应重点掌握插入与编辑图像、制作鼠标经过图像和制作导航条的方法。

思考与练习

一、选择题

1. 在对文本应用列表项之前，必须用（　　）键把文本中的各项分为不同的段落。

    A.【Ctrl】　　　　　B.【Shift】　　　　C.【Alt】　　　　D.【Enter】

2. 将输入法切换至"智能 ABC 输入法"，然后按（　　）组合键，将半角输入状态切换至全角输入状态，之后按空格键可在网页中输入空格。

    A.【Shift+空格】　　B.【Shift+Alt】　　C.【Alt+空格】　　D.【Enter+空格】

3. 目前在网页中不可以使用的图像格式为（　　）。

    A. JPEG　　　　　B. GIF　　　　　C. BMP　　　　　D. PNG

二、填空题

1. 为便于浏览者阅读，对于输入的长文本，需要对其进行换行和分段。其中，分段时可将插入点置于要作为下一段的文本起始处的左侧，然后按＿＿＿＿＿＿＿＿键；换行时可按＿＿＿＿＿＿＿＿组合键。

2. 文本的格式设置有＿＿＿＿格式与＿＿＿＿格式之分。其中，要设置＿＿＿＿格式，只需将插入点定位在该段落即可进行设置；要设置＿＿＿＿＿格式，应首先利用拖动方法选中文本，然后再进行设置。

3. ＿＿＿＿＿＿＿＿相当于图像的临时替代对象，如果网页中的某个图像尚未制作好，可暂时用其代替。

三、操作题

在 Dreamweaver 中打开本书附赠光盘"素材与实例\素材\lemon"目录下的"top_a.html"文档，如图 4-52 所示。

图 4-52 "top_a.html"文档

可以看出它只是一个空的布局，请为其填充内容。最终效果可参考本书附赠光盘"素材与实例\实例\lemon"目录下的"top.html"文档。

提示：

（1）在表格 1 左侧第 1 个单元格中插入该站点"image"文件夹中的图像"logo1.jpg"，在第 1 行第 2 列的嵌套单元格第 2 列中输入文本"注册 |登录 |收藏"。

（2）在第 1 个表格第 2 行第 5 列单元格中插入图像"guess.gif"，如图 4-53 所示。

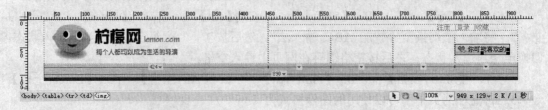

图 4-53　在第 1 个表格中插入图像和输入文本

（3）在第 2 个表格第 1~9 个单元格中分别输入文本，如图 4-54 所示。

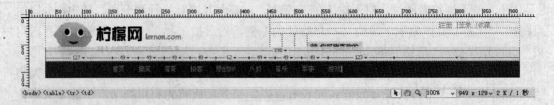

图 4-54　在第 2 个表格中输入文本

第5章

让网页动起来

本章内容提要

- 应用 Flash 动画..95
- 应用音乐..99
- 使用其他动态元素...102

章前导读

通过前面的学习，相信大家已经能够制作出简单的网页；不过，细心的读者可能已经发现，前面所讲的网页中只有一些静止的图片和文字，显得过于单调。本章主要讲解如何为网页添加动画和多媒体元素，以使我们的网页更加丰富多彩。

5.1 应用 Flash 动画

Flash 动画是目前最流行的矢量动画，它具有文件尺寸小和变化丰富的优点，因而很多网页中都用到了它。利用 Dreamweaver，可以方便地在网页文档中插入 Flash 动画。

5.1.1 Flash 文件格式

Flash 文件有 3 种格式，下面我们就来简单了解一下这 3 种格式。

- **Flash 源文件（.fla）**：它是所有 Flash 动画的源文件，此类型的文件只能在 Flash 中创建、打开并编辑，不能插入网页文档中。

- **Flash 动画文件（.swf）**：它是 fla 文件的压缩版本，已进行了优化处理。我们可以在 Flash 中创建 fla 文件，然后将它导出或发布为 swf 文件，以便在网页中使用它们。此种类型的文件是在网页中最常使用的动画文件，但不能在 Dreamweaver 中进行编辑。

- **Flash 模板文件（.swt）**：可以直接在 Dreamweaver 中编辑这类文件，它包括 Flash 按钮和 Flash 文本两种对象。可以在 Program Files>Macromedia >Dreamweaver 8 >Configuration>Flash Objects 文件夹中的 Flash Buttons 和 Flash Text 子文件夹中找到这些模板文件。

5.1.2 插入 Flash 动画

与插入图像的方法类似，在网页中插入 Flash 动画的方法也非常简单。

Step 01 在 Dreamweaver 中打开本书附赠光盘"素材与实例\素材\shop"文件夹中的文档 "index.html"。

Step 02 在"最新商品"下方的单元格中单击定位插入点，然后单击"常用"插入栏中 的"媒体：Flash"按钮，如图 5-1 所示。

Step 03 打开"选择文件"对话框，在"查找范围"下拉列表中选择动画所在文件夹（此 处为 shop 文件夹中的"images"文件夹），在文件列表中选择一个扩展名为".swf" 的 Flash 动画（此处为 banner1.swf），如图 5-2 所示。

图 5-1 单击"媒体：Flash"按钮　　　　　图 5-2 "选择文件"对话框

Step 04 单击"确定"按钮，弹出"对象标签辅助功能属性"对话框，再次单击"确定" 按钮，Flash 动画就被插入到了网页中，如图 5-3 所示。

可单击该链接文本，打开"首选参数"对话框， 然后取消选择"辅助功能"类别中的"媒体"复 选框，以便下次插入动画时不再显示该对话框

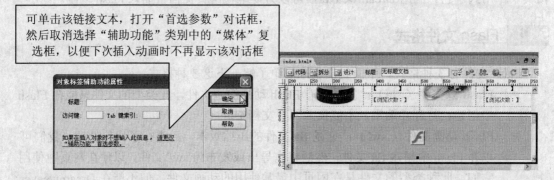

图 5-3 插入 Flash 动画

默认情况下，在设计视图中只能看到 Flash 动画的占位符（占位符的 大小代表了 Flash 动画的实际大小）。如要观看播放效果，可在选中占位符 后，单击"属性"面板上的"播放"按钮。

Step 05 单击选中网页中的 Flash 动画后，可以在"属性"面板中对该动画的各项属性

进行修改,如图 5-4 所示。

图 5-4 Flash 动画"属性"面板

其中,部分常用项的意义如下。

➢ **宽和高**:以像素为单位指定 Flash 动画的宽度和高度。

➢ **文件**:指向 Flash 动画文件的路径。

➢ **重设大小**:将 Flash 动画恢复到实际大小。

➢ **循环**:选中该选项后,Flash 动画将连续播放。如果没有选中该选项,则 Flash 动画在播放一次后停止播放。

➢ **自动播放**:如果选中该选项,则在打开页面时自动播放 Flash 动画。

➢ **垂直边距和水平边距**:指定 Flash 动画周围的空白像素值。

➢ **品质**:设置 Flash 动画的播放品质。

➢ **比例**:确定 Flash 动画如何适应在其"宽"和"高"编辑框中设置的尺寸。缺省为"默认(全部显示)",表示显示整个 Flash 动画;"无边框"表示使影片适合设定的尺寸,维持原始的纵横比;"严格匹配"表示对影片进行缩放以适合设定的尺寸,而不管纵横比如何。

➢ **对齐**:确定 Flash 动画的对齐方式。

➢ **背景颜色**:指定 Flash 动画区域的背景颜色。在不播放 Flash 动画时(在加载时和在播放后)将显示此颜色。

➢ **参数**:单击按钮打开一个对话框,可在其中输入传递给 Flash 动画的附加参数。

5.1.3 将 Flash 动画背景设置为透明

假如我们为网页、某个表格或某个单元格设置了一张很漂亮的背景图像,而当我们在单元格中又插入一个 Flash 动画的时候,由于 Flash 动画的背景颜色会遮盖住背景图像,这样就看不到漂亮的背景图像了。那么如何使背景图像能够正常显示呢?答案就是设法将 Flash 动画的背景颜色改成透明。

Step 01 接着在前面的文档中操作,在网站标志所在单元格右侧的单元格中插入 "\shop\images" 文件夹中的动画文件 "nihong.swf",如图 5-5 所示。

Step 02 保存文档并在 IE 浏览器中预览效果,可以看到 Flash 动画遮盖了表格的背景图像,如图 5-6 所示。

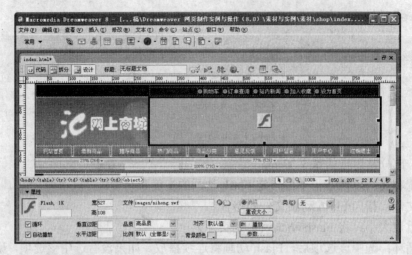

图 5-5 插入动画文件

图 5-6 预览网页

Step 03 回到 Dreamweaver 操作界面。选中 Flash 动画，单击"属性"面板中的"参数"按钮，打开"参数"对话框。在"参数"列第一行单击，输入"wmode"，在对应的"值"列输入"transparent"。单击"确定"按钮，关闭"参数"对话框，如图 5-7 所示。

Step 04 再次保存文档，并在浏览器中预览，可以看到动画后面的背景图像出现了，如图 5-8 所示。

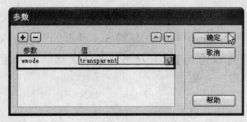

图 5-7 "参数"对话框

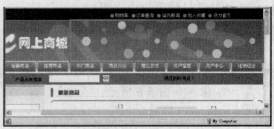

图 5-8 预览透明背景动画效果

5.1.4 插入 Flash 按钮

Flash 按钮包括两类，一类是利用 Flash 软件制作的按钮；另一类是 Dreamweaver 中集成的 Flash 按钮。前者的插入方法与 Flash 动画类似，此处主要讲解后者的插入。

Step 01 将插入点置于要插入 Flash 按钮的位置，选择"插入">"媒体">"Flash 按钮"菜单，打开"插入 Flash 按钮"对话框。

Step 02 在"样式"列表框中选择一种样式（此处选择"Translucent Tab（down）"），其效果将显示在"范例"栏中；在"按钮文本"编辑框中输入要在按钮上显示的文本内容（此处为"Company"）；在"字体"下拉列表中选择一种字体（此处为"Times New Roman"），作为按钮文本的字体；在"大小"编辑框中设置按钮文本的大小（此处为"15"）；在"链接"编辑框中设置按钮的链接目标（此处为"index.html"）；在"目标"下拉列表中选择打开链接文档的方式（此处为"_blank"），在"另存为"编辑框中设置按钮的保存位置，如图 5-9 左图所示。

温馨提示　第 6 章将详细讲述"链接"的概念，此处的"目标"表示打开所链接文档的方式。

Step 03 单击"确定"按钮，即可插入 Flash 按钮，如图 5-9 右图所示。

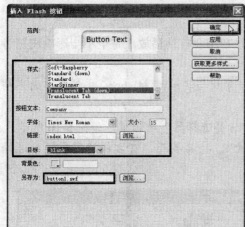
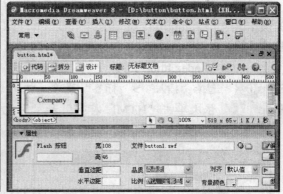

图 5-9　插入 Flash 按钮

知识库　在插入 Flash 按钮时，保存按钮的路径和文件名中不能含有中文字符。选择"插入">"媒体">"Flash 文本"菜单，可打开"插入 Flash 文本"对话框。可像插入"Flash 按钮"一样插入 Flash 文本。

5.2　应用音乐

除了可以在网页中插入动画外，还可以为网页设置背景音乐或插入音频文件。

5.2.1 网页中可用的音乐文件格式

网页中可用的音乐文件有多种，常见的有 MP3、WAV、MIDI、RA 和 RAM 等。下面分别介绍。

> **MP3（运动图像专家组音频，即 MPEG-音频层-3）格式：** 能在保证声音品质的情况下大大压缩声音文件，是目前最常用的声音文件格式。该格式的声音文件具有流媒体功能，即访问者可以一边下载一边播放。

> **WAV 格式：** 具有较好的声音品质，其优点是适应性强，在所有安装有声卡的电脑中都可以播放。同时，许多浏览器都支持此类格式文件并且不要求插件。其缺点是占用空间大。

> **MIDI（乐器数字接口）格式：** 用于器乐，许多浏览器都支持 MIDI 格式的文件并且不要求插件。其特点是占用空间小，一般为十几 KB、几十 KB 不等，适于网上传播，缺点是音色单调。

> **RA 和 RAM（Real Audio）格式：** 具有非常高的压缩比，相同长度的声音文件大小比 MP3 格式小。与 MP3 一样，该格式的声音文件也具有流媒体功能，但浏览者必须下载安装 RealPlayer 辅助应用程序或插件才可以正常播放此类文件。

5.2.2 为网页添加背景音乐

为网页添加背景音乐后，用户浏览网页时背景音乐会自动播放，完全不会影响浏览者的操作。

Step 01　在 Dreamweaver 中打开本书附赠光盘"素材与实例\素材\shop"文件夹中的文档"index.html"。

Step 02　选择"插入">"标签"菜单，打开"标签选择器"对话框，如图 5-10 所示。

Step 03　依次单击"HTML 标签"和"页元素"，将其展开。在右侧的列表框中选择"bgsound"标签，如图 5-11 所示。

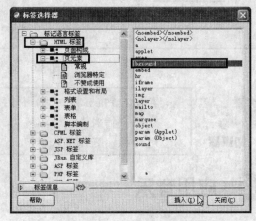

图 5-10　"标签选择器"对话框　　　　　图 5-11　选择标签

Step 04　单击"插入"按钮，弹出"标签编辑器"对话框，单击"源"文本框后的"浏
　　　　览"按钮，在弹出的"选择文件"对话框中选择背景音乐文件（本例为素材与
　　　　实例\素材\shop\images 文件夹中的"car.mp3"），如图 5-12 所示。

Step 05　单击"确定"按钮，返回"标签编辑器"对话框，在"循环"下拉列表框中选
　　　　择"（－1）"选项，单击"确定"按钮，完成背景音乐的添加，如图 5-13 所示。

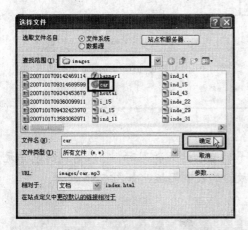

图 5-12　"选择文件"对话框　　　　　　　　图 5-13　设置参数

　　　　"标签编辑器"对话框"循环"下拉列表框用来设置播放次数，"（－1）"
表示循环播放，也可以直接输入要播放的次数。

Step 06　返回"标签选择器"对话框，单击"关闭"按钮，返回文档操作界面。

Step 07　保存网页文档，预览网页时即可听到添加的背景音乐效果。

5.2.3　在页面中嵌入音乐文件

　　在 Dreamweaver 中除了可为网页添加背景音乐外，还可以通过插入插件的方式在网页
中嵌入音乐文件。嵌入音乐文件后，在浏览网页时，页面中将会出现一个播放控件，通过
该控件可以控制音乐的播放。下面就来看在页面中嵌入音乐文件的方法。

Step 01　启动 Dreamweaver 8 后，打开本书附赠光盘"素材与实例\素材\5-2"文件夹中
　　　　的文档"wma.html"。

Step 02　将插入点置于网页中要插入音乐文件的位置（此处为表格最下方的空白单元
　　　　格），选择"插入" > "媒体" > "插件"菜单。

Step 03　打开"选择文件"对话框，在"查找范围"下拉列表中选择文件所在位置（此
　　　　处为"素材与实例\素材\5-2\music"文件夹），在文件列表中选择要插入的文件
　　　　（此处为"ybzdgd.wma"），如图 5-14 左图所示。

Step 04　单击"确定"按钮，插入音乐文件，效果如图 5-14 右图所示。

Step 05　选中插入的音乐文件，在"属性"面板中将宽和高分别改为 280 和 45，接着将
　　　　对齐方式设为"居中"，如图 5-15 所示。

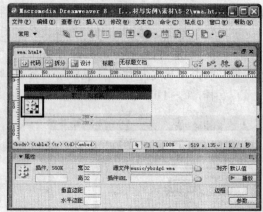

图 5-14　插入音乐文件

Step 06　保存文档并在 IE 浏览器中预览。在美妙的音乐传来的同时，可以看到白色单元格中出现了 Windows Media Player 播放器的控制面板，如图 5-16 所示。

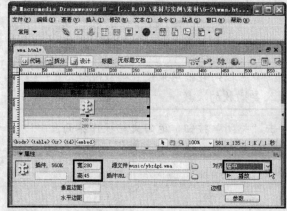

图 5-15　修改插件属性　　　　　　　　　图 5-16　预览文档

　　如果对插件大小要求不是很严格，可以直接拖动其右侧或下方的变形点来改变大小。

5.3　使用其他动态元素

在网页中除了可以插入 Flash 动画和音乐文件外，还可以插入 Shockwave 影片、Applet 和视频文件等其他媒体元素。

5.3.1　插入 Shockwave 影片

Shockwave 影片是一种很好的视频压缩格式，可以被快速下载。它可以用 Director 来制作，扩展名为.dcr、.dxr 或.dir。如果要在浏览器中观看 Shockwave 影片，需要在电脑中安装 Shockwave Player 插件（可以到 adobe 网站上去下载）。

在网页中插入 Shockwave 影片的方法如下。

Step 01 将插入点置于要插入 Shockwave 影片的位置，选择"插入">"媒体">"Shockwave"菜单。

Step 02 打开"选择文件"对话框，从中选择要插入的 Shockwave 影片文件，然后单击"确定"按钮关闭对话框。插入的 Shockwave 影片以一个图标的形式显示，如图 5-17 所示。

Step 03 单击选中 Shockwave 影片的图标，属性面板上将显示其属性，如图 5-18 所示。可在该面板中设置 Shockwave 影片的宽、高、对齐方式和背景颜色等。

图 5-17　插入 Shockwave 影片　　　　图 5-18　Shockwave 影片属性面板

5.3.2　插入 Applet 插件

用户在浏览网页时，可能看到过一些特殊效果，如下雨、涟漪等，它们中的一部分是利用 Applet 插件实现的。Applet 插件是非常小的 Java 应用程序，在插入 Applet 插件时需要安装 Java 虚拟机（用户可以在网上搜索并下载）。在网页中插入 Applet 插件的方法如下。

Step 01 打开本书附赠光盘"素材与实例\素材\yanhua"文件夹中的文档"yanhua.html"，将插入点置于文本上方，选择"插入">"媒体">"Applet"菜单。

Step 02 打开"选择文件"对话框，从中选择要插入的 Applet 文件（此处为"素材与实例\素材\yanhua"文件夹中的"yanhua.class"），如图 5-19 所示。

Step 03 单击"确定"按钮，弹出"Applet 标签辅助功能属性"对话框，在"替换文本"和"标题"文本框中输入相应文本，如图 5-20 所示。

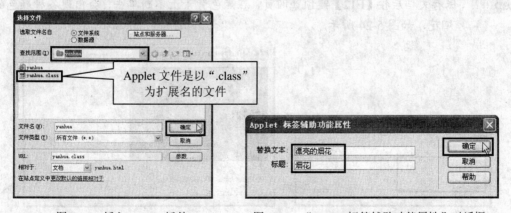

图 5-19　插入 Applet 插件　　　　图 5-20　"Applet 标签辅助功能属性"对话框

Step 04 单击"确定"按钮，插入的 Applet 文件以一个图标的形式显示，如图 5-21 所示。

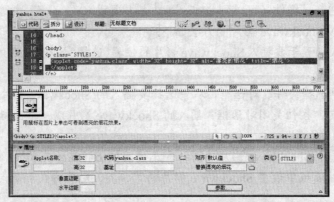

图 5-21 插入的 Applet 文件

Step 05 在"属性"面板上"宽"和"高"文本框中分别输入"300"和"200"，然后单击"参数"按钮，如图 5-22 所示。

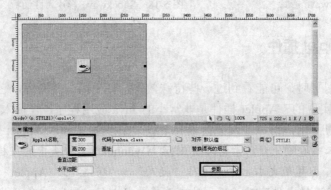

图 5-22 设置"宽"和"高"

Step 06 打开"参数"对话框，参照图 5-23 所示添加并设置各项参数，然后单击"确定"按钮关闭对话框。

Step 07 保存文档后按【F12】键预览网页，在黑色背景上不断单击，会出现各种颜色的烟花，如图 5-24 所示。

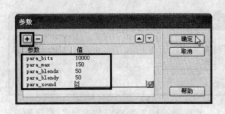

图 5-23 Applet 插件属性面板

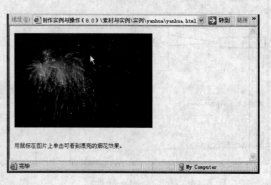

图 5-24 预览网页

5.3.3　插入视频文件

很多企业网站的首页上都有其电视广告的片段，这不仅宣传了自己的产品，还可以为网站增色不少，下面我们就来看看如何在网页文档中插入视频文件。

Step 01　打开本书附赠光盘"素材与实例\素材\video"文件夹中的文档"cat.html"。

Step 02　在"影片介绍"左侧的空白单元格中单击，然后选择"插入">"媒体">"插件"菜单。

Step 03　打开"选择文件"对话框，从中选择要插入的视频文件（此处为本书附赠光盘"素材与实例\素材\video\images"文件夹中的"cat.mpeg"），单击"确定"按钮插入视频，如图 5-25 所示。

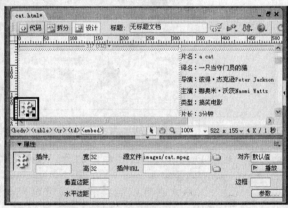

图 5-25　插入视频文件

Step 04　选中视频文件，在"属性"面板的"宽"和"高"文本框中分别输入"320"和"240"，重新设置视频文件大小，如图 5-26 所示。

Step 05　按【Ctrl+S】组合键保存文档，然后按【F12】键预览网页，如图 5-27 所示。

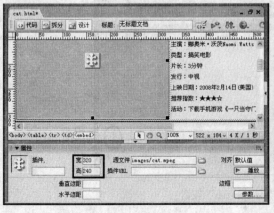

图 5-26　重新设置视频文件大小　　　　　图 5-27　预览网页

综合实例——为 "SM" 网站主页添加动态元素

下面将在第 4 章综合实例制作的文档 "index.html" 的基础上，为该网页添加 Flash 动画，效果如图 5-28 所示。具体操作步骤如下。

图 5-28 为 "SM" 网站主页添加动态元素最终效果

Step 01 启动 Dreamweaver 8 后，打开 "SM" 站点中的文档 "index.html"。

 用户也可以直接将本书附赠光盘 "素材与实例\素材\SM 素材" 文件夹中的 "index_c.html" 网页文档拷贝至站点中，并打开进行操作。

Step 02 将插入点置于表格 3 第 2 个单元格中，然后单击 "常用" 插入栏中的 "媒体：Flash" 按钮 ，如图 5-29 所示。

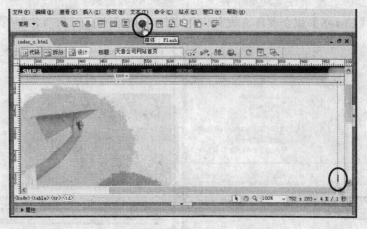

图 5-29 单击 "媒体：Flash" 按钮

Step 03 打开 "选择文件" 对话框，选择要插入的动画文件（"SM" 站点 "images" 文件夹中 "banner.swf" 文件），然后单击 "确定" 按钮插入文件，如图 5-30 所示。

 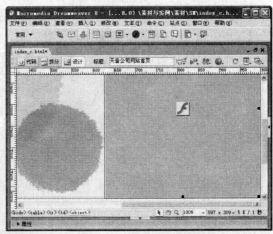

图 5-30　插入动画文件

Step 04　保存网页文档并按【F12】键进行预览，效果如图 5-28 所示。

本章小结

　　本章主要介绍了 Flash 动画、音乐和视频等多媒体元素在网页中的应用。在学完本章后，读者应了解或掌握以下知识。

> ➤　在应用 Flash 动画部分，应重点掌握插入 Flash 动画和将 Flash 动画背景设置为透明的方法。
> ➤　在应用音乐部分，应重点掌握为网页添加背景音乐和在页面中嵌入音乐文件的方法。另外，应简单了解网页中可用的音乐文件格式。
> ➤　在使用其他动态元素部分，应重点掌握视频文件的应用。

思考与练习

一、选择题

1. 在插入 Flash 按钮时，保存按钮的路径和文件名中不能含有（　　）。
　　A. 下划线　　　　　B. 中文字符　　　　C. 英文字符　　　　D. 大写字母

2. （　　）格式音乐文件能在保证声音品质的情况下大大压缩声音文件，是目前最常用的声音文件格式。
　　A. MP3　　　　B. WAV　　　　C. MIDI　　　　D. RA 和 RAM

3. （　　）格式音乐文件具有较好的声音品质，其优点是适应性强，在所有安装有声卡的电脑中都可以播放。
　　A. MP3　　　　B. WAV　　　　C. MIDI　　　　D. RA 和 RAM

二、填空题

1. _____是目前最流行的矢量动画，它具有文件尺寸小、变化丰富的优点，

2. 在浏览网页时，用户可能看到过一些特殊效果，如下雨、涟漪等，看起来非常真实，这是用_____插件实现的。

第6章
应用超链接和行为

本章内容提要

- 应用超链接 ··· 109
- 应用行为 ··· 121

章前导读

本章主要介绍超链接和行为的应用。超链接是网站中最重要的组成部分，它指向我们要访问的目标文档或其他元素，从而使我们可以从一个网页跳转到另一个网页，或打开"文件下载"对话框等；利用行为可以实现浮动的广告、滚动的字幕，以及可以收缩、放大的图像等效果。

6.1 应用超链接

超链接包括很多种，最常用的是常规超链接，另外还有图片链接、下载链接、电子邮件链接等，下面分别介绍。

6.1.1 认识超链接

超链接是网站的灵魂，正因为有了它，我们才能从一个网页跳转到另一个网页，才能在虚拟的网络世界里任意驰骋。

在学习超链接之前，必须明确的一点是，无论是在网页中插入图像、动画，还是设置链接，如果目标文件位于站点内，都涉及到路径的使用。下面以图 6-1 所示站点目录结构为例，简要说明路径的设置方法。

对于网站内部的链接，我们只能使用相对路径，即不包含站点根目录名称的路径。例如，如果网页位于 price 文件夹中，那么，如果要链接到 intro 文件夹中的网页，则链接路径应为 "../../introduction/intro/网页文档名称"。其中，".."代表当前文件夹的上一级文件夹。

又如，如果网页位于 download 文件夹中，那么，如果要链接到 resource 文件夹中的网页，则链接路径应为 "resource/网页文档名称"。

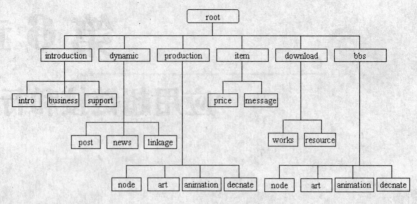

图 6-1 　站点目录结构

使用相对路径时，如果站点结构和文档位置不变，则链接关系就不会发生变化。即使将整个站点移动到其他位置，也不用修改站点中的链接路径。

6.1.2　设置常规超链接

常规超链接包括内部超链接和外部超链接，内部超链接是指目标文件位于站点内部的链接；外部超链接可实现网站与网站之间的跳转，也就是从本网站跳转到其他网站。

1．内部超链接

内部超链接的设置非常灵活，在选中要设置超链接的文本或图像后，可以在"属性"面板上的"链接"编辑框中直接输入要链接对象的相对路径；也可以通过单击"属性"面板上"链接"编辑框右侧的"浏览文件"按钮，在弹出的"选择文件"对话框中选择链接对象。下面以本书附赠光盘"素材与实例\实例\lemon"目录下的"index.html"文档为例，讲解具体设置方法。

Step 01 请首先打开 lemon 站点下的"index.html"文档（如果站点中没有该文档，可从本书附赠光盘"素材与实例\实例\lemon"目录下拷贝），并单击选择左上方的 Logo 图片，然后单击"属性"面板上"链接"编辑框后的"浏览文件"按钮，如图 6-2 左图所示。

Step 02 打开"选择文件"对话框，在上方的"查找范围"下拉列表中选择站点文件夹，在文件列表中选择目标文件，然后单击"确定"按钮，如图 6-2 右图所示。

> 　　新手对于路径的理解可能有些困难，不过在 Dreamweaver 8 中，所有内部超链接都可以通过单击"浏览"按钮设置路径，不需要用户自己输入路径。对于外部超链接，一般使用的是其网址，如"http://www.sohu.com/"。

还有一种方法是单击并拖动"属性"面板上"链接"编辑框右侧的"指向文件"按钮到"文件"面板中的文件上，前提是此时的"文件"面板中显示的是该网页所在的网站，如图 6-3 所示。

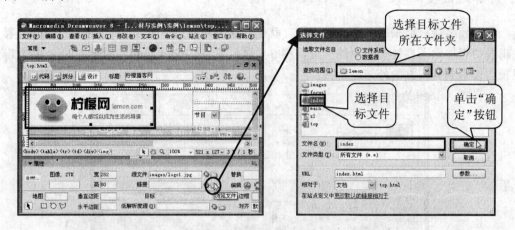

图 6-2 单击"浏览文件"按钮设置内部超链接

图 6-3 拖动"指向文件"按钮设置内部超链接

"属性"面板上"链接"编辑框下方的"目标"表示打开链接文档的方式，默认在当前窗口中打开链接网页，其中各选项意义如下。

➢ **_blank**：表示在保留当前网页窗口的状态下，在新窗口中显示被打开的链接网页。

➢ **_parent**：表示在当前窗口显示被打开的链接网页；如果是框架网页，则在父框架中显示被打开的链接网页。

➢ **_self**：表示在当前窗口显示被打开的链接网页；如果是框架网页，则在当前框架中显示被打开的链接网页。

➢ **_top**：表示在当前窗口显示被打开的链接网页，如果是框架网页，则删除所有框架，显示当前网页。

要取消超链接，可在选中已设置超链接的对象后，删除"属性"面板上"链接"编辑框中的内容。

2. 外部超链接

外部超链接只能采用一种方法设置，就是在选中对象后，在"属性"面板上的"链接"编辑框中直接输入要链接网页的网址，图 6-4 显示了为"index.html"网页中的文本"江苏卫视"设置到其网站的外部超链接。

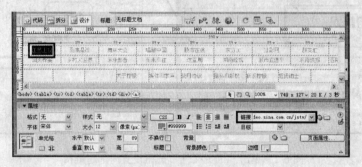

图 6-4　设置外部超链接

6.1.3　设置图片链接和下载链接

所谓图片链接，就是在单击网页中的某个小图片时在新窗口中打开一幅大图片；下载链接是指单击某个超链接时会打开一个"文件下载"对话框（或自动启动下载工具），通过在该对话框中单击"打开"或"保存"按钮，可以打开或下载文件。

实际上，这类链接的设置方法非常简单，选中要设置链接的文本或图像后，只要在"属性"面板的"链接"编辑框中将链接目标设置为图像文件或压缩文件就可以了，如图 6-5 所示。此外，如果希望在新窗口中打开大图像，还应将"目标"设置为"_blank"。

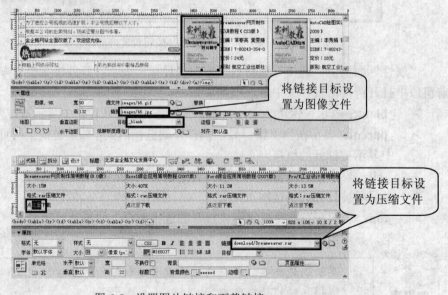

图 6-5　设置图片链接和下载链接

6.1.4 设置电子邮件链接

很多网站上留有电子邮件地址，单击该地址可打开"Outlook Express"的"新邮件"窗口（参见图 6-6），这是一种特殊类型的链接，又叫电子邮件链接。如果在自己的网站上加一个这样的链接，可以方便浏览者联系你，下面来看如何设置此类链接。

Step 01 在 Dreamweaver 中打开本书附赠光盘"素材与实例\素材\lemon"文件夹中的文档"main.html"。

Step 02 拖动鼠标选中文档最下方的文本"联系柠檬"，在"属性"面板上"链接"编辑框中输入"mailto:电子邮箱地址"（此处为 mailto:master@bjjqe.com），如图 6-7所示。

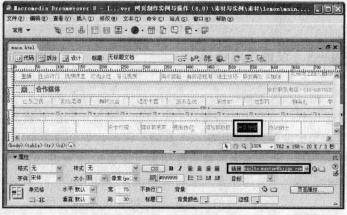

图 6-6 "新邮件"窗口 图 6-7 设置电子邮件链接

此处是直接在"属性"面板上输入代码来设置电子邮件链接。另外，也可以选择"插入">"电子邮件链接"菜单，打开"电子邮件链接"对话框，然后在"E-mail"编辑框中输入邮箱地址来设置，如图 6-8 所示。

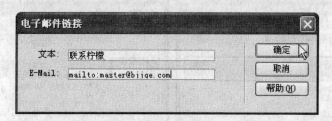

图 6-8 "电子邮件链接"对话框

Step 03 保存网页文档后按【F12】键将预览，将光标置于链接文本上方时，光标变为手形，此时单击鼠标可打开"新邮件"对话框，且"收件人"编辑框中显示刚才设置的电子邮件地址，如图 6-9 所示。

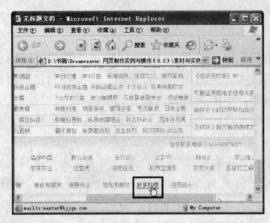

图 6-9　预览电子邮件链接效果

6.1.5　设置热点链接

通过设置常规超链接的学习，相信读者已经掌握了为图片设置普通链接的方法；但是，很多时候都需要为一张图片的不同部位设置不同的链接，这就需要用热点链接。热点链接又叫图像映射，是使用热点工具将一张图片划分成多个区域，并为这些区域分别设置链接。

Step 01　打开本书附赠光盘"素材与实例\素材\house"文件夹中的文档"xishan.html"。

Step 02　单击选中要设置链接的图片"dh.jpg"，可看到"属性"面板的左下角出现三个不同形状的热点工具，如图 6-10 左图所示。

Step 03　单击其中的"矩形热点工具"□，然后移动鼠标到图片"dh.jpg"上"夕照台"所在区域，单击鼠标左键并拖动，绘制一个矩形区域，然后单击"属性"面板上"链接"编辑框右侧的"浏览文件"按钮□，如图 6-10 右图所示。

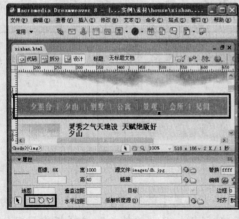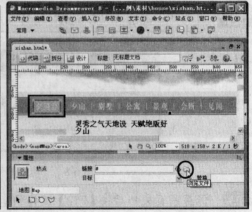

图 6-10　绘制矩形热点

Step 04　打开"选择文件"对话框，选择"house"站点下的文档"index.html"，之后单击"确定"按钮设置链接，如图 6-11 所示。

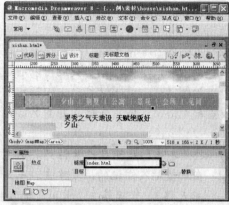

图 6-11　设置链接

温馨提示

　　可以像为普通的文本和图像设置超链接一样，为热点设置各种类型的链接。

Step 05　继续在图片上"夕山"所在区域单击鼠标并拖动，绘制一个矩形区域，然后采用同样的方法为该矩形热点区域设置到"xishan.html"的链接，如图 6-12 所示。

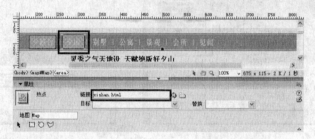

图 6-12　继续设置热点链接

Step 06　按【Ctrl+S】组合键保存文档，然后按【F12】键预览。将光标置于文字"夕照台"上方时，光标变为手形（表示此处设置了链接），单击可打开链接的网页，如图 6-13 所示。

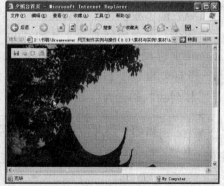

图 6-13　预览网页

6.1.6 设置锚记链接

有些网页的内容非常多，以致浏览器的滚动条变得很长，而使得浏览者无法快速找到所要的内容。为解决这个问题，我们可以通过锚记链接来为网页添加位于该网页内部的超链接，单击该超链接，就跳转到网页中指定的位置。

要设置锚记链接，应首先插入并命名锚记，然后创建跳转到该锚记的链接，具体操作如下。

Step 01 打开本书附赠光盘"素材与实例\素材\lemon"文件夹中的文档"main.html"。

Step 02 在希望插入锚记的位置单击以确定插入点（此处为"播客排行榜"右侧的空白单元格），然后单击"常用"插入栏中的"锚记"按钮，如图 6-14 所示。

Step 03 打开"命名锚记"对话框，在"锚记名称"编辑框中输入锚记名称（此处为"001"），单击"确定"按钮，即可在插入点所在位置插入锚记，如图 6-15 所示。

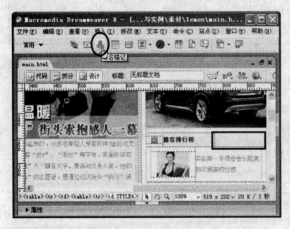 

图 6-14 定位插入点后单击"命名锚记"按钮 　　图 6-15 "命名锚记"对话框

 知识库　　锚记名称中不能含有空格，且区分大小写。此外，单击选中锚记，可在"属性"面板上"名称"编辑框中修改锚记名称。

Step 04 添加锚记后，就可以创建指向它的超链接了。首先选中要链接到锚记的文本或图像，此处为网页最下方的"up"图像，然后在"属性"面板上"链接"编辑框中输入"#锚记名称"，此处为"#001"，如图 6-16 所示。

Step 05 保存文档后按【F12】键在浏览器中预览，单击网页下方的按钮图标，可直接跳转到插入锚记的位置，如图 6-17 所示。

 知识库　　锚记链接与常规超链接不同的地方，是要在链接的锚记名称前输入符号"#"，它表示当前页。

 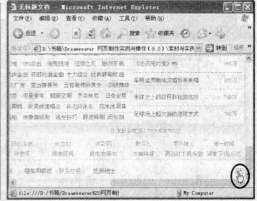

图 6-16　设置锚记链接　　　　　　　图 6-17　预览文档

6.1.7　设置跳转菜单

跳转菜单相当于一组超链接的集合，在网页中显示为弹出式下拉菜单，如图 6-18 所示。弹出菜单内的链接没有类型上的限制，可以是内部链接，也可以是到其他网站的链接，还可以是电子邮件链接或命名锚记链接。

图 6-18　跳转菜单

Step 01　打开本书附赠光盘"素材与实例\素材\lemon"文件夹中的网页文档"top_b.html"。

Step 02　将插入点置于网页中要插入跳转菜单的位置（此处为网站 Logo 右侧的空白单元格），然后选择"插入">"表单">"跳转菜单"命令。

Step 03　弹出"插入跳转菜单"对话框，在"文本"编辑框中输入菜单名称，此处为"柠檬中国"；在"选择时，转到 URL"编辑框中输入菜单要链接到的网址，此处为"http://www.ningmeng.cn"，这样第一个菜单项就创建完成了，如图 6-19 所示。

Step 04　单击"添加项"按钮 +，为跳转菜单添加其他项，并参照步骤 3 的方法设置文本和 URL 链接，最后单击"确定"按钮，完成跳转菜单的创建，如图 6-20 所示。

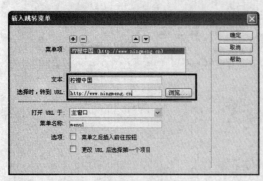 

图 6-19 设置第 1 个菜单项　　　　图 6-20 添加并设置其他菜单项

"插入跳转菜单"对话框中各设置项的意义如下。

➢ **菜单项：**列出了所有创建的菜单项。当新建菜单时，只有一项默认的"unnamed1"。

➢ **文本：**用来设置跳转菜单项的名称。

➢ **选择时，转到 URL：**用来设置跳转菜单项的链接地址。

➢ **打开 URL 于：**用来设置跳转菜单项链接目标的打开方式。

➢ **菜单名称：**用来设置便于记忆和理解的跳转菜单名称。

➢ **菜单之后插入前往按钮：**勾选此项时会在跳转菜单的后面添加一个"前往"按钮，当浏览者在下拉菜单中选择了相关项后，必须单击该按钮，浏览器才会打开链接网页。如果不选择此项，表示单击选择某个菜单项可直接打开链接文档。

➢ **更改 URL 后选择第一个项目：**勾选此项时允许我们使用菜单选择提示。

Step 05 单击选择文档窗口中的跳转菜单，然后在"属性"面板上的"初始化时选定"编辑框中单击设置初始菜单项（默认为第 1 项），如图 6-21 所示。

Step 06 要修改跳转菜单，可首先单击选中跳转菜单，然后单击"属性"面板上的"列表值"按钮，此时将打开图 6-22 所示的"列表值"对话框。通过该对话框可以增加、删除菜单项，调整菜单顺序。增加菜单后，可分别单击该菜单的"项目标签"和"值"列，然后输入菜单名称和其链接的网址。

图 6-21 设置初始菜单项　　　　图 6-22 "列表值"对话框

Step 07 如果在"属性"面板上选中"列表"单选钮，然后在"高度"编辑框中设置列表框高度，则跳转菜单将以列表框形式显示，如图 6-23 所示。

图 6-23　以列表框形式显示的跳转菜单

综合实例 1——为 "SM" 网站主页设置链接

本例将在第 5 章综合实例制作好的文档 "index.html" 的基础上，为该网页设置链接。

制作思路

首先为导航栏中的各图片设置热点链接，然后设置邮件链接，完成实例制作。

制作步骤

Step 01　启动 Dreamweaver 8 后，打开 "SM" 站点中的 "index.html" 网页文档。

　　　用户也可以将本书附赠光盘 "素材与实例\素材\SM 素材" 文件夹中的 "index_d.html" 网页文档拷贝至站点中，并打开进行操作。

Step 02　首先选中网站标志右侧的导航条所在图片，然后单击 "属性" 面板上的 "矩形热点工具" □，在导航条上文本 "首页" 上方绘制矩形热点，如图 6-24 所示。

Step 03　打开 "文件" 面板，并将 "SM" 站点设置为当前站点，然后单击并拖动 "属性" 面板上 "链接" 编辑框右侧的 "指向文件" 按钮，至 "文件" 面板中的 "index.html"，如图 6-25 所示。

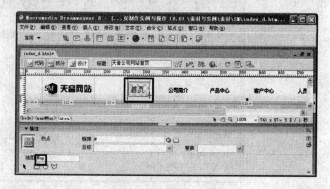

图 6-24　绘制矩形热点

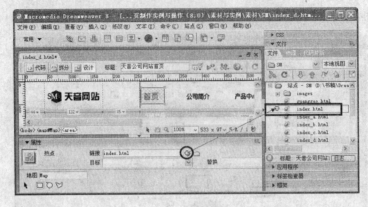

图 6-25　创建链接

Step 04 继续在文本"公司简介"上方绘制矩形热点，并采取同样的方法为其创建到 "sub1.html"的链接，如图 6-26 所示。

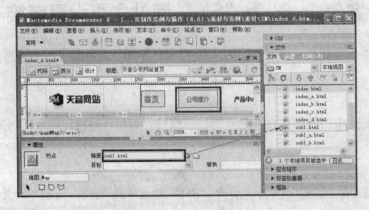

图 6-26　创建链接

Step 05 可采取同样的方法为导航条中的其他项设置链接。之后，拖动鼠标选中网页下 方的文本"公司简介"，然后为其设置到"sub1.html"的链接，如图 6-27 所示。

图 6-27　为文本设置链接

Step 06 拖动鼠标选中网页下方的信箱名"SMweb@SMweb.com"，在"属性"面板上

"链接"编辑框中输入"mailto:SMweb@SMweb.com",为其设置电子邮件链接,如图 6-28 所示。

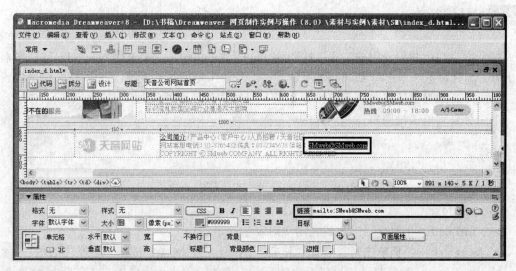

图 6-28　设置电子邮件链接

Step 07　保存网页文档,之后按【F12】键预览网页,单击导航条中的"公司简介",在原窗口中打开"公司简介"网页,如图 6-29 所示。

图 6-29　预览网页

Step 08　可采取同样的方法,为该网站子页设置链接。

6.2　应用行为

行为能够帮助用户轻松使用 JavaScript 语言,我们在浏览网页时看到的浮动广告、滚动字幕，以及可以收缩、放大的图像等，都可以通过行为实现。

6.2.1 认识行为

每个行为都由两部分组成，即事件和动作。所谓事件是指"发生什么"，如鼠标移到对象上方、离开对象或双击对象等都可看做事件；而动作是指"去做什么"，如打开浏览器窗口、播放声音或弹出信息等。简单来说，就是当发生某个事件的时候去执行某项动作。

下面分别列出了常用事件和动作的名称及其意义。

1. 事件

➢ **onAbort**：在浏览器中停止加载网页文档时发生的事件。
➢ **onMove**：移动浏览器窗口时发生的事件。
➢ **onLoad**：在浏览器中加载完网页时发生的事件。
➢ **onClick**：鼠标单击对象（如超链接、图片、图片映像、按钮）时发生的事件。
➢ **onFocus**：对象获得焦点时发生的事件。例如，单击表单中的文本编辑框触发该事件。
➢ **onMouseDown**：单击鼠标左键（不必释放鼠标键）时发生的事件。
➢ **onMouseMove**：鼠标指针经过对象时发生的事件。
➢ **onMouseOut**：鼠标指针离开选定对象时发生的事件。
➢ **onMouseOver**：鼠标指针移至对象上方时发生的事件。
➢ **onMouseUp**：当按下的鼠标按键被释放时发生的事件。
➢ **onReset**：表单文档被设定为初始值时发生的事件。
➢ **onSubmit**：提交表单文档时发生的事件。
➢ **onSelect**：在文本区域中选定文本内容时发生的事件。
➢ **onError**：加载网页文档过程中出现错误时发生的事件。
➢ **onFinish**：（Marquee）字幕结束一个循环时发生的事件。
➢ **onStart**：（Marquee）字幕开始循环时发生的事件。

2. 动作

➢ **检查插件**：检查访问者所安装的插件，给其发送不同的页面或给出提示。例如，如果网页中包含了 Flash 动画，则可以利用该动作检查访问者的浏览器是否安装了 Flash 播放器插件。如果没有安装，则可以给出提示信息。
➢ **拖动层**：利用该动作允许用户拖动层。
➢ **转到 URL**：发生指定的事件时跳转到指定的网页。
➢ **跳转菜单**：当用户通过选择"插入">"表单">"跳转菜单"命令创建一个跳转菜单时，Dreamweaver 将创建一个菜单对象，并为其附加行为。在"行为"面板中双击跳转菜单动作可编辑跳转菜单。

> ➤ **打开浏览器窗口**：在新窗口中打开网页，并可设置新窗口的宽度和高度等属性。
> ➤ **弹出信息**：显示带指定信息的 JavaScript 警告。用户可在文本中嵌入任何有效的 JavaScript 功能，如调用、属性、全局变量或表达式（需用"{}"括起来）。例如，"本页面的 URL 为{window.location}，今天是{new Date（）}"。
> ➤ **预先载入图像**：装入图像，但该图像在页面进入浏览器缓冲区之后不立即显示。它主要用于时间线、行为等，从而防止因下载引起的延迟。
> ➤ **设置导航栏图像**：将图像加入到导航条或改变导航条图像显示。
> ➤ **设置状态栏文本**：在浏览器左下角的状态栏中显示信息。
> ➤ **显示-隐藏层**：显示、隐藏一个或多个层，或者恢复其缺省属性。
> ➤ **交换图像**：通过改变 IMG 标记的 SRC 属性改变图像。利用该动作可创建活动按钮或其他图像效果。
> ➤ **恢复交换图像**：恢复交换图像至原图。

不需要死记硬背所有的事件和动作，用到的时候进行查阅即可。

6.2.2 熟悉"行为"面板

"行为"面板是应用行为所不可缺少的工具，下面来认识一下"行为"面板。选择"窗口"＞"行为"菜单，或按【Shift+F4】组合键，即可打开"行为"面板，如图 6-30 所示。面板中显示了已添加的行为。

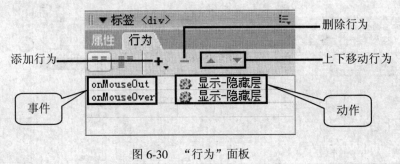

图 6-30 "行为"面板

6.2.3 应用行为

行为可以应用于 HTML 标签、图像、链接文本等对象。如果要对某个对象应用行为，需要先选中该对象，然后单击"行为"面板上方的"添加行为"按钮 **+**，在打开的行为列表中选择动作，并在打开的窗口中设置效果，最后指定设定的动作在什么情况下发生，也就是指定事件，如图 6-31 所示。

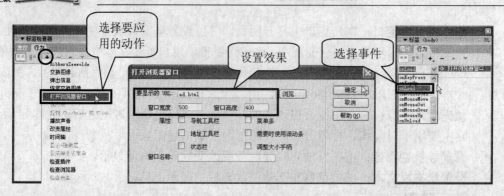

图 6-31　应用行为

下面简单介绍一下常见行为的应用方法。

1. "弹出信息"行为

有时候，我们在打开某个网页或单击网页中的某个元素时可以看到弹出信息框。应用"弹出信息"行为可以轻松实现该功能，下面我们就来看看"弹出信息"行为的应用。

Step 01　启动 Dreamweaver 8 后，打开"lemon"站点中的文档"main.html"。

Step 02　首先选择要应用行为的对象（此处为编辑窗口下方状态栏中的"<body>"标签），然后打开"行为"面板，单击"添加行为"按钮 +，在弹出的行为列表中选择"弹出信息"，如图 6-32 所示。

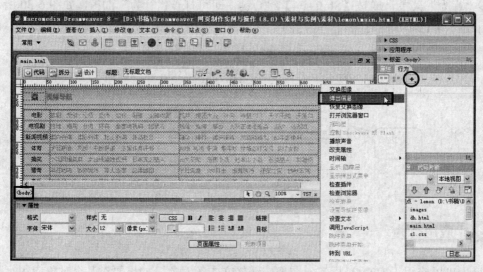

图 6-32　应用行为

Step 03　打开"弹出信息"对话框，在该对话框中输入想要显示的信息，然后单击"确定"按钮，如图 6-33 左图所示。

Step 04　在"行为"面板中相应事件名右侧单击，然后在弹出的下拉列表中选择"onLoad"，表示在网页下载完毕后即执行该动作，如图 6-33 右图所示。

图 6-33 设置"弹出信息"对话框

Step 05 保存文档，并按【F12】键在 IE 浏览器中预览，系统会首先弹出如图 6-34 所示的对话框。

图 6-34 预览文档

2. "设置状态栏文本"行为

所谓"状态栏文本"，就是在网页运行时浏览器下方的状态栏中显示的文本。好多个人网站都设置了状态栏文本，以表达网站主人的心声。下面我们来看看如何为网页设置状态栏文本。

Step 01 继续在前面打开的文档中进行操作。首先单击"<body>"标签选中整个文档，然后单击"添加行为"按钮+.，在弹出的行为列表中选择"设置文本">"设置状态栏文本"，如图 6-35 所示。

图 6-35 应用行为

Step 02 打开"设置状态栏文本"对话框，在"消息"编辑框中输入要在状态栏中显示的文本，然后单击"确定"按钮，如图 6-36 所示。

Step 03 在"事件"下拉列表中选择"onLoad"，表示网页下载完毕后即显示设置的状态栏文本，如图 6-37 所示。

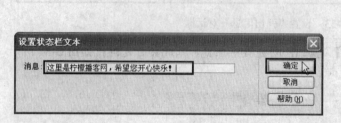

图 6-36　"设置状态栏文本"对话框　　　　　　图 6-37　设置事件

Step 04 保存文档后按【F12】键预览，可以看到状态栏中的文本，如图 6-38 所示。

图 6-38　预览文档

3. "打开浏览器窗口"行为

应用"打开浏览器窗口"行为，可实现单击目标文字或图片打开固定大小窗口的效果。许多站点都使用这种方式来弹出重要的通知、广告信息等页面。

Step 01 启动 Dreamweaver 8 后，打开本书附赠光盘"素材与实例\素材\lily"站点中的文档"haird.html"。

Step 02 拖动鼠标选中文本"美白防晒十话十说"，然后在"属性"面板上的"链接"编辑框中输入符号"#"并按【Enter】键，为文本设置空链接，如图 6-39 所示。

一般对纯文本是不能应用行为的，如果要对其应用行为，首先需要为其设置链接。

图 6-39 为文本设置空链接

Step 03 打开"行为"面板,单击"添加行为"按钮 +,在弹出的行为列表中选择"打开浏览器窗口",如图 6-40 所示。

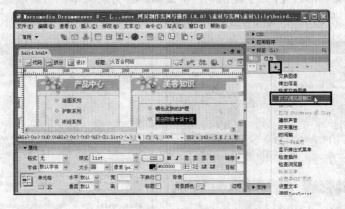

图 6-40 应用行为

Step 04 弹出"打开浏览器窗口"对话框,在该对话框中单击"要显示的 URL"编辑框后的"浏览"按钮,弹出"选择文件"对话框,选择要在窗口中显示的网页,此处为"lily"站点中的"ha2.html"网页,然后单击"确定"按钮,如图 6-41 所示。

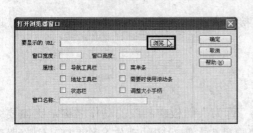

图 6-41 设置要在窗口中显示的网页

Step 05 回到"打开浏览器窗口"对话框，设置窗口宽度和高度，然后单击"确定"按钮，如图 6-42 所示。

Step 06 在"行为"面板中，单击"事件"列，在其下拉列表中选择"onClick"，如图 6-43 所示。

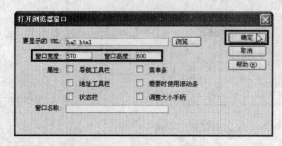

图 6-42 设置窗口宽度和高度　　　　　　图 6-43 设置事件

Step 07 保存文档后按【F12】键预览，单击添加行为的文本，在显示器左下方弹出一个大小为 570×600 的窗口，如图 6-44 所示。

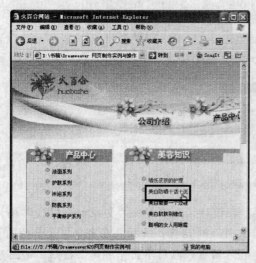

图 6-44 预览文档

6.2.4 编辑行为

前面学习了为对象添加行为的方法，接下来我们来学习如何修改、删除以及获取更多的行为。

1. 修改行为

修改行为的方法非常简单，只需双击"行为"面板中相应的动作名称，比如要编辑前面的"打开浏览器窗口"行为，只要双击"事件"右侧对应的动作名称"打开浏览器窗口"，就会重新打开"打开浏览器窗口"对话框，修改后关闭对话框即可，如图 6-45 所示。

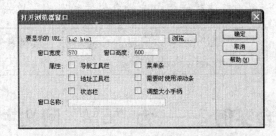

图 6-45　修改行为

如要选择某个行为，需要先选中该行为所附加的对象，比如前面的"打开浏览器窗口"行为是附加在文本上的，需要先选中文本或在文本行单击，"行为"面板上才会出现附加的行为。

当"行为"面板中有多个行为时，如果要改变某行为的顺序，可先选中该行为，然后单击面板上方的 ▲ 和 ▼ 按钮进行上移和下移。

2．删除行为

如要删除某行为，只需选中该行为，然后单击"行为"面板上方的"删除事件"按钮 ━ 或直接按【Delete】键。也可用鼠标右键单击行为，在弹出的快捷菜单中选择"删除行为"命令。

3．获取更多行为

单击"行为"面板上的"添加行为"按钮 ✚▾，在弹出的菜单中选择"获取更多的行为"命令，将打开 Adobe 公司的官方网站，该网站提供网页行为的下载。下载行为后还需要安装才能使用，安装的具体操作如下。

Step 01　选择"命令" > "扩展管理"菜单，打开"Macromedia 扩展管理器"对话框，如图 6-46 所示。

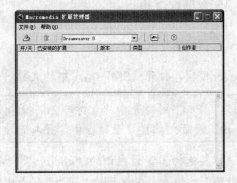

图 6-46　"Macromedia 扩展管理器"对话框

Step 02 在该对话框中选择"文件">"安装扩展"命令,打开"选取要安装的扩展"对话框,在该对话框中选择要安装的行为,单击"安装"即可。

> 除 Adobe 官方网站外,还有很多其他小公司制作的插件,也是可以安装到 Dreamweaver 中的。

综合实例 2——为"SM"网站主页添加伴随窗口

本例将在综合实例 1 中制作好的"index.html"网页文档的基础上,为网站主页添加伴随窗口,效果如图 6-47 所示。

图 6-47 为"SM"网站主页添加伴随窗口最终效果

制作思路

首先打开"index.html"网页文档,然后利用"行为"添加"打开浏览器窗口"动作,并设置网页下载完毕后即显示伴随窗口。

制作步骤

Step 01 启动 Dreamweaver 8 后,打开"SM"站点中的文档"index_e.html"。

> 用户也可以将本书附赠光盘"素材与实例\素材\SM 素材"文件夹中的"index_e.html"网页文档拷贝至站点中,并打开进行操作。

Step 02 首先单击选择"标签选择器"最左侧的"<body>"标签,然后单击"行为"面板中的"添加行为"按钮 +,在打开的"行为"列表中选择"打开浏览器窗口",如图 6-48 所示。

图 6-48 添加行为

Step 03 弹出"打开浏览器窗口"对话框，单击"要显示的 URL"编辑框右侧的"浏览"按钮，如图 6-49 左图所示。

Step 04 打开"选择文件"对话框，选择"SM"站点中的网页文档"guanggao.html"，然后单击"确定"按钮，如图 6-49 右图所示。

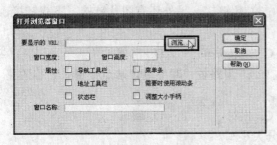

图 6-49 设置"要显示的 URL"

Step 05 回到"打开浏览器窗口"对话框，设置"窗口宽度"和"窗口高度"分别为 500 和 626，窗口名称为"banner"，然后单击"确定"按钮，如图 6-50 所示。

Step 06 设置"事件"为"onLoad"，以使网页下载完毕后即显示伴随窗口，如图 6-51 所示。

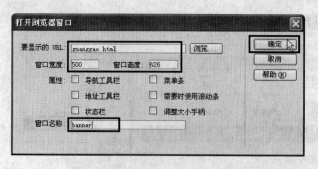

图 6-50　设置窗口属性

图 6-51　设置"事件"

Step 07　保存网页文档，然后按【F12】键预览网页，在打开网页的同时打开伴随窗口，如图 6-47 所示。

本章小结

本章介绍了超链接和行为的应用。学完本章后，读者应了解或掌握以下知识。

➢　超链接是本章的重点，也是网站建设中所不可缺少的元素。通过对应用超链接的学习，读者应掌握在网页中创建各种超链接的方法和技巧，尤其是常规超链接的设置方法。

➢　对于"行为"，我们并不提倡在网页中应用过多的"行为"，因为它会增加网页的设计难度和浏览器解释"行为"的时间。因此，大家在使用行为时一定要注意确保合理和恰当，这样才能达到良好的效果。

思考与练习

一、选择题

1. 超链接包括很多种，最常用的是（　　）超链接，另外还有图片链接、下载链接、电子邮件链接等。

　　　A. 热点　　　　B. 命名锚记　　　　C. 跳转菜单　　　　D. 常规

2. 对于网站内部的链接，我们只能使用（　　）路径，即不包含站点根目录名称的路径。

　　　A. 台风　　　　B. 绝对　　　　C. 相对　　　　D. 跳转

3. 锚记名称中不能含有（　　），且区分大小写。

　　　A. 文本　　　B. 大写字母　　　C. 空格　　　　D. 小写字母

二、填空题

1. 常规超链接包括_____超链接和_____超链接，_____超链接是指目标文件位于站点内部的链接；_____超链接可实现网站与网站之间的跳转，也就是从本网站跳转到其他网站。

2. _____链接又叫图像映射，就是使用_____工具将一张图片划分成多个区域，并为这些区域分别设置链接。

3．有些网页的内容非常多，以致浏览器的滚动条变得很长，而使得浏览者无法快速找到所要的内容。为解决这个问题，我们可以通过_____链接来为网页添加位于该网页内部的超链接，单击该超链接，就跳转到网页中指定的位置。

4．每个行为都由两部分组成，即_____和_____。所谓_____是指"发生什么"，如鼠标移到对象上方、离开对象或双击对象等；而_____是指"去做什么"，如打开浏览器窗口、播放声音或弹出信息等。

5．一般对纯文本是不能应用行为的，如果要对其应用行为，首先需要为其设置_____。

三、操作题

打开本书附赠光盘"素材与实例\素材\lily"站点中的文档"index.html"，为其设置链接。

提示：

分别在"公司介绍"、"产品中心"、"美容知识"和"在线留言"所在区域绘制矩形热点，并为其设置到"com.html"、"pro.html"、"haird.html"和"guestbook.html"的链接（最终效果位于本书附赠光盘"素材与实例\实例\lily"站点中）。

第7章
使用 CSS 美化网页

本章内容提要

- CSS 样式入门···134
- 设置 CSS 样式属性···138
- 编辑 CSS 样式··144
- CSS 样式的高级应用···150

章前导读

样式表也叫 CSS（Cascading Style Sheets），它可以弥补 HTML 的缺点。应用它可以调整文字间距和行间距、去掉链接下划线、设置列表样式，以及设置图像阴影和透明度等，本章将介绍样式表的相关知识。

7.1 CSS 样式入门

CSS 样式表是一个非常灵活的工具，使用它可以将所有有关网页文档的样式保存在一个样式文件中，当需要给这些网页定义样式时，只要将样式文件链接至各个网页即可，而不必再把繁杂的样式编写在每个文档结构中。

7.1.1 熟悉"CSS 样式"面板

在 Dreamweaver 8 中，我们可以借助"CSS 样式"面板来新建、删除、编辑和应用样式，以及附加外部样式表等。选择"窗口">"CSS 样式"菜单，可打开"CSS 样式"面板，如图 7-1 所示。

由图 7-1 可见，在"CSS 样式"面板中，可以非常直观地查看整个文档中定义的所有样式，也可以直接快速更改当前所选样式的属性。

"CSS 样式"面板的"全部"选项卡包含两个窗格。其中，上面的"所有规则"窗格显示了当前文档中定义的样式和链接到当前文档的样式文件中定义的样式；使用下方的"属性"窗格可以快速编辑"所有规则"窗格中所选 CSS 样式的属性。

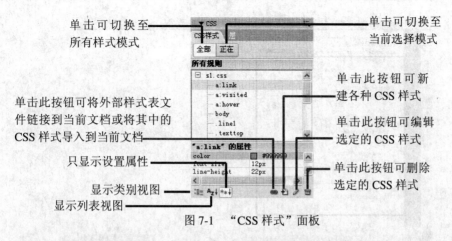

单击可切换至
所有样式模式

单击可切换至
当前选择模式

单击此按钮可新
建各种 CSS 样式

单击此按钮可将外部样式表文
件链接到当前文档或将其中的
CSS 样式导入到当前文档

单击此按钮可编辑
选定的 CSS 样式

只显示设置属性

单击此按钮可删除
选定的 CSS 样式

显示类别视图

显示列表视图

图 7-1　"CSS 样式"面板

通过单击面板左下角的 3 个按钮，可控制属性的显示方式，其中，"类别"视图表示按
类别分组显示属性（如"字体"、"背景"、"区块"、"边框"等），
并且已设置的属性位于每个类别的顶部；"列表"视图表示按字
母顺序显示属性，并且已设置的属性排在顶部；单击 按钮可
只显示已设置的属性。此外，在类别视图和列表视图模式下，
已设置的属性将以蓝色显示。要修改属性，可直接单击选择属
性，然后进行修改。

按下"正在"按钮，"CSS 样式"面板将显示三个窗格（参
见图 7-2），上面是当前所选内容的 CSS 属性摘要，中间显示了
所选属性位于哪个样式中，下面显示了 CSS 样式属性。

7.1.2　CSS 样式的存在方式

CSS 样式以外部和内嵌两种方式存在于网页中，下面分别
介绍。

图 7-2　"CSS 样式"面板的
"正在"选项卡

➢ **外部 CSS 样式表**：为增强 CSS 样式的通用性，我们
可以创建扩展名为.css 的外部样式表文件。利用"CSS 样式"面板可将该文件链
接至站点中的一个或多个网页中，从而使用户可直接应用其中定义的样式。

➢ **内部（或嵌入式）CSS 样式表**：是一系列包含在 HTML 文档 head 部分 style 标签
内的 CSS 样式，如图 7-3 所示。

知识库

　　与 HTML 文件一样，CSS 样式表文件也是一个文本文件，用户既可以
直接使用 Dreamweaver 来创建它，也可以使用"记事本"等文本编辑器来
编写。
　　在制作网站时，用户大都会将常用的样式保存在外部样式表文件中，
而将个别对象用到的样式嵌套在相应的网页文档中，从而省去很多重复性
工作，大大提高了网站的制作和维护效率。

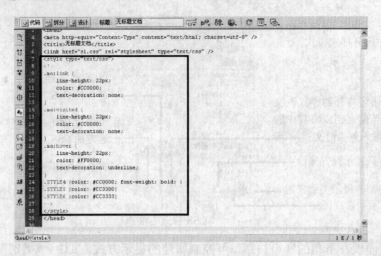

图 7-3　内部 CSS 样式表

7.1.3　创建 CSS 样式

在 Dreamweaver 中，可按照以下方法来创建 CSS 样式。

Step 01 在"CSS 样式"面板中单击"新建 CSS 规则"按钮，打开"新建 CSS 规则"对话框，如图 7-4 所示。

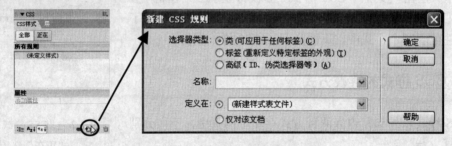

图 7-4　打开"新建 CSS 规则"对话框

Step 02 在"选择器类型"区选择要创建的样式类型，然后输入样式名称，其中：

➢ **类样式：**又称自定义样式，它是唯一可作为 class 属性应用于文档中任何对象的 CSS 样式类型，主要用于定义一些特殊的样式。

当我们在文档编辑窗口中选中文本，并在"属性"面板上修改了其字体、大小、颜色等属性后，Dreamweaver 会自动创建相应的内部类样式。此外，也可以使用"CSS 样式"面板来直接创建类样式和其他两种样式。

要创建"类"样式，需在"新建 CSS 规则"对话框中选择"类（可应用于任何标签）（C）"，然后在"名称"编辑框中输入样式名称。

> 类样式名称必须以句点开头，并且可以包含任何字母和数字组合（例如，.myhead1）。如果没有输入开头的句点，Dreamweaver 会自动输入。

➢ **标签样式：**用来重定义 HTML 标签的样式。例如，定义<table>标签样式后，网页中所有表格都将自动应用该样式。又如，一旦定义了<body>样式，则网页将自动按照定义的 body 样式更新。

　　如果要定义标签样式，需在"选择器类型"区选择"标签"，然后在"标签"下拉列表中选择一个标签，如图 7-5 所示。

➢ **高级样式（又叫选择器样式）：**主要用来定义链接文本的样式，也可用来重定义特定标签组合的样式。例如，每当 h2 标题出现在表格单元格内时都会生成 td h2 标签组合。因此，如果我们定义了 td h2 标签组合样式，则它将影响文档中的全部 td h2 标签组合。

　　选择器样式还可重定义包含特定 id 属性的所有标签的格式。例如，#myStyle 样式将应用于所有包含属性 id="myStyle"的标签。

　　如果要定义链接或标签组合样式，需在"选择器类型"区选择"高级"，然后在"选择器"编辑框中输入一个或多个 HTML 标签，或在"选择器"下拉列表中选择一个标签（包括 a:active、a:hover、a:link 和 a:visited），如图 7-6 所示。

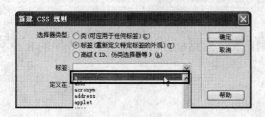
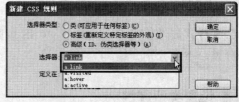

图 7-5　选择标签　　　　　　　　　　　　图 7-6　选择"选择器"类别

　　"选择器"下拉列表中一共有 4 个选项，"a:link"表示正常状态下链接文本的样式；"a:visited"表示访问过的链接样式；"a:hover"表示鼠标放在链接文本上方时的样式；"a:active"表示在链接文本上按下鼠标时的样式。

Step 03　在"定义在"选项组中指定保存样式的位置。其中：要创建外部样式表，可在"定义在"下拉列表中选择"新建样式表文件"；要将新建样式保存在当前站点中的现有样式表文件中，可在"定义在"下拉列表中选择相应的样式表文件；要在当前文档中嵌入内部样式，可选择"仅对该文档"单选钮。

Step 04　单击"确定"按钮。如果在步骤 3 中选择了"新建样式表文件"选项，系统将首先打开图 7-7 所示的"保存样式表文件为"对话框。用户可利用该对话框设置样式表文件的保存位置和名称。单击"保存"按钮，系统将打开图 7-8 所示的"***的 CSS 规则定义"对话框。

　　如果在步骤 3 中选择了"仅对该文档"选项，则 Dreamweaver 将直接打开图 7-8 所示的"***的 CSS 规则定义"对话框。

 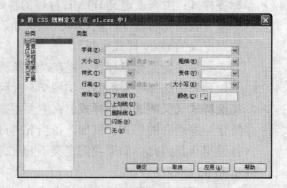

图 7-7　"保存样式表文件为"对话框　　　　图 7-8　"CSS 规则定义"对话框

Step 05　在"CSS 规则定义"对话框左侧的"分类"列表区选择不同分类，可设置样式的不同属性。最后单击"确定"按钮即可。

7.2　设置 CSS 样式属性

CSS 样式属性就是前面提到的"CSS 规则定义"对话框左侧"分类"列表区的 8 种不同的分类，下面分别介绍。

7.2.1　设置类型属性

类型属性用于定义 CSS 样式的字体、大小、行高等属性，主要针对网页中的文本。在CSS 规则定义对话框左侧的"分类"列表区单击"类型"选项，对话框右侧的功能区中将会显示文本的相关属性，图 7-9 所示为设置了一些常用属性后的对话框。

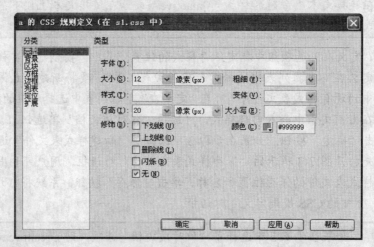

图 7-9　设置类型属性

"类型"选项中各功能项意义如下。

> ➢ **"字体"下拉列表框**：设置文本的字体。
> ➢ **"大小"下拉列表框**：设置文本的大小。
> ➢ **"样式"下拉列表框**：设置文本的特殊格式，如斜体、偏斜体等。
> ➢ **"行高"下拉列表框**：设置文本行与行之间的距离，可直接输入数值。
> ➢ **修饰**：设置文本的修饰效果，如上划线和下划线等。
> ➢ **"粗细"下拉列表框**：设置文本的粗细程度，如粗体、特粗等，也可直接输入数值。
> ➢ **"变体"下拉列表框**：设置文本的变形方式，如"小型大写字母"等。
> ➢ **"大小写"下拉列表框**：设置英文文本的大小写形式，如"首字母大写"、"大写"、"小写"等。
> ➢ **"颜色"文本框**：设置文本颜色，单击 按钮，在弹出的调色板中移动鼠标单击选择颜色即可。

7.2.2　设置背景属性

在 CSS 规则定义对话框左侧的"分类"列表区单击"背景"选项，对话框右侧的功能区中将会显示背景的相关属性，如图 7-10 所示。通过该分类可以对网页中的任何元素应用背景属性。

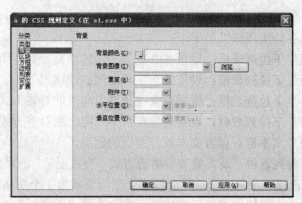

图 7-10　设置背景属性

"背景"选项中各功能项意义如下。

> ➢ **"背景颜色"文本框**：设置对象的背景颜色。
> ➢ **"背景图像"下拉列表框**：设置对象的背景图像，单击"浏览"按钮 ，可在弹出的对话框中选择背景图像，也可在下拉列表框中直接输入背景图像的路径及名称。
> ➢ **"重复"下拉列表框**：设置背景图像的重复方式，如"不重复"、"水平重复"等。
> ➢ **"附件"下拉列表框**：设置背景图像是固定在原始位置还是可以滚动。

➢ **"水平位置"下拉列表框**：设置背景图像的水平位置，如"左对齐"、"右对齐"
或"居中"等。

➢ **"垂直位置"下拉列表框**：设置背景图像的垂直位置，如"顶部"、"居中"或
"底部"。

7.2.3 设置区块属性

在 CSS 规则定义对话框左侧的"分类"列表区单击"区块"选项，然后可通过对话框
右侧的功能区定义文字的排列方式，如图 7-11 所示。

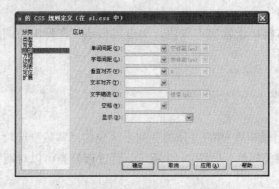

图 7-11 设置区块属性

"区块"选项中各功能项意义如下。

➢ **"单词间距"下拉列表框**：设置各个单词之间的距离，只适用于英文。

➢ **"字母间距"下拉列表框**：设置各个字母之间的距离。

➢ **"垂直对齐"下拉列表框**：设置对象在垂直方向上的对齐方式。

➢ **"文本对齐"下拉列表框**：设置对象在水平方向上的对齐方式。

➢ **"文字缩进"文本框**：设置文本首行缩进的距离。

➢ **"空格"下拉列表框**：设置处理空格的方式，有"正常"、"保留"和"不换行"
3 个选项。选择"正常"选项，会将多个空格显示为 1 个空格；选择"保留"选
项，会以文本本身的格式显示空格和回车；选择"不换行"选项，会以文本本身
的格式显示空格但不显示回车。

➢ **"显示"下拉列表框**：设置区块中要显示的格式，如内嵌、块、标记等。

7.2.4 设置方框属性

在 CSS 规则定义对话框左侧的"分类"列表区单击"方框"选项，然后可通过对话框
右侧的功能区定义网页元素的大小和其在页面上的放置方式，如图 7-12 所示。

"方框"选项中各功能项意义如下。

➢ **"宽"下拉列表框**：设置网页元素的宽度。

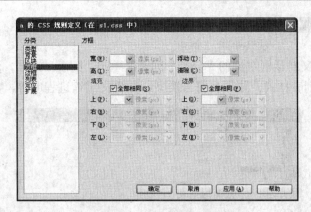

图 7-12　设置方框属性

➢ **"高"下拉列表框**：设置网页元素的高度。
➢ **"浮动"下拉列表框**：设置网页元素的环绕方式。
➢ **"清除"下拉列表框**：设置层不允许在应用样式元素的某个侧边。
➢ **"填充"栏**：指定元素内容与元素边框之间的间距。
➢ **"边界"栏**：指定元素的边框与另一元素之间的间距。仅当应用于块级元素（如段落、标题、列表等）时，该属性才有效。

7.2.5　设置边框属性

在 CSS 规则定义对话框左侧的"分类"列表区单击"边框"选项，然后可通过对话框右侧的功能区定义元素周围的边框，如边框宽度、边框颜色和样式等，如图 7-13 所示。

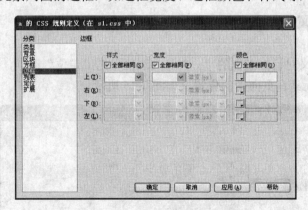

图 7-13　设置边框属性

"边框"选项中各功能项意义如下。
➢ **"样式"栏**：设置元素上、下、左、右的边框样式。
➢ **"宽度"栏**：设置元素上、下、左、右的边框宽度。
➢ **"颜色"栏**：设置元素上、下、左、右的边框颜色。

7.2.6 设置列表属性

在 CSS 规则定义对话框左侧的"分类"列表区单击"列表"选项，然后可通过对话框右侧的功能区定义列表样式，如项目符号类型、项目文字缩进程度等，如图 7-14 所示。

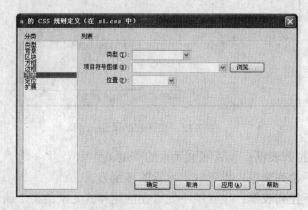

图 7-14　设置列表属性

"列表"选项中各功能项意义如下。

➢ **"类型"下拉列表框**：选择无序列表的项目符号类型和有序列表的编号类型。

➢ **"项目符号图像"下拉列表框**：指定外部图像作为无序列表的项目符号，可直接输入图像的路径，也可单击"浏览"按钮 ，在打开的对话框中选择图像。

➢ **"位置"下拉列表框**：选择列表文本是否缩进。"外"表示以缩进方式显示；"内"表示不缩进。

7.2.7 设置定位属性

在 CSS 规则定义对话框左侧的"分类"列表区单击"定位"选项，然后可通过对话框右侧的功能区定义元素在页面中的位置，如图 7-15 所示。

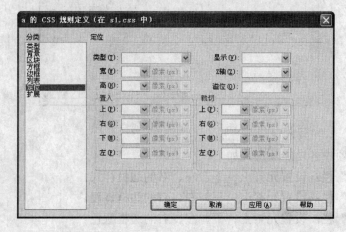

图 7-15　设置定位属性

"定位"选项中各功能项意义如下。

- ➢ **"类型"下拉列表框**：设置定位方式，选择"绝对"选项可使层按照"置入"栏中输入的值在相对于页面左上角的位置显示；选择"相对"选项可使层按照"置入"栏中输入的值在相对于其父层的位置显示；选择"静态"选项，可将层放置在文本中的位置。
- ➢ **"显示"下拉列表框**：确定层的显示方式，选择"继承"选项将继承父层的可见性属性，如果没有父层，则可见；选择"可见"选项将显示层内容；选择"隐藏"选项将隐藏层内容。
- ➢ **"Z 轴"下拉列表框**：确定层的堆叠顺序。编号较高的层显示在编号较低的层的上面。
- ➢ **"溢位"下拉列表框**：确定当层内容超出层大小时的处理方式，选择"可见"选项将使层向右下方扩展，使所有内容都可见；选择"隐藏"选项将保持层大小并裁切任何超出的内容；选择"滚动"选项将在层中添加滚动条，不论内容是否超出层大小；选择"自动"选项，当层内容超出层边界时显示滚动条。

7.2.8　设置扩展属性

在 CSS 规则定义对话框左侧的"分类"列表区单击"扩展"选项，然后可通过对话框右侧的功能区设置一些附加属性，包括滤镜、分页和指针选项等，如图 7-16 所示。

"扩展"选项中各功能项意义如下。

- ➢ **"分页"栏**：为网页添加分页符号，主要用于需要打印网页中的内容时。
- ➢ **"光标"下拉列表框**：设置光标形状，浏览网页时鼠标放置在被此项设置的对象上时，形状会按照设置发生改变。

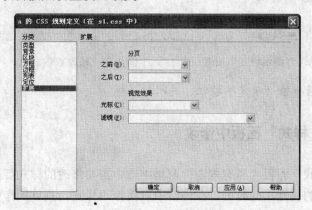

图 7-16　设置扩展属性

- ➢ **"滤镜"下拉列表框**：使用 CSS 样式实现滤镜效果。单击"滤镜"下拉列表框，可以看到有多种滤镜可供选择，如 Alpha、Blur、DropShadow 等。通常使用这些滤镜来为图像设置透明、渐变、阴影等效果。

7.3 编辑 CSS 样式

用户在网页文档中定义了 CSS 样式后，可以对其进行修改或完善。在 Dreamweaver 中编辑 CSS 样式的方法有两种：一种是在 CSS 规则定义对话框中修改，另一种是直接在 "CSS 样式" 面板中修改。

7.3.1 在 CSS 规则定义对话框中修改

在 CSS 规则定义对话框中修改 CSS 样式的方法非常简单，具体操作如下。

Step 01 在 "CSS 样式" 面板中单击 "全部" 按钮，然后在 "所有规则" 窗格中单击选择要修改的 CSS 样式（此处为 "body"），单击 "编辑样式" 按钮 ✏，如图 7-17 所示。

Step 02 打开 "body 的 CSS 规则定义" 对话框，可根据需要对样式进行修改，如图 7-18 所示。

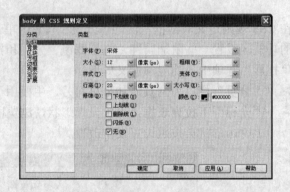

图 7-17　选择样式后单击 "编辑样式" 按钮　　　图 7-18　修改 CSS 样式

Step 03 修改完后单击 "确定" 按钮，关闭对话框。

7.3.2 在 "CSS 样式" 面板中修改

当在 "CSS 样式" 面板 "所有规则" 窗格中选中需要修改的样式后，面板下方的属性栏中将会显示样式的属性，此时可以在该栏中直接修改样式，具体操作如下。

Step 01 在 "CSS 样式" 面板中单击 "全部" 按钮，然后在 "所有规则" 窗格中单击选择要修改的 CSS 样式（此处为 "body"），此时在下方的属性栏中显示所选样式的属性，如图 7-19 所示。

Step 02 在属性栏中单击需要修改的属性值，此时系统会根据属性的类别显示一个文本框、下拉列表框或颜色按钮等，根据实际情况修改样式即可，如图 7-20 所示。

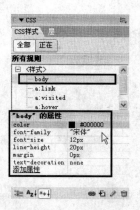

图 7-19　查看样式属性

图 7-20　修改样式

Step 03　如果需要增加新的属性，可以单击链接文本"添加属性"，此时在属性栏中将新添加一个下拉列表框，在该下拉列表框中可以选择需要添加的属性（此处选择 "background-color"），如图 7-21 所示。

Step 04　其后将弹出一个颜色框，单击■按钮在弹出的色板中选择要设置的颜色，如图 7-22 所示。

图 7-21　添加属性

图 7-22　设置属性

综合实例 1——为 "SM" 网站主页设置样式

本例将在第 6 章综合实例 2 中制作好的网页文档 "index.html" 的基础上，为该网页设置样式，最终效果如图 7-23 所示。

制作思路

首先为网页文档设置 body 样式，然后创建类样式并将其应用于选定的文本上，最后创建高级样式，其将自动应用于所有的链接文本。

图 7-23　为"SM"网站主页设置样式最终效果

制作步骤

1. 设置 body 样式

Step 01　启动 Dreamweaver 8 后，打开"SM"站点中的文档"index.html"。

> 　　用户也可以将本书附赠光盘"素材与实例\素材\SM 素材"文件夹中的"index_f.html"文档拷贝至站点中，并打开进行操作。

Step 02　打开"CSS 样式"面板，单击"新建 CSS 规则"按钮，打开"新建 CSS 规则"对话框。

Step 03　在"选择器类型"区选择"标签"，在"标签"下拉列表中选择"body"，在"定义在"列表区选择"新建样式表文件"，之后单击"确定"按钮，如图 7-24 所示。

Step 04　打开"保存样式表文件为"对话框，在"保存在"下拉列表中选择"SM"站点根文件夹，在"文件名"文本框中输入文件名"s1"，单击"保存"按钮，如图 7-25 所示。

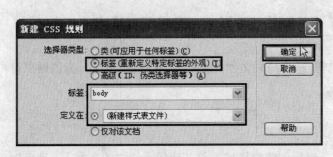

图 7-24　"新建 CSS 规则"对话框

图 7-25　保存样式表文件

Step 05 打开 "body 的 CSS 规则定义" 对话框，在 "大小" 下拉列表中选择 "12"，设置 "行高" 为 20 像素，颜色为灰色（#999999），如图 7-26 所示。

Step 06 在左侧的 "分类" 列表中选择 "方框"，并在 "边界" 区 "上" 编辑框中输入 "0"，然后单击 "确定" 按钮关闭对话框，如图 7-27 所示。

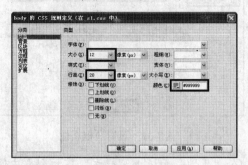

图 7-26　设置类型属性　　　　　　图 7-27　设置区块属性

Step 07 完成以上设置后，将文档和样式文件分别保存。

2. 设置类样式

Step 01 单击 "CSS 样式" 面板中的 "新建 CSS 规则" 按钮，打开 "新建 CSS 规则" 对话框。

Step 02 在 "选择器类型" 区选择 "类"，在 "名称" 编辑框中输入 "t1"，在 "定义在" 列表区选择 "s1.css"，然后单击 "确定" 按钮，如图 7-28 所示。

Step 03 打开 ".t1 的 CSS 规则定义" 对话框，设置 "大小" 为 "12 像素"，"行高" 为 "24 像素"，颜色为深灰色（#666666），如图 7-29 所示。

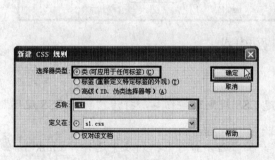

图 7-28　设置方框属性　　　　　　图 7-29　设置类型属性

Step 04 在左侧的 "分类" 列表区选择 "区块"，并设置 "文本对齐" 为 "左对齐"，如图 7-30 所示。

Step 05 在左侧的 "分类" 列表区选择 "边框"，取消选择 "样式"、"宽度" 和 "颜色" 列表区的 "全部相同" 复选框，在 "下" 行的 "样式" 下拉列表中选择 "实线"，"宽度" 下拉列表框中输入 "1"，颜色为浅灰色 "#E7E7E7"，之后单击 "确定"

按钮，如图 7-31 所示。

图 7-30　设置区块属性　　　　　　　　　　图 7-31　设置边框属性

Step 06 拖动鼠标选中要应用样式的文本，在"属性"面板上"样式"下拉列表中选择
刚定义的样式"t1"，如图 7-32 所示。

Step 07 采取同样的方法，对下面两行文本应用同样的样式。最后分别保存文档和样式
文件。

图 7-32　应用样式

3．设置链接样式

Step 01 单击"CSS 样式"面板中的"新建 CSS 规则"按钮，打开"新建 CSS 规则"
对话框。

Step 02 在"选择器类型"区选择"高级"，在"选择器"下拉列表中选择"a:link"，在
"定义在"列表区选择"s1.css"，之后单击"确定"按钮，如图 7-33 所示。

Step 03 打开"a:link 的 CSS 规则定义"对话框，在"修饰"列表区选择"下划线"复
选框，设置颜色为深灰色（#666666），之后单击"确定"按钮，如图 7-34 所示。

由于前面在设置"body"样式时已经设置了"大小"和"行高"，所以
此处不再设置，链接文本会自动套用"body"样式中的设置。

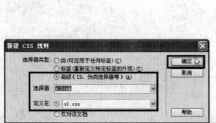
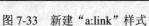
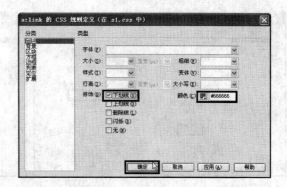

图 7-33　新建"a:link"样式　　　　　图 7-34　设置"a:link"样式

Step 04 可以看到网页中的链接文本自动套用了刚设置的"a:link"样式，如图 7-35 所示。

图 7-35　样式效果

Step 05 再次打开"新建 CSS 规则"对话框，在"选择器类型"区选择"高级"，在"选择器"下拉列表中选择"a:visited"，在"定义在"列表区选择"s1.css"，之后单击"确定"按钮，如图 7-36 所示。

Step 06 打开"a:visited 的 CSS 规则定义"对话框，在"修饰"列表区选择"无"复选框，设置颜色为灰色（#999999），之后单击"确定"按钮，如图 7-37 所示。

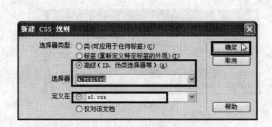
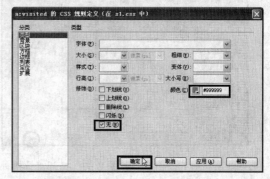

图 7-36　新建"a:visited"样式　　　　图 7-37　设置"a:visited"样式

Step 07 按照同样的方法分别设置"a:hover"和"a:active"样式，如图 7-38 所示。

图 7-38　设置 "a:hover" 和 "a:active" 样式

Step 08　保存文档和样式文件并在浏览器中预览，效果如图 7-23 所示。

7.4　CSS 样式的高级应用

前面主要介绍了 CSS 样式的基本应用，本节介绍使用外部样式表以及在同一个网页中设置两种链接样式的方法。

7.4.1　使用外部样式表

如果网站中多个网页文档用到了同一个样式，可以将该样式保存在外部样式文件中，然后将样式文件链接至各个网页文档，就可以对各文档应用该样式了。下面来看具体操作。

Step 01　在 Dreamweaver 中打开本书附赠光盘 "素材与实例\素材\lily" 文件夹中的文档 "pro1_b.html"。

Step 02　单击 "CSS 样式" 面板下方的 "附加样式表" 按钮 ，打开 "链接外部样式表" 对话框，单击 "文件/URL" 编辑框后的 "浏览" 按钮 ，如图 7-39 所示。

图 7-39　打开 "链接外部样式表" 对话框

Step 03　打开 "选择样式表文件" 对话框，在 "查找范围" 下拉列表中选择样式文件所在文件夹（此处为 "lily" 站点下的 "style" 文件夹），在文件列表中单击选择样式文件（此处为 "s2"），然后单击 "确定" 按钮，如图 7-40 所示。

Step 04　回到"链接外部样式表"对话框，在"添加为"列表区选择"链接"单选钮，然后单击"确定"按钮，如图 7-41 所示。

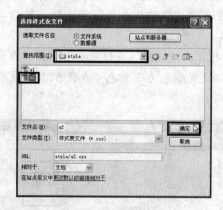

图 7-40　选择样式文件　　　　　　　　　　图 7-41　设置添加形式

知识库

选择"链接"单选钮可在网页文档和样式表文件之间建立关联，以后修改样式表文件时，所有与之链接的网页都会自动更新。

Step 05　在"CSS 样式"面板中可看到刚才链接的样式。切换至代码视图，可看到链接样式的代码，如图 7-42 所示。

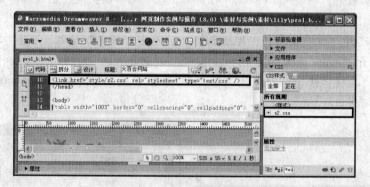

图 7-42　查看链接样式的代码

温馨提示

通过创建通用性较强的样式表文件，并将其链接于多个网页，可大大节省网页制作时间，并能批量、快速更新网页外观。

7.4.2　在同一个网页中设置两种链接样式

有时候可能会遇到这种情况，你制作了一个网页，其中有很多链接文本，你想用不同的链接样式来区分这些链接文本，也就是设置两种不同样式的链接。下面继续以前面打开的文档为例，来讲解在同一个网页中设置两种链接样式的方法。

Step 01　单击"CSS 样式"面板上的"新建 CSS 规则"按钮，打开"新建 CSS 规则"

对话框。

Step 02 在"选择器类型"区选择"高级"单选钮，在"选择器"下拉列表中选择"a:link"，并在其前输入".w"，在"定义在"区选择"仅对该文档"单选钮，然后单击"确定"按钮，如图 7-43 所示。

Step 03 打开".wa:link 的 CSS 规则定义"对话框，在"粗细"下拉列表中选择"粗体"，在"修饰"列表区选择"无"复选框，设置颜色为深紫色"#6C3573"，最后单击"确定"按钮，如图 7-44 所示。

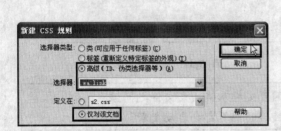

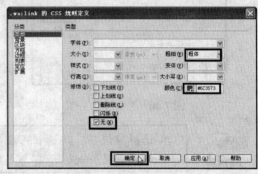

图 7-43　新建 CSS 规则　　　　　　图 7-44　设置".wa:link"属性

Step 04 再次打开"新建 CSS 规则"对话框，在"选择器类型"区选择"高级"单选钮，在"选择器"下拉列表中选择"a:visited"，并在其前输入".w"，在"定义在"区选择"仅对该文档"单选钮，然后单击"确定"按钮，如图 7-45 所示。

Step 05 打开".wa:visited 的 CSS 规则定义"对话框，在"粗细"下拉列表中选择"粗体"，在"修饰"列表区选择"无"，设置颜色为灰色"#999999"，如图 7-46 所示。

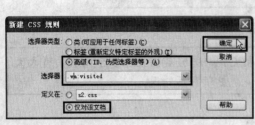
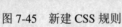

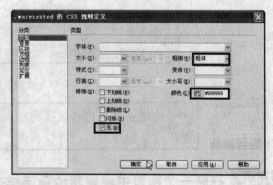

图 7-45　新建 CSS 规则　　　　　　图 7-46　设置".wa:visited"属性

Step 06 参照上面的方法，分别设置".wa:hover"和".wa:active"的属性，如图 7-47 所示。

Step 07 拖动鼠标选中网页中的文本，在"属性"面板上"样式"下拉列表中选择刚定义的样式"wa"，如图 7-48 所示。

 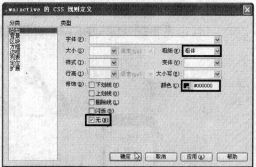

图 7-47　设置 ".wa:hover" 和 ".wa:active" 属性

图 7-48　应用样式

综合实例 2——为 "SM" 网站子页设置样式

本例将在第 4 章综合实例 2 中制作好的网页文档 "sub1.html" 的基础上，为该页设置样式，最终效果如图 7-49 所示。

制作思路

本例主要通过将已制作好的外部样式文件链接到 "sub1.html" 网页中实现。

制作步骤

Step 01 启动 Dreamweaver 8 后，打开 "SM" 站点中的文档 "sub1.html"。

> 用户也可以将本书附赠光盘 "素材与实例\素材\SM 素材" 文件夹中的 "sub1_c.html" 文档拷贝至站点中，并打开进行操作。

图 7-49 为"SM"网站子页设置样式最终效果

Step 02 单击"CSS 样式"面板下方的"附加样式表"按钮，打开"链接外部样式表"对话框。

Step 03 单击"文件/URL"编辑框后的"浏览"按钮，打开"选择样式表文件"对话框，在"查找范围"下拉列表中选择"SM"站点根文件夹，在文件列表中选择"s1.css"样式文件，然后单击"确定"按钮，如图 7-50 所示。

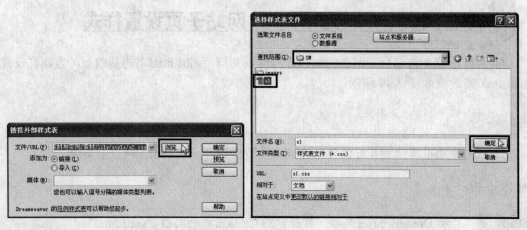

图 7-50 设置链接样式

Step 04 回到"链接外部样式表"对话框，单击"确定"按钮链接样式，可以看到"CSS 样式"面板中显示所链接的样式，如图 7-51 所示。

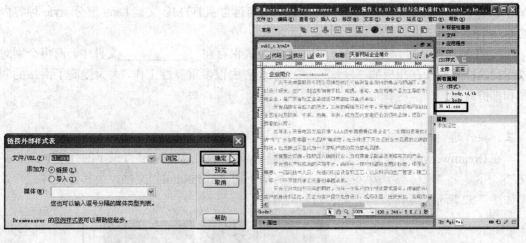

图 7-51　链接样式

Step 05 保存文档并在浏览器中预览，可以看到文本之间的间距变大了，如图 7-51 所示。

本章小结

本章介绍了 CSS 样式在网页制作中的应用。学完本章后，读者应了解或掌握以下知识。

➤ 了解 CSS 样式的存在方式，并掌握各种样式的创建方法。

➤ 掌握各种 CSS 样式属性的设置方法。

➤ 掌握编辑 CSS 样式的方法。

➤ 掌握使用外部样式表以及在同一个网页中设置两种链接样式的方法。

思考与练习

一、选择题

1.（　　）样式又称自定义样式，它是唯一可作为 class 属性应用于文档中任何对象的 CSS 样式类型，主要用于定义一些特殊的样式。

  A. 类　　　　　　B. 标签　　　　　C. 高级　　　　　D. 内部

2.（　　）样式主要用来定义链接文本的样式，也可用来重定义特定标签组合的样式。

  A. 类　　　　　　B. 标签　　　　　C. 高级　　　　　D. 内部

3. 类样式名称必须以句点开头，并且可以包含任何（　　）和数字组合。

  A. 下划线　　　　B. 标点　　　　　C. 文字　　　　　D. 字母

二、填空题

1. 为增强 CSS 样式的通用性，我们可以创建扩展名为.css 的_____样式表文件。利用 "CSS 样式"面板可将该文件链接至站点中的一个或多个网页中，从而使用户可以直接应用其中定义的样式。

2. ＿＿＿＿（或嵌入式）CSS 样式表是一系列包含在 HTML 文档 head 部分 style 标签内的 CSS 样式。

3. 在制作网站时，用户大都会将常用的样式保存在＿＿＿＿＿＿＿＿文件中，而将个别对象用到的样式嵌套在相应的＿＿＿＿＿＿中，从而省去很多重复性工作，大大提高了网站的制作和维护效率。

三、操作题

在 Dreamweaver 中打开本书附赠光盘"素材与实例\素材\lemon"目录下的"main_a.html"文档，并参照"素材与实例\实例\lemon"目录下的"main.html"文档，为其定义样式，效果如图 7-52 所示。

图 7-52 "main.html"文档效果图

提示：

（1）创建"body"样式，并设置"类型"和"方框"属性。

（2）创建类样式"texttop"，并设置"方框"和"边框"属性，然后将其应用于网页上方左侧的各个单元格，如图 7-53 所示。

（3）创建类样式"texttop1"，并设置"类型"、"方框"和"边框"属性，然后将其应用于网页上方右侧的各个单元格中，如图 7-54 所示。

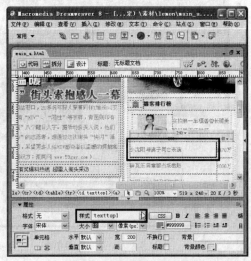

图 7-53　应用样式"texttop"　　　　　　　图 7-54　应用样式"texttop1"

（4）创建类样式"line1"，并设置"边框"属性，然后将其应用于网页下方的大表格，如图 7-55 所示。

图 7-55　应用样式"line1"

（5）分别创建链接文本在"a:link"、"a:visited"和"a:hover"状态下的样式。

（6）创建内部链接样式"ma"，并分别设置其在".ma:link"、".ma:visited"和".ma:hover"状态下的样式。然后将其应用于网页中的部分标题文本，如图 7-56 所示。

图 7-56　应用第 2 种链接样式

第8章

使用模板与库项目

本章内容提要

▢ 使用模板 159

▢ 使用库项目 170

章前导读

　　很多网站中，同一栏目（大类）下的网页一般都使用相同的布局方式或页面元素。如果一页一页地做，会浪费很多不必要的时间。为避免乏味而又繁琐的重复操作，并提高网页的制作效率，可以使用 Dreamweaver 提供的"模板"功能来制作相同结构的网页；而将相同的页面元素（如导航栏、注册信息等）制作成库项目，然后在各个网页中重复使用。

8.1　使用模板

　　Dreamweaver 中的模板是一种特殊类型的文档，用于制作同一网站中结构相同的网页。用户可基于模板创建文档，从而使创建的文档继承模板的页面布局。

　　此外，基于模板创建的文档与模板保持链接关系（除非以后分离该文档），修改模板后，所有基于该模板创建的文档都可以自动更新。

8.1.1　创建模板文档

　　创建模板文档的方法有两种。一种是新建空白模板文档，然后像制作普通网页一样制作和编辑模板内容；还有一种是将普通网页转换为模板。

1. 创建空白模板文档

　　在 Dreamweaver 中创建的空白网页模板与空白网页文档相同，只是模板文档的扩展名为"dwt"。当用户创建并保存好空白网页模板后，可以像编辑普通网页一样编辑模板文档。

Step 01　　启动 Dreamweaver 8 后，将本书附赠光盘"素材与实例\素材\lily"文件夹复制到本地磁盘，并将"lily"文件夹定义为本地站点，然后选择"文件">"新建"菜单，打开"新建文档"对话框。

Step 02 在"常规"选项卡的"类别"列表中选择"模板页"，然后在"模板页"列表中选择"HTML 模板"，如图 8-1 左图所示。

Step 03 单击"创建"按钮，便创建了一个模版文档，并进入其编辑状态，如图 8-1 右图所示。

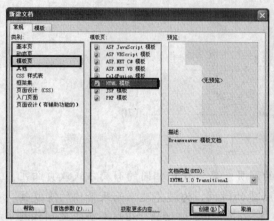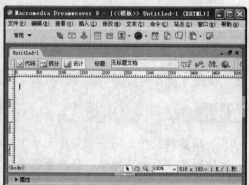

图 8-1 新建模版文档

Step 04 选择"文件">"保存"菜单，弹出提示框，勾选"不再警告我"复选框，然后单击"确定"按钮，如图 8-2 所示。

Step 05 弹出"另存为模板"对话框，在"另存为"文本框中输入模板文档名（此处为"t1"），然后单击"保存"按钮保存文档，如图 8-3 所示。

Step 06 打开"文件"面板，可以看到其中多了一个名为"Templates"的文件夹，展开该文件夹，可以看到新建的模板文档"t1.dwt"，如图 8-4 所示。此时我们便可以像编辑普通网页一样制作模板内容

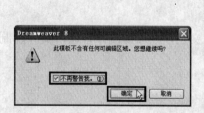

图 8-2 提示框　　　　图 8-3 "另存为模板"对话框　　　　图 8-4 查看模板

默认情况下，Dreamweaver 将模板文档保存在站点根目录下的 Templates 文件夹中。如果在创建模板文档时站点中还没有 Templates 文件夹，Dreamweaver 将在保存新建模板时自动创建该文件夹。

温馨提示
不要将模板文档移动到 Templates 文件夹之外，或将任何非模板文件放在 Templates 文件夹中，否则会导致将来无法使用模板等一系列问题。

2. 将现有网页转换成模板

用户在制作好一个网页后，可将其另存为模板，然后再利用该模板制作网站中的其他网页。具体操作如下。

Step 01 启动 Dreamweaver 8 后，打开上一小节定义的站点"lily"中的"com.html"网页文档。

Step 02 选择"文件">"另存为模板"菜单，打开"另存为模板"对话框，在"另存为"文本框中输入模板文档名（此处为"t2"），然后单击"保存"按钮，如图 8-5 左图所示。

Step 03 弹出提示框，询问是否更新链接，一般情况下都应单击"是"按钮，如图 8-5 右图所示。

图 8-5　将现有网页另存为模板

知识库
由于文档的位置发生了变化（相对于原网页），所以模板中的链接需要更新。

8.1.2　编辑模板

用户在创建好模板后，即可对其进行编辑。编辑模板包括创建可编辑区域、更改可编辑区域名称以及删除可编辑区域标记等操作。

1. 创建可编辑区域

所谓可编辑区域，是指模板中未锁定的部分，也就是在基于模板创建的文档中可以编辑的区域。要使模板有效，至少要在其中包含一个可编辑区域。在模板中创建可编辑区域的操作如下。

Step 01 打开上节中创建的模板文档"t2.dwt"，将插入点置于需创建为可编辑区域的位置，或选择要设置为可编辑区域的对象，如表格或单元格等（此处选择网页中部右侧的大表格），如图 8-6 所示。

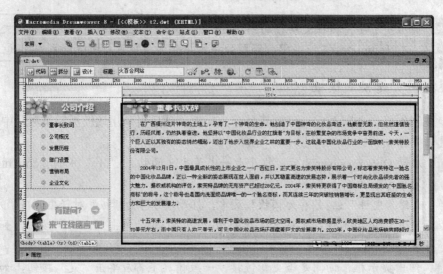

图 8-6 选择对象

Step 02 选择"插入">"模板对象">"可编辑区域"菜单，打开"新建可编辑区域"
对话框，在"名称"编辑框中输入可编辑区域名称（此处为默认），如图 8-7
左图所示。

Step 03 单击"确定"按钮创建可编辑区域，新建的可编辑区域处于选中状态，如图 8-7
右图所示。

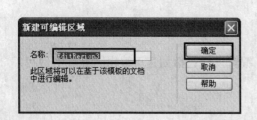

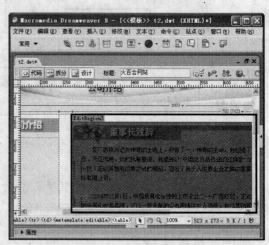

图 8-7 创建可编辑区域

2. 更改可编辑区域名称

用户在创建可编辑区域时，默认的区域名称为"EditRegion3"。如果想修改该区域名
称，可在"属性"面板中进行操作：

Step 01 单击可编辑区域左上方的名称标签将其选中，可看到"属性"面板上的"名称"
文本框中显示了该可编辑区域的名称，如图 8-8 所示。

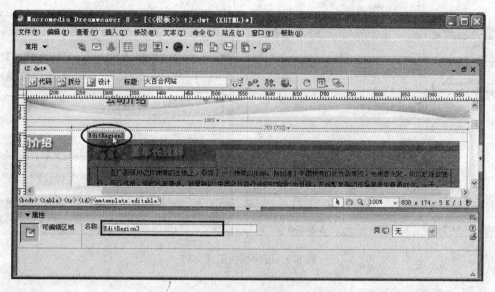

图 8-8　可编辑区域的"属性"面板

Step 02 选中"名称"文本框中的可编辑区域名称,将其删除后重新输入新名称。

3. 删除可编辑区域标记

如果已经将模板中的一个区域标记为可编辑,而现在想要再次锁定它(使其在基于模板创建的文档中不可编辑),可在选中可编辑区域后,选择"修改">"模板">"删除模板标记"菜单。

8.1.3 **应用模板创建文档**

创建模板后,就可以在该模板的基础上创建网页文档了。应用模板创建网页文档的方法有两种,一种是使用"新建文档"对话框,还有一种是使用"资源"面板,下面分别介绍。

1. 使用"新建文档"对话框

使用"新建文档"对话框新建基于模板网页的方法非常简单,只需在该对话框中选择模板所在的站点,然后选择站点中的模板即可。

Step 01 选择"文件">"新建"菜单,打开"新建文档"对话框。

Step 02 选择"模板"选项卡,此时该对话框的标题文字变为"从模板新建"。在"模板用于"列表框中选择模板所在的站点(此处为"lily"),在右边对应的站点列表框中选择要使用的模板,如图 8-9 左图所示。

Step 03 单击"创建"按钮,使用模板创建的网页文档将出现在文档编辑窗口中,该文档中除可编辑区域外其他区域都是不可编辑的,如图 8-9 右图所示。

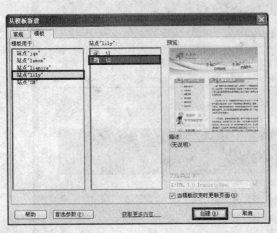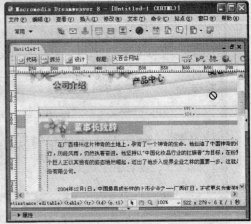

图 8-9 应用模板创建文档

2. 使用"资源"面板

在"资源"面板中只能使用当前站点中的模板创建网页，具体操作如下。

Step 01 选择"窗口">"资源"菜单或按【F11】键，打开"资源"面板。

Step 02 该面板中集合了当前站点中的所有元素，默认情况下显示图像元素。单击面板左侧的"模板"按钮，其右侧将显示该站点中创建的所有模板文件，如图8-10 所示。

Step 03 选择任意一个模板文件，上方的预览窗口中将会显示该模板文件的预览效果，如图 8-11 所示。

Step 04 用鼠标右键单击所需模板，在弹出的快捷菜单中选择"从模板新建"，则新建的文档将显示在文档编辑窗口中，如图 8-12 所示。

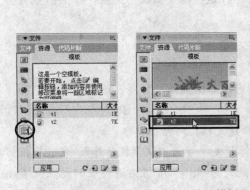

图 8-10 "资源"面板　图 8-11 选择模板文件　　　图 8-12 基于模板新建网页

8.1.4　管理模板

管理模板包括更新模板、删除模板和分离模板，下面分别介绍。

1. 更新模板

创建模板后，如果对模板中的某些部分不满意，可对其进行修改。在修改完毕并保存时，Dreamweaver 会弹出"更新模板文件"对话框（参见图 8-13），提示是否更新站点中基于该模板创建的网页文档，单击"更新"按钮可更新通过该模板创建的所有网页，单击"不更新"按钮，则只保存模板而不更新基于该模板创建的网页。

2. 删除模板

如果用户不需要使用某个模板，可将其删除，具体操作如下。

Step 01　在"资源"面板中选中不再需要的模板文件。

Step 02　按【Delete】键删除模板文件，将会弹出图 8-14 所示的提示框。

Step 03　如果确认删除，单击"是"按钮，如果不想删除，则单击"否"按钮。

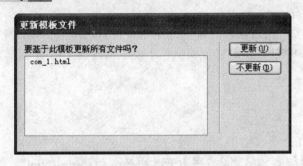

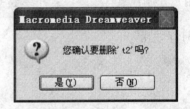

图 8-13　"更新模板文件"对话框　　　　　　　图 8-14　提示框

3. 分离模板

如果用户需要对网页中的不可编辑区域进行编辑，可以直接将网页文档与模板分离。分离后的文档就变成了普通的网页文档，可以像编辑普通的网页一样对其进行编辑操作，但更新原模板文件后，分离后的文档无法再自动更新。

打开使用模板创建的网页，选择"修改">"模板">"从模板中分离"菜单，即可使网页脱离模板。

综合实例 1——应用模板制作"SM"网站子页

本例将把第 7 章中制作的文档"sub1.html"另存为模板，然后在其基础上创建网站中的其他子页，如图 8-15 所示。

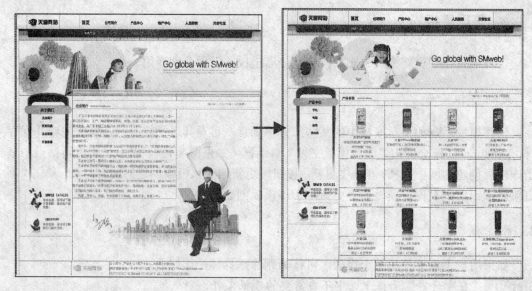

图 8-15　基于模板创建文档

制作思路

为便于理解，我们将本例的制作分为"创建模板"和"应用模板"两部分来讲。此外，用户在制作过程中要注意在模板中设置可编辑区域，以及编辑基于模板创建的文档的方法。

制作步骤

1. 创建模板

Step 01　启动 Dreamweaver 8 后，切换到"SM"站点并打开其中的文档"sub1.html"。

　用户也可以将本书附赠光盘"素材与实例\素材\SM素材"文件夹中的"sub1_d.html"文档拷贝至站点中，并打开进行操作。

Step 02　选择"文件">"另存为模板"菜单，打开"另存为模板"对话框，在"另存为"文本框中输入"sub"作为模板名，然后单击"保存"按钮，如图 8-16 所示。

Step 03　弹出提示框，单击"是"按钮更新链接，如图 8-17 所示。

图 8-16　"另存为模板"对话框

图 8-17　提示框

Step 04 选中广告条所在的大表格，然后选择"插入" > "模板对象" > "可编辑区域"
菜单，打开"新建可编辑区域"对话框，如图 8-18 左图所示。

Step 05 单击"确定"按钮，所选表格变为可编辑区域"EditRegion3"，如图 8-18 右图
所示。

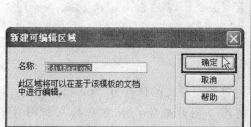

图 8-18 新建可编辑区域

Step 06 选中网页左侧的副导航条所在单元格，并将其定义为第 2 个可编辑区域
"EditRegion4"，如图 8-19 所示。

Step 07 采取同样的方法，将"企业简介"所在的大表格定义为第 3 个可编辑区域
"EditRegion5"，如图 8-20 所示。

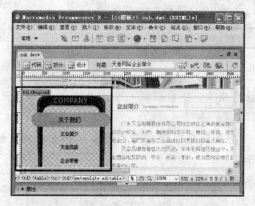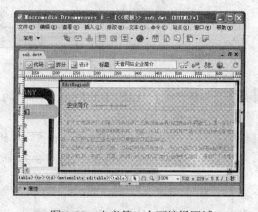

图 8-19 定义第 2 个可编辑区域　　　　　　图 8-20 定义第 3 个可编辑区域

Step 08 按【Ctrl+S】组合键保存模板文档，便完成了模板的创建。

2. 应用模板

Step 01 关闭模板文档。选择"文件" > "新建"菜单，打开"新建文档"对话框。

Step 02 选择"模板"选项卡，在"模板用于"列表中选择"站点 'SM'"，在"站点 'SM'"
列表中选择前面创建的模板"sub"，如图 8-21 左图所示。

Step 03 单击"创建"按钮，基于模板创建文档，如图 8-21 右图所示。

图 8-21　应用模板创建文档

Step 04 按【Ctrl+S】组合键打开"另存为"对话框，将文档保存为"sub2.html"。

Step 05 将可编辑区域"EditRegion3"中的两个图片删除，并重新插入新图片"sub2_02.gif"和"sub2_03.gif"，如图 8-22 所示。

图 8-22　编辑第 1 个可编辑区域

Step 06 将可编辑区域"EditRegion4"中的图片删除，并重新插入新图片"sub2_04.gif"，如图 8-23 所示。

Step 07 将可编辑区域"EditRegion5"中的"企业简介"所在图片删除，并重新插入新图片"sub2_06.gif"，如图 8-24 所示。

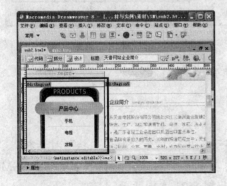

图 8-23　编辑第 2 个可编辑区域　　　　图 8-24　编辑第 3 个可编辑区域

Step 08 将可编辑区域"EditRegion5"中下方的文本和两个图片全部删除，并将 3 个单元格合并为 1 个单元格，如图 8-25 所示。

图 8-25 删除内容并合并单元格

Step 09 将插入点置于合并后的单元格中，单击"属性"面板中的"拆分单元格为行或列"按钮，打开"拆分单元格"对话框，首先将单元格拆分为 8 行，如图 8-26 所示。

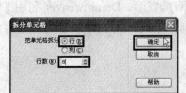

图 8-26 拆分单元格为 8 行

Step 10 按照同样的方法，将拆分后的第 2 行至第 7 行的 6 个单元格分别拆分为 4 列，如图 8-27 所示。

图 8-27 拆分各个单元格为 4 列

Step 11 在拆分后的各单元格中分别插入图像或输入文本，最终效果如图 8-28 所示。

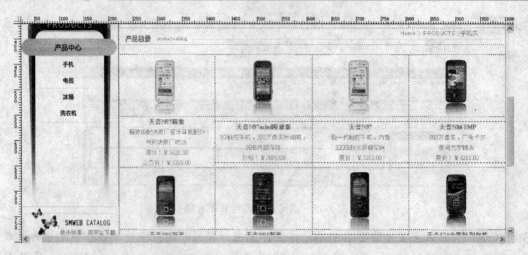

图 8-28   设置单元格内容

Step 12   按【Ctrl+S】组合键保存文档。可采取同样的方法制作网站中的其他子页。

8.2   使用库项目

图像、颜色、链接地址、视频和动画等，都可以算是网页资源。Dreamweaver 利用"资源"面板对这些资源进行分类管理。本节我们就以网页制作中最常用的库项目为例来讲解各种资源的应用。

8.2.1   什么是库项目

库项目是一种特殊类型的 Dreamweaver 文件，我们可以将当前网页中的任意页面元素定义为库项目，如图像、表格、文本、声音和 Flash 影片等。当需要使用某库项目时，直接将其从"资源"面板中拖动到网页中就可以了。

创建库项目的好处是可以在多个页面中重复使用它们，每当更改某个库项目的内容时，所有应用该库项目的页面都可以同时更新。例如，假定我们正在为某公司建立一个大型站点，公司想让其广告语出现在站点的每个页面上，但是还没有最后确定广告语。此时我们就可以创建一个包含该广告语的库项目并在每个页面上插入，当公司提供该广告语的最终版本时，我们可以更改该库项目并自动更新每一个使用它的页面。

说到这里，大家可能会问，网页中只是保存了指向图像、动画等文件的路径，以后通过置换图像来更新网页不也一样吗？

其实是不一样的。例如，如果我们将一幅广告图像创建为了库项目，则图像及其尺寸、链接、目标等属性均被包含在了库项目中。以后修改广告时，只要修改一次库项目及其属性，就可以自动更新全部使用该库项目的网页。但是，如果不将广告图像创建为库项目，尽管我们可以通过置换图像来更新网页，但是还必须分别在各网页为其设置链接等属性。

8.2.2 创建库项目

创建库项目的方法非常简单。首先选中对象，然后选择"修改">"库">"增加对象到库"菜单，即可将所选对象创建为库项目。下面我们来看具体操作。

Step 01 启动 Dreamweaver 8 后，打开本书附赠光盘"素材与实例\素材\shop"文件夹中的文档"index.html"。

Step 02 单击选中"会员登录"栏目所在表格，然后选择"修改">"库">"增加对象到库"菜单。

Step 03 弹出提示框，单击选中"不再警告我"复选框，然后单击"确定"按钮，如图 8-29 左图所示。

Step 04 自动打开"资源"面板，可以看到生成的库项目名称处于可编辑状态，如图 8-29 右图所示。我们可将系统自定的库项目名称删除，然后重新输入库项目名称，如"login"，并按【Enter】键确认。

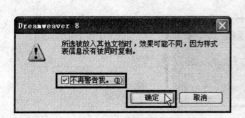

图 8-29 创建库项目

Step 05 弹出"更新文件"对话框，单击"更新"按钮，以更新文件中的链接，如图 8-30 所示。

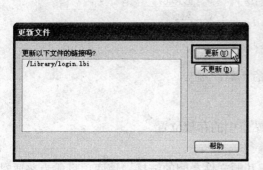
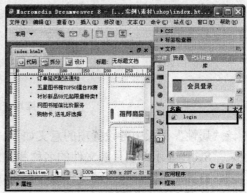

图 8-30 重命名库项目

将所选对象设置成库项目后，所选对象本身也将成为库文件。

无法在应用库项目的网页中对库项目进行任何编辑，包括调整尺寸、设置链接等。

也可在"资源"面板中单击"库"按钮，然后将希望保存为库项目的对象拖入"资源"面板来创建库项目（只针对图像、文本类元素）。

每个库项目都被单独保存在一个文件中，文件的扩展名为".lbi"。通常情况下，库项目被放置在站点文件夹中的"Library"文件夹中，同模板文件一样，库项目的位置也是不能随便移动的。

8.2.3 应用库项目

应用库项目的方法非常简单，只需从"资源"面板的库窗格中将其拖入到文档的适当位置即可。此外，也可在定位插入点后，选中库中的项目并单击"资源"面板底部的"插入"按钮，将库项目插入到文档中。

对于普通对象，我们在单击选中该对象后，对象四周会出现一组控制点。但是，如果单击库项目，该对象将变成半透明，而不是在四周出现控制点，如图 8-31 所示。可以据此判定该对象是否是库项目。

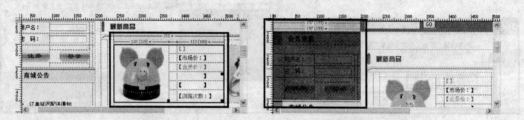

图 8-31　普通对象与库项目选中状态对比

在文档窗口中单击选中库项目后，网页编辑窗口下方的"属性"面板中将显示库项目的各项属性，如图 8-32 所示。

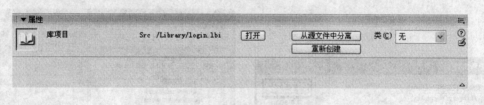

图 8-32　库项目的"属性"面板

该"属性"面板中各设置项的意义如下。

➢ **Src**：显示库项目源文件的名称和在站点中的存放位置。
➢ **打开**：打开库项目源文件进行编辑。
➢ **从源文件中分离**：断开所选库项目与其源文件之间的链接，使库项目成为普通对象。

➢ **重新创建：**用当前选定内容改写原库项目，使用此选项可以在丢失或意外删除原始库项目时重新创建库项目。

8.2.4 编辑库项目

要编辑库项目，可在"资源"面板中双击库项目，Dreamweaver 会在文档编辑窗口中打开该库项目，如图 8-33 所示。

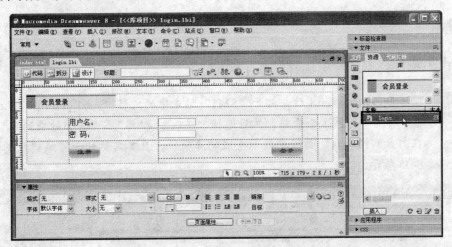

图 8-33 打开库项目

我们可以在该文档窗口中对库项目进行编辑。在对库项目进行编辑后执行保存操作时，系统会自动弹出"更新库项目"对话框，询问用户是否更新使用了库项目的网页，如图 8-34 左图所示。一般情况下，应单击"更新"按钮，接下来系统将显示"更新页面"对话框，其中显示了更新情况，如图 8-34 右图所示，更新完毕后单击"关闭"按钮即可。

图 8-34 修改库项目后更新使用了库项目的网页

综合实例 2——应用库项目制作"SM"网站子页

除应用前面所讲的模板可以提高网站的制作效率外，应用库项目也可以达到同样的效果。为说明这一点，本例便利用库项目制作一个与"综合实例 1"制作的"sub2.html"完全相同的网页。

制作思路

为避免在同一站点中有两个完全相同的文档，我们首先将本书附赠光盘"素材与实例\素材"中的"SM1"文件夹拷贝至本地磁盘，然后在 Dreamweaver 中定义站点"SM1"。具体制作时，需首先打开该站点中的"sub1_d.html"文档，并将其中的某些部分制作成库项目，然后新建一个空白的"sub2.html"文档，将制作好的库项目应用到该网页中，最后编辑"sub2.html"页面的其余部分，完成实例制作。

制作步骤

1. 创建库项目

Step 01　启动 Dreamweaver 8 后，打开"SM1"站点中的文档"sub1_d.html"。

Step 02　选中网页中的第 1 个表格，然后选择"修改" > "库" > "增加对象到库"菜单，在打开的"资源"面板中显示生成的库项目，且其名称处于可编辑状态，如图 8-35 所示。

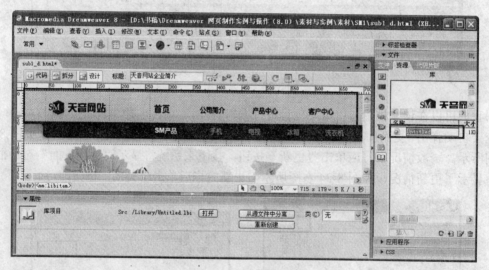

图 8-35　创建库项目

Step 03　将新建的库项目重命名为"top1"，并按【Enter】键确认。

Step 04　按照同样的方法，将第 2 个表格创建为库项目"top2"；将网页最下方的表格创建为库项目"bottom"。

2. 应用库项目

Step 01　在"SM1"站点中新建文档"sub2.html"，并在文档编辑窗口中打开它。

Step 02　打开"CSS样式"面板，将站点中的样式文件"s1.css"链接至网页。

Step 03　打开"资源"面板，单击其左侧的"库"按钮，使右侧显示站点中的所有库文件。

Step 04 单击并向左拖动库项目"top1"至文档编辑窗口中，然后松开鼠标左键以在文档中应用该库项目，如图 8-36 所示。

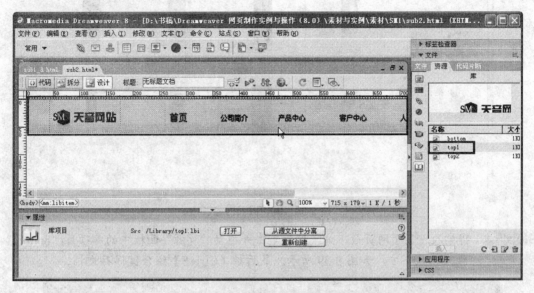

图 8-36 应用库项目"top1"

Step 05 按照同样的方法，将库项目"top2"拖动至文档窗口中"top1"下方，如图 8-37 所示。

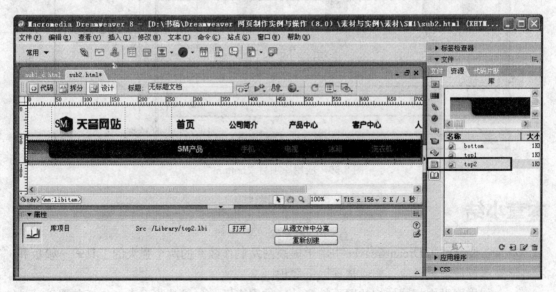

图 8-37 应用库项目"top2"

Step 06 采用编辑普通网页的方法，编辑网页下方的内容，如图 8-38 所示。

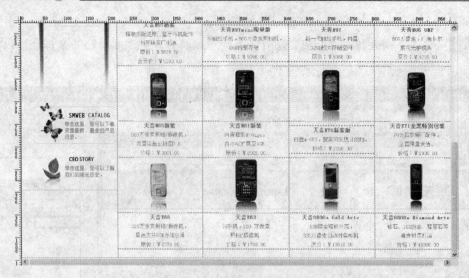

图 8-38　编辑网页内容

Step 07　将插入点置于网页最下方，然后单击并拖动"资源"面板中的库项目"bottom"
至文档最下方，如图 8-39 所示。最后按【Ctrl+S】组合键保存文档。

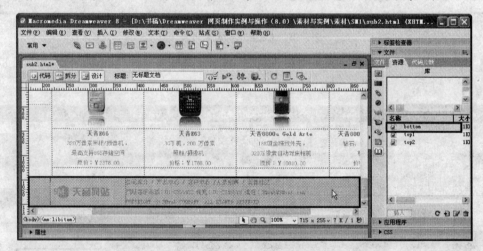

图 8-39　应用库项目"bottom"

本章小结

本章主要介绍了 Dreamweaver 中用于提高网站制作效率的两个强大的工具——模板和
库。学完本章后，读者应了解或掌握以下知识。

➢　如果网站中相同结构的网页较多，可使用模板；如果某些元素（包括其属性）被
多个网页使用，可将其创建为库项目。

➢　在使用模板部分，应重点掌握创建、编辑以及应用模板的方法。

➢　在使用库项目部分，应重点掌握创建、应用和编辑库项目的方法。

思考与练习

一、选择题

1. 在 Dreamweaver 中创建的空白网页模板与空白网页文档相同，只是模板文档的扩展名为（　　）。

　　A. dwt　　　　　B. lbi　　　　　C. html　　　　　D. asp

2. 默认情况下，Dreamweaver 将模板文档保存在站点根目录下的（　　）文件夹中。如果在创建模板文档时站点中还没有该文件夹，Dreamweaver 将在保存新建模板时自动创建。

　　A. images　　　B. Library　　　C. Templates　　　D. data

3. 每个库项目都被单独保存在一个文件中，文件的扩展名为（　　）。

　　A. dwt　　　　　B. lbi　　　　　C. html　　　　　D. asp

4. 通常情况下，库项目被放置在站点文件夹中的（　　）文件夹中，同模板文件一样，库项目的位置也是不能随便移动的。

　　A. images　　　B. Library　　　C. Templates　　　D. data

5. 应用库项目的方法非常简单，只需从（　　）面板的库窗格中将其拖入到文档的适当位置即可。

　　A. 行为　　　　　B. 样式　　　　　C. 文件　　　　　D. 资源

二、填空题

1. 基于模板创建的文档与模板保持_____关系（除非以后分离该文档），修改模板后，所有基于该模板的文档都可以自动_____。

2. 创建模板文档的方法有两种。一种是新建空白模板文档，然后像制作普通网页一样制作和编辑模板内容；还有一种是_____。

3. 所谓_____，是指模板中未锁定的部分，也就是在基于模板的文档中可以编辑的区域。

4. 应用模板创建网页文档的方法有两种，一种是使用"新建文档"对话框，还有一种是使用_____面板。

5. 如果用户需要对网页中的不可编辑区域进行编辑，可以直接将网页文档与模板_____。

6. 创建库项目的好处是可以在_____中重复使用它们，每当更改某个库项目的内容时，所有应用该库项目的页面都可以同时_____。

7. 要编辑库项目，可在"资源"面板中_____库项目，Dreamweaver 会在文档编辑窗口中打开该库项目。

三、操作题

将本书附赠光盘"素材与实例\素材\p2"目录下的网页文档"sub1.html"另存为模板，并应用该模板制作网页文档。

提示：

（1）在 Dreamweaver 中打开文档"sub1.html"，然后将其另存为模板"sub.dwt"。

（2）在文档中部右侧的文本所在单元格中单击，然后单击标签选择器中"<blockquote>"标签左侧的"<td>"标签，选中该单元格，并将其定义为可编辑区域。

（3）基于"sub.dwt"模板创建文档"sub2.html"，将可编辑区域中的文本删除，然后在单元格中插入一个 6 行 3 列，宽 700 像素的表格，并在各单元格中分别插入图像或输入文本。

第 9 章
使用框架布局网页

本章内容提要

■ 框架网页的创建 ·· 179
■ 框架和框架集的基本操作 ························ 183

章前导读

　　除表格外，框架也是网页的一种重要布局工具。第 3 章介绍了使用表格构建网页布局的方法，本章介绍框架的应用，主要包括框架网页的创建，以及框架和框架集的基本操作。对初学者来说，本章内容可能不太好理解，希望大家认真学习。

9.1　框架网页的创建

　　与使用表格布局网页不同的是，框架布局通常适合页面中有一个区域发生变化，而其他区域不发生变化的网页，如网站后台管理界面和一些论坛网页。

9.1.1　关于框架和框架集

　　在框架网页中，浏览器窗口被划分成了若干区域，每个区域称为一个框架，每个框架可显示不同的文档内容，彼此之间互不干扰。框架网页最明显的特征就是当一个框架的内容固定不动时，另一个框架中的内容仍可以通过滚动条进行上下翻动。

　　框架网页主要包括两部分，一是框架集，二是框架。框架记录具体的网页内容，每个框架对应一个网页；框架集是特殊的 HTML 文件，它定义整个框架页面中各框架的布局和属性，包括框架的数目、大小和位置，以及在每个框架中初始显示的页面 URL。

　　框架集文件本身不包含要在浏览器中显示的 HTML 内容，只是向浏览器提供应如何显示一组框架，以及在这些框架中应显示哪些文档。

　　要在浏览器中查看一组框架，需要输入框架集文件的 URL，浏览器随后打开要显示在这些框架中的相应文档。

　　使用框架的最常见情况是，一个框架显示包含导航控件的文档，另一个框架显示含有主要内容的文档。例如，图 9-1 显示了一个由两个框架组成的框架网页：一个较窄的框架位于左侧，其中包含导航条；一个大框架占据了页面的其余部分，包含网页的主要内容。当访问者浏览站点时，单击左侧框架中的某一超链接，要么展开或收缩其中的栏目，要么更改右侧框架的内容。

图 9-1 　由两个框架组成的框架网页

　　　　学完本节后，读者可能会问，到底应该使用框架还是应该使用表格布局网页呢？使用框架时，访问者容易确认自己的位置，也比较方便跳转到其他网页。但是如果使用过多的框架，加载框架的时间就会变长，而且在使用框架制作网页时，搜索引擎只会检索当前的框架，因此大多数情况下还是使用表格制作网页，或同时使用表格和框架布局网页。

9.1.2 　了解框架网页构造

　　图 9-1 所示网页至少由三个单独的网页文档组成：两个框架区域中显示的两个网页文档和把这两个文档显示在一个界面上的框架集文档。在 Dreamweaver 中设计使用框架的网页时，必须全部保存这三个文件，框架网页才能在浏览器中正常显示。为帮助大家理解，图 9-2 显示了该框架网页的结构。

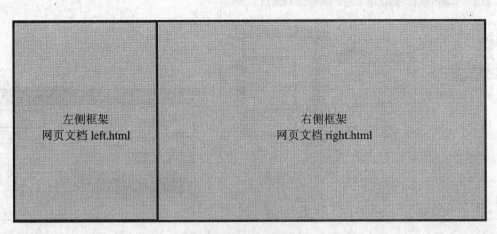

左侧框架
网页文档 left.html

右侧框架
网页文档 right.html

图 9-2　框架网页结构

在框架网页中，每个框架都有自己的名称。如果没有理解前面所讲框架的概念，可能会搞不清楚框架名称和网页文档名称的区别。简单来说，因为一个界面被分成多个框架，如果没有框架名称，则不能确定要在哪个框架中打开所链接的网页文档。为方便记忆和理解，可自行设置框架名称。

9.1.3　创建框架集

Dreamweaver 中有预定义的框架集，可以使用"新建文档"对话框创建，也可以使用"布局"插入栏创建，还可以手动创建，下面分别介绍。

1. 使用"新建文档"对话框创建

使用"新建文档"对话框创建框架集的方法同创建普通页面的方法相似，具体操作如下。

Step 01　启动 Dreamweaver 8，选择"文件">"新建"菜单，打开"新建文档"对话框。

Step 02　在"类别"列表中选择"框架集"选项，右侧显示系统预定义的框架集类型，选择其中一种（此处选择"上方固定，左侧嵌套"），如图 9-3 所示。

Step 03　单击"创建"按钮，弹出"框架标签辅助功能属性"对话框，可在"框架"下拉列表框中选择某个框架，然后在"标题"文本框中输入该框架的标题，通常保持默认设置，如图 9-4 所示。

Step 04　单击"确定"按钮关闭对话框，完成框架集的创建，如图 9-5 所示。

温馨提示

　　如果不想显示"框架标签辅助功能属性"对话框，可参考 4.2.2 节取消"图像标签辅助功能属性"对话框的方法将其取消。

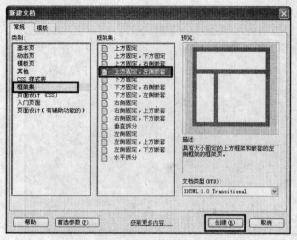

图 9-3 "新建文档"对话框　　　　　图 9-4 "框架标签辅助功能属性"对话框

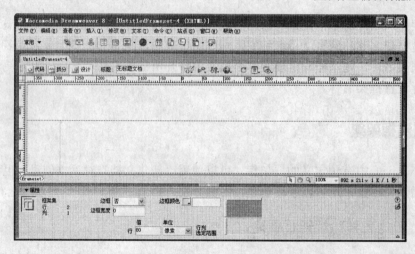

图 9-5 创建的框架集

　　　如果想删除不需要的框架区域，可单击该框架区域的边界线，然后将其拖动到文档窗口外侧。

2. 使用"布局"插入栏创建

使用"布局"插入栏创建框架集就像插入表格一样简单，具体操作如下。

Step 01 启动 Dreamweaver 8 后，新建一个空白网页文档。

Step 02 将插入点置于网页中，然后在插入栏中选择"布局"选项卡，单击"框架"按钮右侧的下拉箭头，在弹出的菜单中选择相应框架，此处选择"底部框架"，如图 9-6 所示。

Step 03 此时在工作界面中将自动弹出"框架标签辅助功能属性"对话框，在对话框中直接单击"确定"按钮，完成框架的添加，如图 9-7 所示。

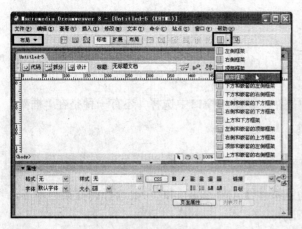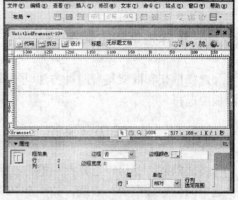

图 9-6　选择框架　　　　　　　　　　　图 9-7　创建的框架网页

3. 手动创建

使用前面两种方法创建的都是 Dreamweaver 中预定义的框架集，当这些框架集无法满足用户需求时，可以在此基础上手动分割创建框架，具体操作如下。

Step 01　启动 Dreamweaver 8 后，新建一个空白网页文档。

Step 02　选择"查看" > "可视化助理" > "框架边框"菜单，在编辑窗口四周将显示出框架边框，如图 9-8 所示。

Step 03　将插入点置于需要分割的框架中（此处为网页文档），按住【Alt】键的同时，将光标移至框架边框线上，当光标变为双向箭头时，按住鼠标左键不放进行拖动，至合适位置后释放鼠标即可将一个框架拆分为两个框架，如图 9-9 所示。

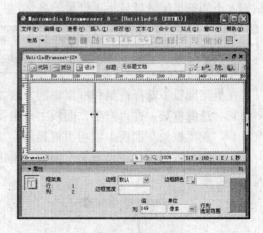

图 9-8　显示框架边框　　　　　　　　　图 9-9　拆分框架

9.2　框架和框架集的基本操作

框架和框架集的基本操作主要包括选择框架和框架集、设置框架和框架集属性以及保存框架和框架集，下面分别介绍。

9.2.1　选择框架和框架集

选择框架和框架集有两种方法，一种是在文档编辑窗口中选择，还有一种是在"框架"面板中选择。

1. 在文档编辑窗口中选择

在文档编辑窗口中选择框架的方法为：按住【Alt】键的同时在要选择的框架内单击，被选中的框架边框变为虚线，如图 9-10 所示。

如要选择框架集，则单击该框架集上的任意边框即可，选中的框架集所有边框都呈虚线显示，如图 9-11 所示。

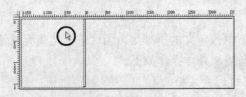
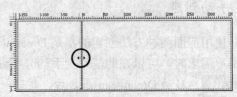

图 9-10　选择框架　　　　　　　　图 9-11　选择框架集

2. 在"框架"面板中选择

选择"窗口">"框架"菜单，可打开"框架"面板，该面板中显示了窗口中框架的结构，不同的框架区域显示了框架的名称。

　　在框架文档中进行新建或删除某个框架，以及修改框架名称或尺寸时，框架面板中的示意图会随之发生变化。

在框架面板中选择框架和框架集的方法如下。

➤ **选择框架**：在"框架"面板中单击需要选择的框架即可将其选中，被选择的框架在"框架"面板中以粗黑框显示，如图 9-12 所示。

➤ **选择框架集**：在"框架"面板中单击框架集的边框即可选择框架集，如图 9-13 所示。

图 9-12　选择框架　　　　　　　　图 9-13　选择框架集

在选中一个框架的基础上，可按住【Alt】键和方向键选择其他框架。【Alt】键和【→】、【←】键配合可选中同级框架或框架集；【Alt】键和【↑】键配合可升级选取，即选中当前框架的上一级框架或框架集；【Alt】键和【↓】键配合可降级选取。

9.2.2　设置框架和框架集属性

应用"属性"面板可以设置框架和框架集的属性，包括框架名称、框架源文件和框架边框等。

1. 设置框架属性

选择框架后，"属性"面板如图 9-14 所示。

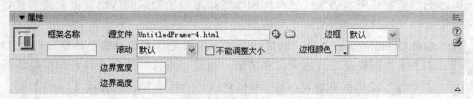

图 9-14　框架属性面板

该面板中各项参数的意义如下。

➢ **框架名称**：命名选取的框架，以方便被程序引用或作为链接的目标框架。

框架名只能包含字母、下划线等，且必须是字母开头，不能出现连字符、句点及空格，不能使用 JavaScript 的保留关键字。

➢ **源文件**：显示当前框架中网页文档的保存路径。可以在相应框架中全新制作网页文档并保存，也可以单击该文本框后的 按钮指定已经存在的其他网页文档。

➢ **边框**：设定是否显示框架边界线，默认显示。

➢ **滚动**：设置框架滚动条的属性，"是"表示无论框架文档中的内容是否超出框架大小，都显示滚动条；"否"表示不管框架内容是否超出框架大小，都不显示滚动条；"自动"表示当框架内容超出框架大小时，出现框架滚动条，否则不出现框架滚动条；"默认"表示采用浏览器默认的方式。

➢ **不能调整大小**：选中该复选框表示不能在浏览器中拖动框架边框来改变框架大小。

➢ **边框颜色**：设置框架边框的颜色。

➢ **边界宽度**：设置框架内容距左右边框的距离。

➢ **边界高度**：设置框架内容距上下边框的距离。

2. 设置框架集属性

选择框架集后，"属性"面板如图 9-15 所示。

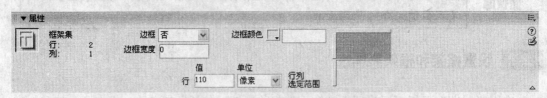

图 9-15 框架集属性面板

该面板中各参数的含义同框架属性面板中的各项基本相同，不同的是在"行"或"列"文本框（图中显示"行"，该项是随所选框架集的变化而变化的）中可设置框架的行或列的宽度，在"单位"下拉列表框中可选择宽度的单位。

在实际的网页制作中，需要根据布局精确地指定每个框架的大小。下面就来看看如何设置框架集属性（包括指定框架大小和边框）。

Step 01 启动 Dreamweaver 8 后，新建一个"上方固定，左侧嵌套"的框架网页。

Step 02 单击上下框架边界线选中该框架集，此时"属性"面板上将显示框架集属性，在"行"编辑框中输入 100（单位默认为"像素"），然后按【Enter】键，则上方框架变为设置的高度，如图 9-16 所示。

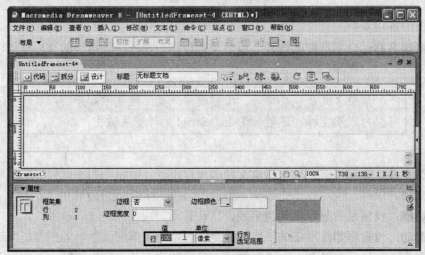

图 9-16 设置上方框架高

Step 03 为调整左侧框架宽，单击左右框架分界线，然后在"属性"面板上的"列"编辑框中输入 160（单位默认为"像素"），并按【Enter】键，则左侧框架变成设置的宽度，如图 9-17 所示。

Step 04 如果想为框架设定边框，则需要单击框架分界线后，在"边框"下拉列表中选择"是"，然后在"边框宽度"编辑框中输入宽度值（此处为"2"），单击"边框颜色"按钮设置边框颜色（此处为黑色"#000000"），如图 9-18 所示。

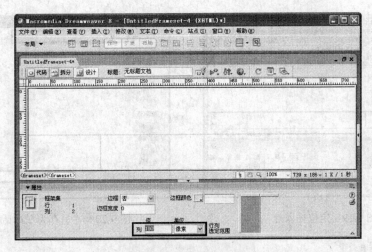

图 9-17　设置左侧框架宽

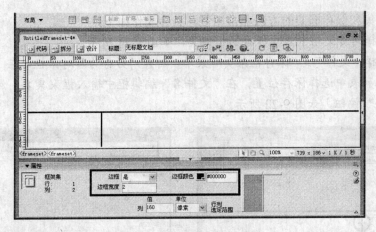

图 9-18　设置边框宽度和颜色

9.2.3　保存框架和框架集

一个框架网页中至少包含一个框架集文档和多个框架网页文档，用户在编辑好这些框架网页后，就可以将其保存了。

1. 保存框架

保存框架网页文档的具体操作如下。

Step 01　将插入点置于需保存的框架中，如图 9-19 所示。

Step 02　选择"文件">"保存框架"菜单，打开"另存为"对话框，在"保存在"下拉列表中选择保存框架的位置，在"文件名"编辑框中输入文件名，单击"保存"按钮可完成框架网页文档的保存，如图 9-20 所示。

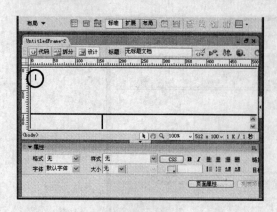

图 9-19 定位插入点　　　　　　　图 9-20 "另存为"对话框

2. 保存框架集

保存框架集和保存框架的方法非常相似，具体操作如下。

Step 01 选择网页文档中需要保存的框架集，如图 9-21 所示。

Step 02 选择"文件" > "保存框架页"菜单，打开"另存为"对话框，在"保存在"下拉列表中选择保存位置，在"文件名"编辑框中输入框架集名，然后单击"保存"按钮，如图 9-22 所示。

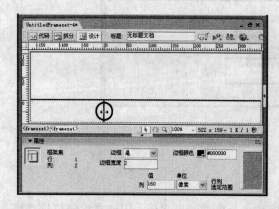

图 9-21 选择框架集　　　　　　　图 9-22 "另存为"对话框

3. 全部保存

使用"全部保存"命令可以同时保存框架网页中的所有框架集文档和框架网页文档。通常在新建框架网页后采用这种方法保存文档，具体操作如下。

Step 01 选择"文件" > "保存全部"菜单，打开"另存为"对话框。

Step 02 在"保存在"下拉列表中选择保存位置，在"文件名"文本框中输入文件名，如图 9-23 所示。

Step 03 单击"保存"按钮完成框架集的保存，同时弹出"另存为"对话框进行框架网页文档的保存，如图 9-24 所示。

图 9-23　保存框架集网页文档　　　　　　图 9-24　保存框架网页文档

Step 04　单击"保存"按钮完成框架网页文档的保存，再次弹出"另存为"对话框提示
继续保存其他框架，直到完成网页文档中所有框架的保存。

综合实例——使用框架布局网页"柠檬网"

在学习了框架的相关知识后，本例通过制作一个使用框架技术制作的播客网站来学习
其在实际网页制作中的应用。该网页由上下框架组成，当单击上方框架导航栏中的链接时，
将在下方框架中显示链接的网页文档，如图 9-25 所示。

图 9-25　使用框架布局网页最终效果

制作思路

为简化制作过程，我们已将各个框架中需要用到的源文件准备好。首先创建框架页，
并在各框架中设置素材中提供的网页源文件，最后设置超链接，完成网页制作。

制作步骤

1. 制作网站首页

网站首页的制作主要就是创建框架页，并为各个框架设置源文件，下面我们来看具体操作。

Step 01 在本地磁盘新建文件夹"lemon"，然后将本书附赠光盘"素材与实例\实例>lemon"目录下的"images"文件夹和"main.html、top.html、funny.html、s1.css"文档拷贝至"lemon"文件夹中，并在 Dreamweaver 中定义站点"lemon"。

Step 02 新建一个普通文档，将插入点置于文档编辑窗口中，然后单击"布局"插入栏中的"框架"按钮，在下拉列表中选择"顶部框架"，如图 9-26 所示。

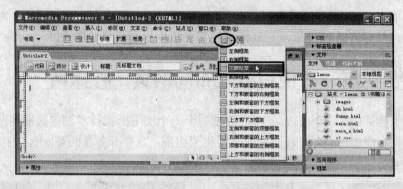

图 9-26　插入顶部框架

Step 03 选择"文件" > "保存框架页"菜单，将框架页保存为"index.html"。

Step 04 单击上下框架分界线，在"属性"面板上"行"编辑框中输入 110，设置上方框架高为 110 像素，如图 9-27 所示。

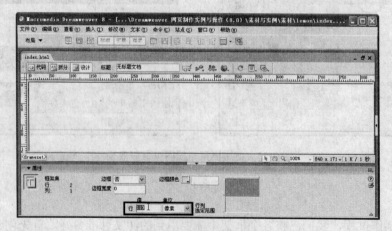

图 9-27　设置框架大小

Step 05 按住【Alt】键的同时在顶部框架内单击，以选择顶部框架。然后单击"属性"面板上"源文件"编辑框后的"浏览文件"按钮，如图 9-28 所示。

Step 06 打开"选择 HTML 文件"对话框，在"查找范围"下拉列表中选择网站根文件夹，在文件列表中选择网页文档"top.html"，然后单击"确定"按钮，如图 9-29 所示。

图 9-28　选择框架后单击"浏览文件"按钮

图 9-29　选择源文件

Step 07 按照同样的方法，设置下方框架源文件为"main.html"，此时将弹出提示框，单击"否"按钮即可，如图 9-30 所示。

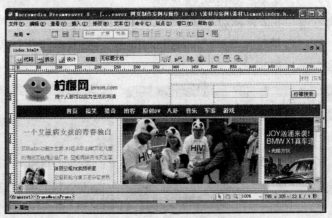

图 9-30　设置下方框架源文件

Step 08 选择"文件" > "保存全部"菜单，保存所有文档，然后按【F12】键预览文档，效果如图 9-31 所示。

2. 设置链接

本例中上方框架中的内容是不变的，而只改变下方框架中的内容。下面我们来看看如何通过设置链接来实现这种效果。

图 9-31　预览文档

Step 01 接着在前面的文档中操作。为便于记住框架名称，在选中下方框架后，将"属性"面板上"框架名称"编辑框中的原内容删除，重新输入"main"作为框架名称，如图 9-32 所示。

Step 02 单击并拖动鼠标选中上方框架导航栏中的文本"搞笑"，在"属性"面板上设置链接文档为"funny.html"，并在"目标"下拉列表中选择"main"，如图 9-33 所示。

图 9-32　设置下方框架名称

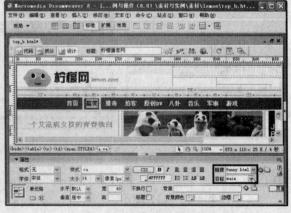

图 9-33　设置链接文档

Step 03 选择"文件" > "保存全部"菜单，保存所有文档，然后按【F12】键预览，单击导航条中的文本"搞笑"，在下方框架中打开文档"funny.html"，如前面的图 9-25 所示。

本章小结

本章主要介绍了使用框架构建网页布局的方法。学完本章后，读者应了解或掌握以下知识。

➢ 在框架网页的创建部分，应重点掌握创建框架集的各种方法。另外，要简单了解框架网页的构造。

➢ 在框架和框架集的基本操作部分，应重点掌握框架和框架集的属性设置和保存方法。

思考与练习

一、选择题

1．在文档编辑窗口中选择框架的方法为：按住（　　　）键的同时在要选择的框架内单击，被选中的框架边框将变为虚线。

　　A．【Ctrl】　　　　　B．【Shift】　　　　C．【Alt】　　　　D．【Enter】

2．在"框架"面板中（　　　）框架集的边框即可选择框架集。

　　A．单击　　　　　　B．双击　　　　　　C．右键单击　　　D．单击右键

二、填空题

1．框架网页主要包括两部分，一是_____，二是框架。框架记录具体的网页内容，每个框架对应一个网页；_____是特殊的 HTML 文件，它定义整个框架页面中各框架的布局和属性，包括框架的数目、大小和位置，以及在每个框架中初始显示的页面 URL。

2．使用框架的最常见情况是，一个框架显示包含_____的文档，另一个框架显示含有_____的文档。

3．如果想删除不需要的框架区域，可单击该框架区域的_____，然后将其拖动到文档窗口_____。

4．框架名只能包含_____、下划线等，且必须是_____开头，不能出现连字符、句点及空格，不能使用 JavaScript 的保留关键字。

三、操作题

根据本章所学知识，制作网站"lemon"中的其他子页，并为网页导航条中的其他项设置链接。

提示：

（1）根据网页"funny.html"的结构，使用表格布局，制作出其他子页。

（2）参照综合实例中第 2 节的方法，将制作好的各个子页链接至导航条中的各项。

第10章
动态网页制作入门

本章内容提要

- 安装和配置 IIS ⸻ 194
- 配置动态站点 ⸻ 198
- 表单的应用 ⸻ 199
- 表单对象的应用 ⸻ 202
- 数据库的应用 ⸻ 210

章前导读

　　动态网页比普通的静态网页具有更加复杂的结构，在制作动态网页之前，需要先创建好动态网页的测试环境和网站所需要的数据库。与静态网页相比，动态网页的学习难度相对要大一些，不仅要掌握网页制作知识，还要掌握数据库及编程方面的知识。因此，本章只是一个入门，想要深入学习动态网页制作的读者，还需要参阅相关的书籍。

10.1　安装和配置 IIS

　　要制作动态网页，首先需要有一个测试服务器。在 Windows XP 操作系统下，只要安装了 IIS，就可以将自己的电脑设置为测试服务器。

10.1.1　安装 IIS

　　在安装 Windows XP 时，默认状态下是不会安装 IIS 的，所以需要单独安装，下面来看看在 Windows XP 操作系统下如何安装 IIS。

Step 01　首先将 Windows XP 安装光盘放入光驱中，然后单击桌面左下角的"开始"按钮 ，在弹出的菜单中选择"控制面板"。

Step 02　打开"控制面板"窗口，双击其中的"添加或删除程序"图标 ，如图 10-1 所示。

Step 03　打开"添加或删除程序"对话框，单击左侧的"添加/删除 Windows 组件"按钮 ，如图 10-2 所示。

图 10-1　双击"添加或删除程序"图标

图 10-2　单击"添加/删除 Windows 组件"按钮

Step 04　在打开的"Windows 组件向导"对话框中勾选"Internet 信息服务（IIS）"复选框，然后单击"下一步"按钮，如图 10-3 所示。

Step 05　开始安装 IIS，并显示安装进程，如图 10-4 所示。这可能需要几分钟时间。

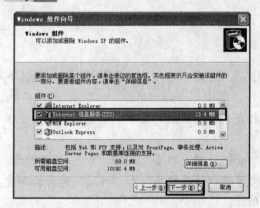

图 10-3　勾选"Internet 信息服务（IIS）"

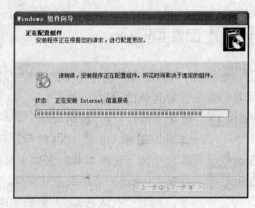

图 10-4　显示安装进程

Step 06　完成 IIS 的安装，单击"完成"按钮，如图 10-5 所示，回到"添加或删除程序"对话框后，单击其右上方的"关闭"按钮✕，关闭对话框。

Step 07　为确认是否正确安装了 IIS，可运行浏览器，在地址栏中输入 http://localhost，按【Enter】键。如果安装正确，结果如图 10-6 所示。

图 10-5　完成 IIS 的安装

图 10-6　测试是否正确安装了 IIS

Step 08 测试时，系统在打开网页的同时也打开了帮助页，用户可在这里查看 IIS 使用帮助，如图 10-7 所示。

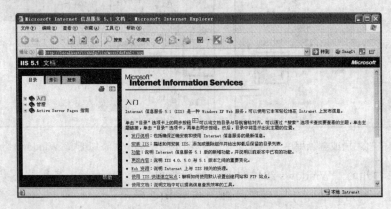

图 10-7　打开帮助页

10.1.2　配置 IIS

安装 IIS 后，还需要进行简单的设置（将网站与 IIS 联系起来）才能用于测试网页，下面我们就来看看具体的设置方法。

Step 01 选择"开始" > "控制面板"菜单，打开"控制面板"窗口，双击其中的"管理工具"图标，如图 10-8 所示。

Step 02 在打开的"管理工具"窗口中双击"Internet 信息服务"图标，如图 10-9 所示。

Step 03 打开"Internet 信息服务"窗口，依次单击"计算机名"和"网站"前面的加号 ⊞，显示"默认网站"，如图 10-10 所示。

图 10-8　双击"管理工具"图标

图 10-9　双击"Internet 信息服务"图标

Step 04 在"默认网站"上右击鼠标，在弹出的快捷菜单中选择"属性"命令，如图 10-11 所示。

Step 05 打开"默认网站 属性"对话框，单击"主目录"标签，切换至该选项卡，如图 10-12 所示。

Step 06 单击"本地路径"编辑框右侧的"浏览"按钮，打开"浏览文件夹"对话框，选择前面章节定义的站点根文件夹 "SM"，然后单击 "确定" 按钮，如图 10-13 所示。

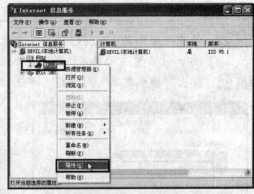

图 10-10　显示 "默认网站"　　　　　图 10-11　在快捷菜单中选择 "属性"

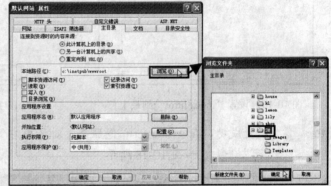

图 10-12　单击 "主目录" 标签　　　　　图 10-13　设置本地路径

Step 07　回到 "默认网站 属性" 对话框，勾选 "脚本资源访问" 和 "写入" 复选框，然后单击 "文档" 标签，如图 10-14 所示。

Step 08　在 "文档" 选项卡中单击 "添加" 按钮，弹出 "添加默认文档" 对话框，在 "默认文档名" 编辑框中输入 "index.html"，然后单击 "确定" 按钮，如图 10-15 所示。

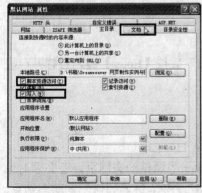

图 10-14　单击 "文档" 标签　　　　　图 10-15　添加默认文档

温馨提示 一般情况下，所添加的默认文档名应与网站的主页名一致，这样测试时在浏览器地址栏中输入根目录，会直接显示网站的主页。

Step 09 选中刚添加的"index.html"，连续单击 按钮，直到将"index.html"移至最上方，最后单击"确定"按钮，如图 10-16 所示。

Step 10 弹出"继承覆盖"对话框，单击"确定"按钮，如图 10-17 所示。

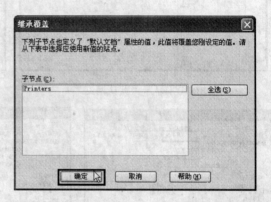

图 10-16 设置"index.html"到最上方　　　　　图 10-17 "继承覆盖"对话框

Step 11 设置成功，在"Internet 信息服务"对话框右侧的窗格中显示了网站中的文件以及文件夹，如图 10-18 所示。

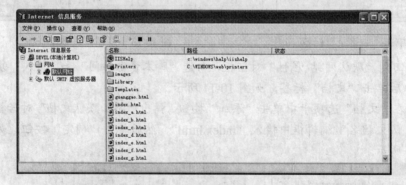

图 10-18 设置成功

设置 IIS 后，在浏览器地址栏中输入"http://localhost"后按【Enter】键，将打开已设置的网站主页。

10.2 配置动态站点

创建好动态网页测试环境后，为了能够在 Dreamweaver 中调试动态网页，还必须对站点进行合适的配置。下面就以前面已经创建好的站点"SM"为例，讲述如何配置动态站点。

Step 01 启动 Dreamweaver 8 后，选择"站点">"管理站点"菜单，打开"管理站点"

对话框。

Step 02　在"站点"列表中选择"SM"，然后单击"编辑"按钮，如图 10-19 所示。

Step 03　打开"SM 的站点定义为"对话框，选择"高级"选项卡，然后在左侧的"分类"列表中选择"测试服务器"，并在"服务器模型"下拉列表中选择"ASP VBScript"，在"访问"下拉列表中选择"本地/网络"，如图 10-20 所示。

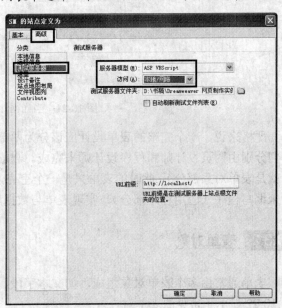

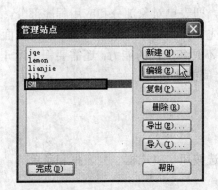

图 10-19　"管理站点"对话框　　　图 10-20　"SM 的站点定义为"对话框

　　　在"访问"下拉列表中选择"本地/网络"，表示在本机（也就是 10.1 节中设置的环境）上进行测试。

Step 04　单击"确定"按钮关闭站点定义对话框，并在"管理站点"对话框中单击"完成"按钮，完成对站点的编辑。

10.3　表单的应用

表单是网页浏览者与网站服务器之间进行信息传递的重要工具。我们可以使用 Dreamweaver 创建带有文本字段、单选按钮、复选框和文件域等输入类型的表单。

10.3.1　认识表单

表单多用于填写用户信息。例如，用户在网页上进行注册、登录和留言等操作时，都是通过表单向网站数据库提交或读取数据的。图 10-21 所示为当当网注册页面，当用户填写完信息，单击"提交注册"按钮后，所填信息将提交到网站数据库中。

图 10-21 当当网注册页面

严格来说，一个完整的表单设计应该分为两部分，即表单对象部分和应用程序部分，它们分别由网页设计师和程序设计师来完成。一般首先由网页设计师制作出一个表单页面（就是表单对象部分），此时的表单只是一个空壳，并不具备工作的能力；还需要程序设计师来编写程序（应用程序部分），实现表单与数据库之间的连接。

10.3.2 表单对象

表单通常由多个表单对象组成，如文本字段、单选按钮、复选框、列表框和菜单等，图 10-22 显示了常见的表单对象。

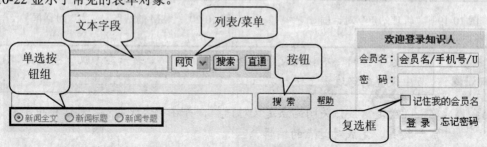

图 10-22 常见表单对象

10.3.3 插入表单

在 Dreamweaver 的"插入"栏中有一个"表单"类别，选择该类别，可插入的表单对象快捷按钮将显示在"插入"栏中，如图 10-23 所示。

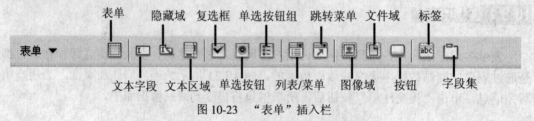

图 10-23 "表单"插入栏

　　表单对象只有添加到表单中才能起作用，所以在应用表单对象前需要先在页面中插入表单，下面我们就来学习如何在页面中插入表单。

Step 01　首先将"常用"插入栏切换至"表单"插入栏，然后将插入点置于要插入表单的位置。

Step 02　单击"表单"插入栏中的"表单"按钮，或选择"插入">"表单">"表单"菜单，即可在插入点所在位置插入表单，如图10-24所示。

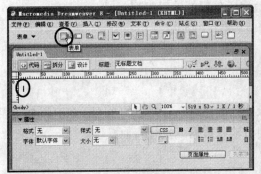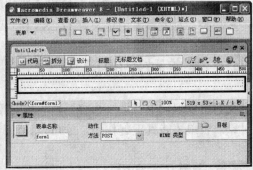

图10-24　插入表单

　　文档编辑窗口中的表单显示为红色虚线框，浏览器中的表单是不可见的。

10.3.4　设置表单属性

将插入点置于表单区域中，"属性"面板中将显示表单属性，如图10-25所示。

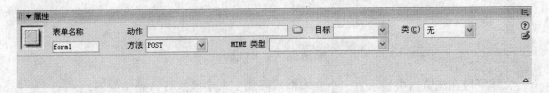

图10-25　表单"属性"面板

该面板中各设置项意义如下。

➢　**表单名称**：设置表单名称，可用于程序调用。页面中插入的第1个表单默认名为"form1"，后面插入的依次为"form2"、"form3"……。

➢　**动作**：用于指定处理该表单的动态页或脚本文件的路径，可以直接键入完整的路径，也可以单击编辑框右侧的文件夹图标来选择站点中的文件。如果没有相关程序支持，也可以使用E-mail方式传递表单信息，此时只需在"动作"编辑框中输入"mailto:电子邮箱地址"即可。例如，"mailto:changchunying@tom.com"表示将表单中填写的信息提交到指定邮箱中。

➢　**方法**：选择传送表单数据的方式。"默认"表示采用默认的设置传送数据，一般的浏览器都以 GET 方式传送。GET 方式是将表单中的信息以追加到处理程序地址后面的方式进行传送；但是，这种方式不能发送信息量大的表单，其内容不能超过 8192 个字符。POST 方式是将表单数据嵌入到请求处理程序中，理论上，这种方式对表单的信息量没有限制，而且在数据保密方面也有好处。

➢ **目标**：选择打开返回信息网页的方式。如果在"动作"属性中使用了 E-mail 方式，则"目标"为空即可。

➢ **MIME 类型**：指定提交给服务器的数据所使用的编码类型。

➢ **类**：对表单应用定义好的 CSS 样式。

10.4 表单对象的应用

我们可以把表单看做一个容器，表单对象就是放在这个容器里的东西，只有添加了表单对象，表单才能真正起作用，才可以让访问者输入数据或执行其他操作。

10.4.1 应用文本字段

文本字段是最常见的表单对象之一，在文本字段中可输入任何类型的文本内容，像姓名、地址、E-mail 或稍长一些的个人介绍等。文本字段可以以单行或多行显示，也可以以密码方式显示，如图 10-26 所示。在以密码方式显示的情况下，输入文本将被替换为星号或项目符号，以避免旁观者看到输入的内容。

图 10-26 文本字段

文本字段在浏览器中显示为一个文本框，添加文本字段的具体操作如下。

Step 01 在插入文本字段之前，应确保已经插入了一个表单，并且将插入点置于要插入文本字段的表单中。

Step 02 将"常用"插入栏切换至"表单"插入栏，单击其中的"文本字段"按钮▢，即可在表单中添加文本字段，如图 10-27 所示。

　　如果在表单外插入文本字段或在插入表单之前插入文本字段，则 Dreamweaver 会弹出图 10-28 所示的提示框，提示插入表单，单击"是"按钮，Dreamweaver 会在插入文本字段的同时在它周围创建一个表单，这种情况在插入任何表单对象时都会出现。

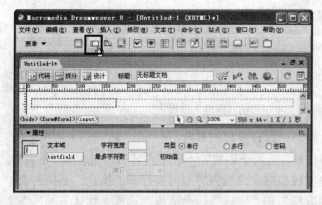

图 10-27　在表单中插入文本字段

图 10-28　提示插入表单

Step 03　接下来要设置文本字段的属性。用鼠标单击文本字段将其选中，可通过"属性"
面板设置其属性，如图 10-29 所示。

图 10-29　文本字段"属性"面板

文本字段"属性"面板中各设置项意义如下。

➤ **文本域**：指定文本字段的名称，每个文本字段都必须有一个唯一的名称。表单对
象的名称不能包含空格或特殊字符，可以使用字母、数字或下划线的组合。文本
字段名称最好便于记忆和理解，它将为后期的维护和管理提供方便。例如，"姓
名"文本框可以命名为"username"，"密码"文本框可以命名为"password"。

➤ **字符宽度**：用来设置文本字段中最多可显示的字符数。如果输入的字符数超过了
可显示的字符数，虽然浏览者在文本框中看不到这些字符，但并不影响文本字段
识别和处理字符。

➤ **最多字符数**：设置文本字段中最多可输入的字符数。如果该文本框为空，则浏览
者可输入任意数量的文本。

温馨提示

　　最好根据文本字段的内容设置合适的"最多字符数"，防止个别浏览者
恶意输入大量数据，影响系统的稳定性。

➤ **初始值**：文本字段中初始显示的内容，主要是一些提示性的文本，可帮助浏览者
顺利填写该文本框内容。当浏览者输入内容时，初始值将被输入的内容代替。

➤ **类型**：用于选择文本字段的类型。包括"单行"、"多行"和"密码"。插入文
本字段时默认为"单行"，选择该项，则文本字段中只能显示一行文本；"多行"
表示插入的文本字段可以显示多行文本，并且选择该项时"属性"面板将发生变
化，增加了用于设置多行文本的选项，如图 10-30 所示。

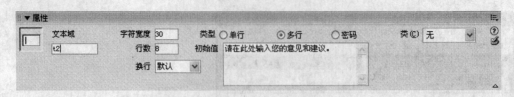

图 10-30　多行文本字段的"属性"面板

当设置文本字段类型为"多行"时，可以设置如下参数：

➢ **行数**：设置多行文本字段的行数，可用于创建输入较多内容的栏目，如"留言"。

➢ **换行**：指定当用户输入的内容较多时，这些内容如何换行。"换行"下拉列表中包含"默认"、"关"、"虚拟"和"实体"四个选项。选择"默认"时，当文本字段中的内容超过其右边界时，文本将向左侧滚动，此时需按【Enter】键换行；"关"选项与"默认"选项作用相同；选择"虚拟"选项或"实体"选项时，当浏览者输入的内容超过文本字段的右边界时，文本将自动换到下一行。二者的区别在于，选择前者时，提交的数据不包括换行符，选择后者时，提交的数据包括换行符。

10.4.2　应用隐藏域

隐藏域用来存储非用户输入信息。例如，当用户登录某些页面时需要输入用户名和密码，登录成功后，会在其他页面显示用户名，此时即可使用隐藏域来显示用户名，如图 10-31 所示。

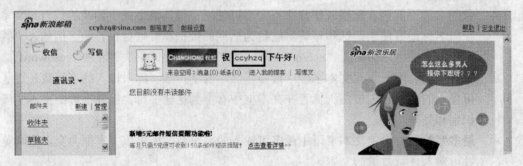

图 10-31　欢迎信息

添加隐藏域的具体操作如下。

Step 01　将插入点置于要插入隐藏域的表单中，将"常用"插入栏切换至"表单"插入栏，然后单击"隐藏域"按钮，即可在表单中添加隐藏域。

Step 02　单击选中隐藏域图标，可通过"属性"面板设置其属性，如图 10-32 所示。

"隐藏域"属性面板中各设置项意义如下。

➢ **隐藏区域**：用于输入隐藏域的名称，以便于在程序中引用，默认为"hiddenField"。

➢ **值**：用于输入要为隐藏域指定的值，该值将在提交表单时将传递给服务器。

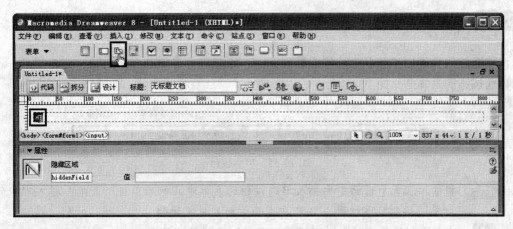

图 10-32　隐藏域及其属性

10.4.3　应用复选框

复选框允许用户在一组选项中选择一个或多个选项，常用于制作调查类栏目，如图 10-33 所示。添加复选框的具体操作如下。

Step 01　将插入点置于页面中要插入复选框的表单中，将"常用"插入栏切换至"表单"插入栏，然后单击"复选框"按钮☑，即可在表单域中添加复选框。

Step 02　选中添加的复选框，可通过"属性"面板设置其属性，如图 10-34 所示。

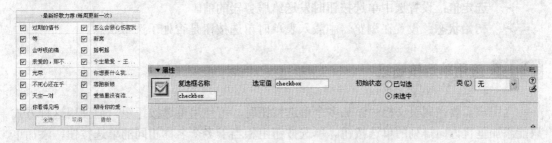

图 10-33　复选框　　　　　　　图 10-34　"复选框"属性面板

"复选框"属性面板中各设置项意义如下。

➢ **复选框名称：** 可为复选框指定一个名称。一个实际的栏目中会拥有多个复选框，每个复选框都必须有一个唯一的名称，并且名称中不能包含空格和特殊字符。系统默认名称为"checkbox"。

➢ **选定值：** 设置在该复选框被选中时发送给服务器的值。为便于理解，一般把该值设置为与栏目内容意思相近。

➢ **初始状态：** 设置在浏览器中载入表单时，复选框是否处于选中状态。选中"已勾选"单选按钮，添加的复选框处于选中状态；选中"未选中"单选按钮，添加的复选框处于未选中状态。

10.4.4 应用单选按钮

单选按钮允许用户在多个选项中选择一个，不能进行多项选择，如图 10-35 所示。添加单选按钮的具体操作如下。

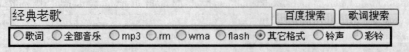

图 10-35　单选按钮

Step 01 将插入点置于页面中要插入单选按钮的表单中，然后单击"表单"插入栏中的"单选按钮"图标，即可在页面中插入单选按钮。

Step 02 选中添加的单选按钮，可通过"属性"面板设置其属性，如图 10-36 所示。

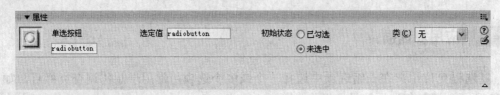

图 10-36　"单选按钮"属性面板

"单选按钮"属性面板中各选项意义如下。

➢ **单选按钮：** 设置单选按钮名称。
➢ **选定值：** 设置选中单选按钮时发送给服务器的值。
➢ **初始状态：** 设置在浏览器中载入表单时单选按钮是否处于选中状态。

10.4.5 应用单选按钮组

当用户需要在网页文档中添加多个单选按钮时，可使用单选按钮组，但使用这种方式只能添加垂直方向排列的单选按钮。单选按钮组相当于多个名称相同的单选按钮，添加单选按钮组的具体操作如下。

Step 01 将插入点置于页面中要插入单选按钮组的表单中，然后单击"表单"插入栏中的"单选按钮组"图标，打开"单选按钮组"对话框，如图 10-37 左图所示。

Step 02 在"名称"文本框中设置单选按钮组的名称，默认为"RadioGroup1"。

Step 03 在对话框"单选按钮"区默认提供了两个单选按钮，用户可分别为其输入标签和值（单击"单选"，然后输入），其中，"标签"是单选按钮后的说明文字，"值"相当于"属性"面板中的"选定值"。

Step 04 要添加更多的单选按钮，可单击加号按钮"＋"，然后输入标签和值。此外，单击减号按钮"－"可从组中删除当前选定的单选按钮；单击向上箭头"▲"或向下箭头"▼"，可对选定单选按钮进行上移或下移操作。

Step 05 在"布局"区可以使用"换行符"或"表格"来设置组中单选按钮的布局。如果选择"表格"选项，则 Dreamweaver 会创建一个单列的表格，并将单选按钮放在左侧，标签放在右侧。

Step 06 在"单选按钮组"对话框中设置各项后，如图 10-37 中图所示，单击"确定"按钮即可将单选按钮组添加到页面中，如图 10-37 右图所示。

图 10-37　应用单选按钮组

10.4.6　应用列表/菜单

除复选框和单选按钮外，在遇到需要制作选项时，还可以使用列表/菜单。在拥有较多选项，且网页空间又比较有限的情况下，列表/菜单将是最好的选择，如图 10-38 所示。添加列表/菜单的具体操作如下。

图 10-38　列表和菜单

Step 01 将插入点置于要插入列表/菜单的表单中，然后单击"表单"插入栏中的"列表/菜单"按钮，即可在表单中添加列表/菜单，如图 10-39 所示。

Step 02 添加列表/菜单后，可利用"属性"面板设置其属性，如图 10-40 所示。首先在"列表/菜单"编辑框中为其指定名称，该名称必须是唯一的，默认为"select"。

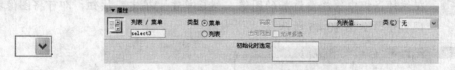

图 10-39　添加的列表/菜单　　　　　图 10-40　设置列表/菜单属性

Step 03 在"类型"栏中选择是创建"菜单"还是"列表"，菜单和列表的区别如前面图 10-38 所示。这里选择"菜单"单选钮，然后单击"列表值"按钮。

Step 04 打开"列表值"对话框，在该对话框中单击加号按钮"➕"可向列表中添加一个项目，然后在"项目标签"列输入该项目的名称，在"值"列输入传回服务器端的表单数据。此外单击减号按钮"➖"可从列表中删除当前选定项目；单击向上箭头▲或向下箭头▼可对添加的项目进行重新排序，如图 10-41 所示。

Step 05 在"列表值"对话框中输入各项数据后，单击"确定"按钮返回到"属性"面板。此时，"初始化时选定"列表框中将显示设置的数据，用户可在此选择一个项目作为列表中默认选择的菜单项，如图 10-42 所示。

Step 06 保存文件并按【F12】键预览，单击向下的箭头可将其展开，如图 10-43 所示。

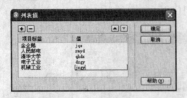
图 10-41 "列表值"对话框

图 10-42 "初始化时选定"列表框

图 10-43 菜单

另外，如果在"属性"面板的"类型"区域选择"列表"单选钮，则"属性"面板将如图 10-44 所示。其中，在"高度"文本框中可设置同时显示项目标签的条数，如果实际的项目数多于"高度"中的项目数，则列表的右侧将自动出现滚动条；此外，若选中"允许多选"复选框，则浏览者将可以从列表中选择多个项目。

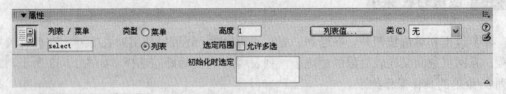
图 10-44 "类型"为"列表"时的"属性"面板

10.4.7 应用图像域

使用图像域可以用一些漂亮的图像按钮来代替 Dreamweaver 自带的按钮，从而使网页更美观。添加图像域的具体操作如下。

Step 01 将插入点置于页面中要插入"图像域"的表单中，然后单击"表单"插入栏中的"图像域"按钮 ，打开"选择图像源文件"对话框。

Step 02 在该对话框中选择要添加的图像，然后单击"确定"按钮，即可将图像插入到网页中，如图 10-45 所示。

图 10-45 插入图像域

Step 03　接下来设置图像域的属性。用鼠标单击选中图像域，其"属性"面板如图 10-46 所示。

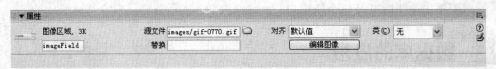

图 10-46　图像域"属性"面板

该面板中各设置项意义如下。

➢ **图像区域**：设置图像域名称，默认为"imageField"。

➢ **源文件**：显示图像文件的路径，单击其后的 图标可打开"选择图像源文件"对话框，以重新设置源文件，也可直接在文本框中输入源文件路径。

➢ **替换**：设置描述性文本，也就是图像不能正常显示时在图像域显示的文本。

➢ **对齐**：设置图像按钮的对齐方式。

➢ **编辑图像**：单击"编辑图像"按钮可启动外部图像编辑器来编辑图像。

温馨提示　　　默认情况下，图像域只具有提交表单的功能，如果要改变其用途，需要将"行为"附加到表单对象中。

10.4.8　应用按钮

对表单而言，按钮是不可缺少的元素，它能控制表单的内容。例如，单击"提交"按钮可将表单中的内容发送到服务器，单击"重设"按钮可清除表单中现有内容。添加按钮的具体操作如下。

Step 01　将插入点置于页面中要插入按钮的表单中，然后单击"表单"插入栏中的"按钮"图标 ，即可在页面中插入按钮，默认值为"提交"。

Step 02　单击选中添加的按钮，然后可通过"属性"面板设置其属性，如图 10-47 所示。

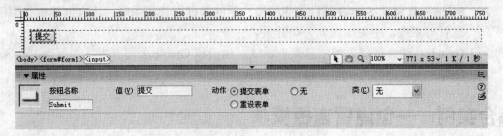

图 10-47　"按钮"属性面板

"按钮"属性面板中各设置项意义如下。

➢ **按钮名称**：设置按钮的名称，默认为"Submit"。

➢ **值**：设置显示在按钮上的文本内容。

➢ **动作**：用来确定单击按钮时发生的动作，"提交表单"表示单击该按钮可提交表单中的内容；"重设表单"表示单击按钮可清空表单中的内容；"无"表示需另外添加程序才能执行相应操作。例如，可添加一个 JavaScript 脚本，使得当浏览者单击按钮时打开一个新窗口。

10.5 数据库的应用

制作动态网站时，首先需要创建网站所需要的数据库。下面我们首先认识一下数据库，然后了解一些常用的数据库管理系统。

10.5.1 认识数据库

数据库（DataBase）是以一定的组织形式存放在计算机存储介质上的相互关联的数据集合。

数据库是以表格的形式，按照行和列来表示信息。一般来说，表的每一行称为一个"记录"，每一列称为一个"字段"，字段和记录是数据库中最基本的术语。例如，一个记录某公司员工信息的数据库，通常包括姓名、年龄、学历等字段，而针对每个员工的具体数据就是一个记录。

在动态网站中，绝大多数网站数据（会员信息、留言内容等）都保存在数据库中，当需要某一数据时（例如个人注册信息），只要单击相关链接，应用程序就会自动调用数据库中的内容并将其显示在网页中。

10.5.2 常用数据库管理系统

目前常用的数据库管理系统有以下几种。

➢ **Microsoft Access**：适合创建中小型信息管理系统，由美国微软公司开发，是办公软件 Microsoft Office 的一个组件。

➢ **Microsoft SQL Server**：目前应用最广泛的数据库管理系统，适合创建中小型信息管理系统，由美国微软公司开发。

➢ **Oracle**：适合创建大型信息管理系统，由美国 Oracle 公司开发。

➢ **DB2**：适合创建大中型信息管理系统，由美国 IBM 公司开发。

综合实例——创建留言板模块

在学习了动态网页的基础知识后，本例通过创建一个留言板模块，来学习使用 Dreamweaver 制作简单动态网页的方法。留言板模块最终效果如图 10-48 所示。

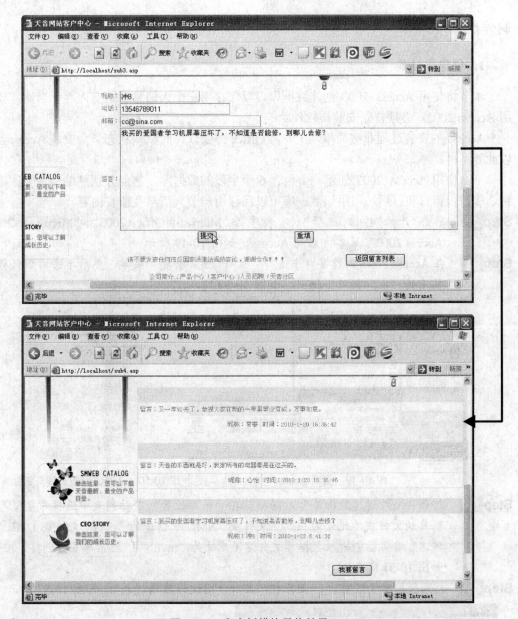

图 10-48　留言板模块最终效果

制作思路

　　首先创建动态网站所需要的数据库"mydb"，然后通过添加表单和表单对象来制作留言列表页面，接着为留言列表页面添加服务器行为，如创建数据库连接、创建记录集和设置动态文本等，从而在留言列表页面与数据库之间建立连接，使其能读取数据库中的内容，最后制作用户留言页面并为其添加服务器行为，完成实例制作。

制作步骤

1. 创建数据库

本节将使用 Access 2003 创建数据库，以保存用户个人信息及留言内容。当然，要使用 Access 2003，必须首先安装该软件。

Access 的安装过程非常简单，在安装 Office 办公软件时默认状态下会安装 Access，所以此处不再详述。

下面使用 Access 2003 创建一个包含 6 个字段的数据库，它们分别是编号、昵称、电话、邮箱、留言和日期。利用该数据库可以保存用户个人信息及留言内容。

Step 01 单击"开始"按钮，选择"所有程序">"Microsoft Office 2003">"Microsoft Office Access 2003"菜单，启动 Access，如图 10-49 所示。

Step 02 在 Access 2003 工作窗口中选择"文件">"新建"菜单，然后单击右侧任务窗格中的"空数据库"链接，如图 10-50 所示。

图 10-49　启动 Access　　　　　　　　图 10-50　选择"空数据库"链接

Step 03 打开"文件新建数据库"对话框，在"保存位置"下拉列表中选择希望保存数据库的文件夹（此处为在站点文件夹"SM"中创建的"data"文件夹），在"文件名"编辑框中输入数据库文件名（此处为"mydb"），然后单击"创建"按钮，如图 10-51 所示。

Step 04 打开数据库管理窗口，在其中双击"使用设计器创建表"，如图 10-52 所示。

图 10-51　设置数据库保存位置和文件名　　　　图 10-52　双击"使用设计器创建表"

Step 05 打开表结构设计窗口，输入字段名"bianhao"，然后打开后面的数据类型下拉列表，从中选择"自动编号"，如图 10-53 所示。

Step 06 输入字段名"nicheng"，取默认数据类型"文本"，在下面的"字段属性"设置区设置字段的"默认值"为""无名""，"允许空字符串"为"是"，如图 10-54 所示。

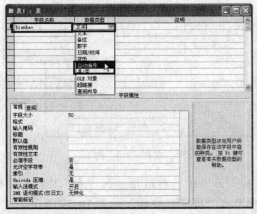
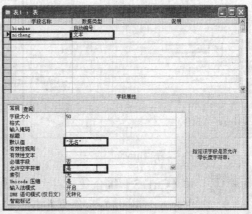

图 10-53　设置"bianhao"字段　　　　　　图 10-54　设置"nicheng"字段

 温馨提示　　"bianhao"项在留言列表中不可见，但是它可以根据留言顺序在数据库中自动添加编号。

Step 07 输入字段名"dianhua"，取默认数据类型"文本"，如图 10-55 所示。

Step 08 输入字段名"youxiang"，取默认数据类型"文本"，如图 10-56 所示。

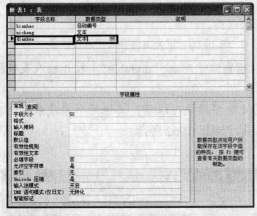
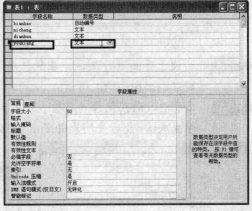

图 10-55　设置"dianhua"字段　　　　　　图 10-56　设置"youxiang"字段

Step 09 输入字段名"liuyan"，取默认数据类型"文本"，在下面的"字段属性"设置区设置字段的"字段大小"为"255"，"允许空字符串"为"是"，如图 10-57 所示。

Step 10 输入字段名"riqi"，设置其数据类型为"日期/时间"，在"字段属性"设置区"默认值"后面的文本框中单击，然后单击其后的 图标，在打开的"表达式生成器"对话框中设置"默认值"为"Date()+Time()"（当前日期和当前时间），然后单击"确定"按钮，如图 10-58 所示。

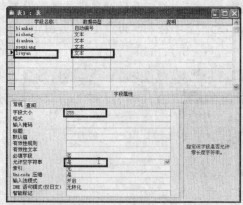

图 10-57　设置"liuyan"字段　　　　　　　图 10-58　设置"riqi"字段

Step 11 按【Ctrl+S】组合键保存文件，弹出"另存为"对话框，在"表名称"编辑框中输入"mytable"作为表名，然后单击"确定"按钮，如图 10-59 所示。

Step 12 Office 助手提示需要定义主键，问是否定义，单击"是"按钮，"bianhao"字段自动被定义为主键，其前方出现钥匙形状的小图标。最后单击"关闭"按钮 **X**，关闭表设计器，如图 10-60 所示。

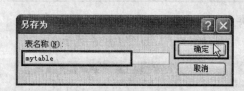

图 10-59　保存表　　　　　　　　图 10-60　定义主键并关闭表设计器

Step 13 为便于后面进行测试，在数据库管理窗口中双击"mytable"，打开输入表数据窗口，如图 10-61 所示。

Step 14 随意输入两条记录（只输入中间的 4 个字段就可以了，其他两个字段系统会自动生成），最后关闭表并退出 Access，如图 10-62 所示。

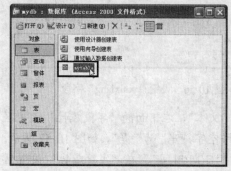
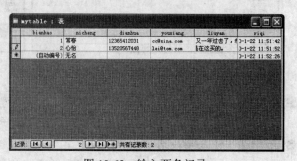

图 10-61　双击 mytable　　　　　　　图 10-62　输入两条记录

2. 制作留言列表页面

留言列表页面是指显示浏览者留言的页面。本节通过在留言列表页面中添加表单，来学习和巩固表单在实际网页制作中的应用。

Step 01 启动 Dreamweaver 后，打开 "SM" 站点中的文档 "sub4.asp"，在网页右侧热气球所在图片下方的空白单元格中单击，插入一个表单，如图 10-63 所示。

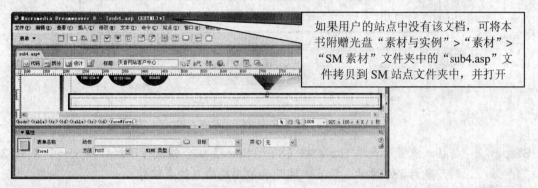

> 如果用户的站点中没有该文档，可将本书附赠光盘 "素材与实例" > "素材" > "SM 素材" 文件夹中的 "sub4.asp" 文件拷贝到 SM 站点文件夹中，并打开

图 10-63 插入表单

Step 02 将插入点置于表单中，插入一个 3 行 2 列，宽为 780 像素，填充为 4，间距为 1 的表格，并设置表格的背景颜色为浅灰色 "#F0F0F0"，如图 10-64 所示。

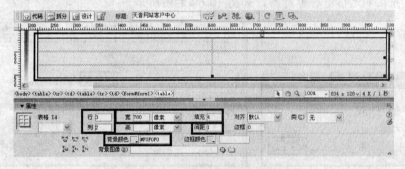

图 10-64 插入表格并设置属性

Step 03 拖动鼠标选中表格下方两行的 4 个单元格，设置其背景颜色为白色，这样就创建了一个有着灰色边框的细线表格，如图 10-65 所示。

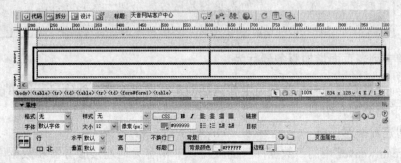

图 10-65 设置单元格背景颜色

Step 04 将表格中第 2 行的两个单元格合并，并输入文本"留言:"；在第 3 行左侧的单元格中输入文本"昵称:"，并设置为右对齐；在第 3 行右侧的单元格中输入文本"时间:"，并设置为左对齐，如图 10-66 所示。

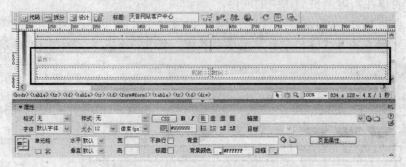

图 10-66　输入文本并设置对齐方式

Step 05 将插入点置于表单下方，按【Shift+Enter】组合键换行，然后插入一个 1 行 2 列，宽为 780 像素，填充、间距和边框均为 0 的表格。

Step 06 将插入点置于右侧单元格中，单击"表单"插入栏中的"按钮"图标□，弹出"是否添加表单标签"的提示框，单击"否"按钮，如图 10-67 左图所示。

Step 07 插入按钮后，在"属性"面板上设置其"值"为"我要留言"，"动作"为"无"，并在单元格中居中对齐，如图 10-67 右图所示。

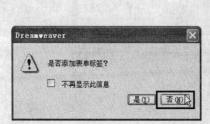

图 10-67　插入按钮并设置属性

　　由于该按钮所起的作用只是跳转到用户留言页面，与表单中的内容无直接关系，所以不用添加表单，只需为其添加一段能链接至留言页面的代码即可。

3. 为留言列表页面增加服务器行为

为留言列表页面增加服务器行为主要包括创建数据库连接、创建记录集和设置动态文本 3 部分，下面分别介绍。

（1）创建数据库连接

利用 Dreamweaver 中的"数据库"面板可以非常容易地连接服务器和数据库，下面我们继续在"sub4.asp"文档中进行操作。

Step 01　选择"窗口" > "数据库"菜单，打开"数据库"面板。单击⊞按钮，在弹出的下拉列表中选择"数据源名称（DSN）"，如图 10-68 所示。

Step 02　打开"数据源名称（DSN）"对话框，输入"连接名称"为"mb"；由于前面尚未为创建的数据库创建数据源，单击"数据源名称（DSN）"编辑框右侧的"定义"按钮，以定义数据源，如图 10-69 所示。

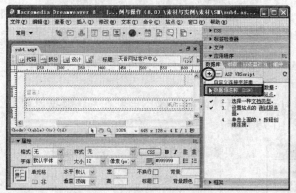

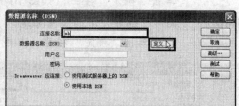

图 10-68　打开"数据库"面板并添加数据源名称　　　　图 10-69　设置连接名称

Step 03　打开"ODBC 数据源管理器"对话框，切换至"系统 DSN"选项卡，然后单击"添加"按钮，如图 10-70 所示。

Step 04　打开"创建新数据源"对话框，从中选择"Driver do Microsoft Access（ *.mdb ）"，然后单击"完成"按钮，如图 10-71 所示。

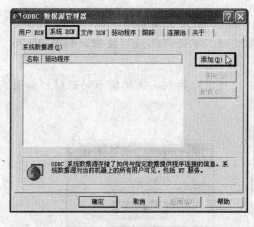

图 10-70　单击"添加"按钮　　　　　　　　图 10-71　选择数据源类型

Step 05　打开"ODBC Microsoft Access 安装"对话框，单击"选择"按钮，以选择数据库，如图 10-72 所示。

Step 06　打开"选择数据库"对话框，首先在"目录"列表中选择数据库所在文件夹，然后在左侧的数据库列表中选择前面创建的数据库"mydb.mdb"，最后单击"确定"按钮，如图 10-73 所示。

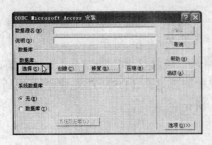 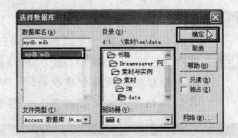

图 10-72　"ODBC Microsoft Access 安装"对话框　　　图 10-73　"选择数据库"对话框

Step 07　返回"ODBC Microsoft Access 安装"对话框，输入数据源名"myodbc"，然后单击"确定"按钮，如图 10-74 所示。

Step 08　返回"ODBC 数据源管理器"对话框，新建的数据源已出现在系统数据源列表中，单击"确定"按钮，如图 10-75 所示。

图 10-74　输入数据源名"myodbc"　　　图 10-75　返回"ODBC 数据源管理器"对话框

Step 09　返回"数据源名称（DSN）"对话框，新建的数据源名称出现在"数据源名称（DSN）"列表框中。为验证连接是否成功，单击"测试"按钮，如图 10-76 左图所示。

Step 10　显示提示对话框，表示设置无误。单击"确定"按钮，关闭提示对话框，如图 10-76 右图所示。

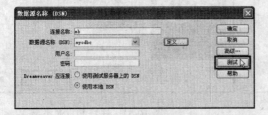 

图 10-76　数据库连接成功

　　有时候由于系统问题，在返回"数据源名称（DSN）"对话框后，"数据源名称"列表框中没有显示设置的数据源名，此时可以再次单击"定义"按钮，并在打开的对话框中单击"取消"按钮，再次回到"数据源名称（DSN）"对话框后就可以看到数据源名了。

Step 11　在"数据源名称（DSN）"对话框中单击"确定"按钮，关闭"数据源名称（DSN）"
对话框，此时新建数据库连接已出现在"数据库"面板中，如图 10-77 所示。

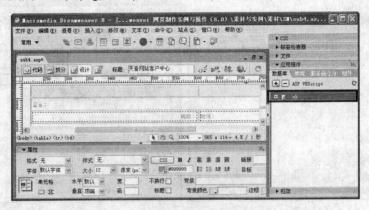

图 10-77　成功创建数据库连接

（2）创建记录集

记录集就是数据库表中各条记录的集合，此处创建记录集的目的是读取数据库中的内容。以前创建记录集需要手动编写 SQL 语句；现在好了，使用 Dreamweaver 提供的"绑定"面板，只需在弹出菜单中选择数据库连接和表即可轻松创建，具体操作如下。

Step 01　继续在"sub4.asp"文档中进行操作。打开"绑定"面板，单击 ⊞ 按钮，在弹出的菜单列表中选择"记录集（查询）"，如图 10-78 所示。

Step 02　打开"记录集"对话框。在"连接"下拉列表中选择前面创建的"mb"连接，"表格"下拉列表中自动变为前面创建的数据库表名"mytable"，下面的"列"列表框中也自动显示表格中的字段名，如图 10-79 所示。

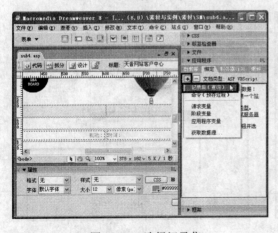

图 10-78　选择记录集

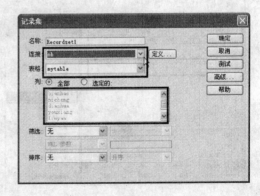

图 10-79　选择"mb"连接

Step 03　为测试创建的记录集，单击"记录集"对话框右侧的"测试"按钮。此时将显示连接的表格内容，如图 10-80 所示。

Step 04　依次单击"确定"按钮，关闭"测试 SQL 指令"对话框和"记录集"对话框，此时新创建的记录集已增加到"绑定"面板中，如图 10-81 所示。

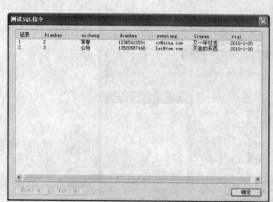

图 10-80　显示表格内容

图 10-81　成功创建记录集

（3）设置动态文本

动态文本是指需要从数据库中读取，而不是直接输入到网页文档中的文本。使用 Dreamweaver 提供的"服务器行为"面板，可以轻松设置动态文本，而不需要再一个个地插入，具体操作如下。

Step 01　继续在"sub4.asp"文档中进行操作。在表单表格的第 2 行"留言:"后面单击，然后打开"服务器行为"面板，单击 ⊞ 按钮，在弹出的下拉菜单中选择"动态文本"，如图 10-82 所示。

Step 02　打开"动态文本"对话框，在"域"列表区单击选择"liuyan"字段，然后单击"确定"按钮，以插入动态文本，如图 10-83 所示。

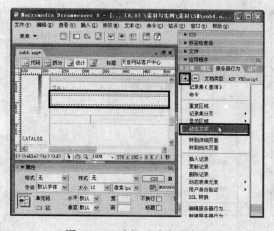

图 10-82　选择"动态文本"

图 10-83　插入"liuyan"字段

Step 03　在表格的第 3 行"昵称:"后面单击，按照前面的方法插入"nicheng"字段；之后在"时间:"后面插入"riqi"字段，如图 10-84 所示。

Step 04　由于该表单用来显示记录，不能只显示一行。因此，还要给它增加一个"重复

区域"行为。为此，首先单击标签选择器中的"form"标签选中表单，然后在
"服务器行为"面板中单击⊞按钮，在其下拉菜单中选择"重复区域"，如图
10-85 所示。

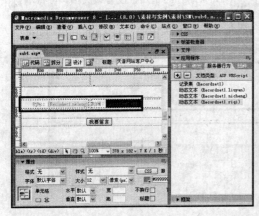

图 10-84　插入"nicheng"和"riqi"字段　　　　图 10-85　选择"重复区域"

Step 05　打开"重复区域"对话框。默认情况下，记录集的显示条数为 10 条，此处设置
为 6，最后单击"确定"按钮，如图 10-86 所示。

Step 06　保存网页，然后按【F12】键预览网页，可看见数据库中的信息显示在网页上，
如图 10-87 所示。

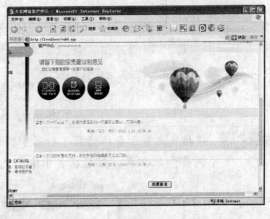

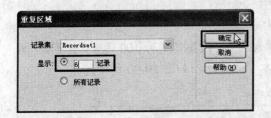

图 10-86　设置"重复区域"　　　　　　　　图 10-87　预览网页

温馨提示　　如果在预览网页时，数据库中的内容不能正常显示，例如显示为乱码。
可以将网页的编码设置为"简体中文（GB2312）"。

4. 制作用户留言页面

本节通过为用户留言页面制作表单，来进一步学习和巩固表单在实际网页制作中的应
用。

Step 01　打开"SM"站点中的文档"sub3.asp"，在网页右侧热气球所在图片下方的空白

单元格中单击，插入一个表单，如图 10-88 所示。

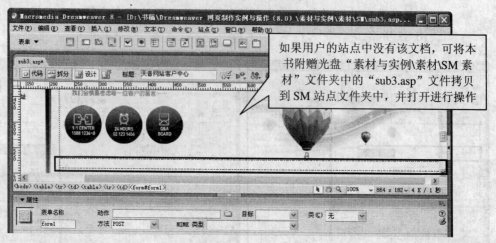

图 10-88　插入表单

Step 02　将插入点置于表单中，插入一个 5 行 2 列，宽为 780 像素，"填充"、"边距"和"间距"均为 0 的表格，如图 10-89 所示。

图 10-89　插入表格

Step 03　将插入点置于表格的第 1 行第 1 列单元格中，设置其宽为 100 像素，并单击"右对齐"按钮，然后在其中输入文本"昵称:"，如图 10-90 所示。

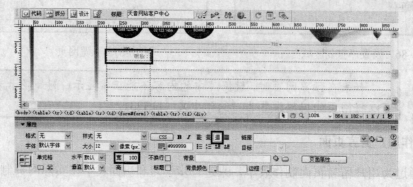

图 10-90　设置单元格属性并输入文本

Step 04　按照同样的方法在下方的 3 个单元格中分别输入文本"电话:"、"邮箱:"和"留言:",并设置文本右对齐,如图 10-91 所示。

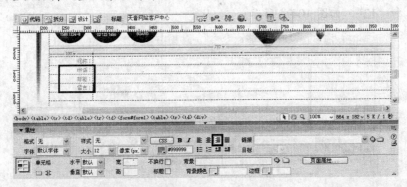

图 10-91　输入文本并设置属性

Step 05　将插入点置于第 1 行第 2 列单元格中,然后单击"左对齐"按钮。单击"表单"插入栏中的"文本字段"按钮,插入一个文本字段,并在"属性"面板中设置"字符宽度"为"20","最多字符数"为"30",如图 10-92 所示。

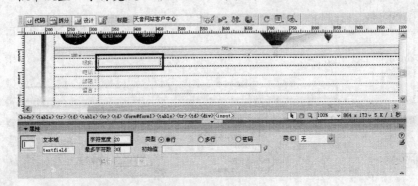

图 10-92　插入文本字段

Step 06　同样地,在第 2 行和第 3 行的第 2 列分别插入文本字段,并设置其属性,如图 10-93 所示。

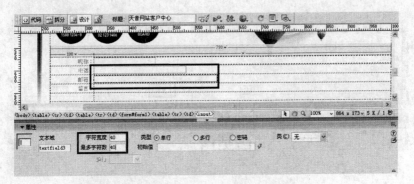

图 10-93　插入其他文本字段并设置属性

Step 07 将插入点置于第 4 行第 2 列单元格中，插入一个文本字段，并在"属性"面板上"类型"列表区选择"多行"，然后设置"字符宽度"和"行数"分别为"80"和"12"，如图 10-94 所示。

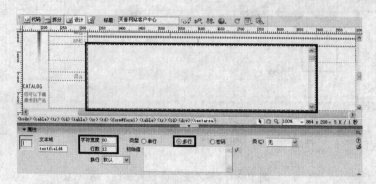

图 10-94　插入文本字段并设置属性

Step 08 将第 5 行第 2 列单元格拆分为 2 列，在第 1 列插入一个"提交"按钮，并使其在单元格中"居中对齐"，如图 10-95 所示。

图 10-95　拆分单元格并插入按钮

Step 09 在拆分后的第 2 列单元格中插入一个按钮，在"属性"面板上设置其"值"为"重填"，"动作"为"重设表单"，如图 10-96 所示。

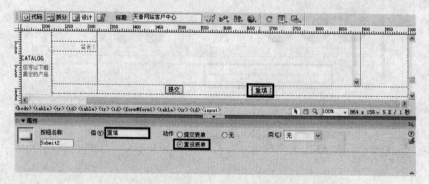

图 10-96　插入按钮并设置属性

Step 10　在表单下方（需按【Shift+Enter】键换行）插入一个 1 行 2 列，宽为 780 像素，填充、间距和边框均为 0 的表格。在左侧单元格中输入文本"请不要发表任何违反国家法律法规的言论，谢谢合作!!!"，并设置其宽为 540 像素，居中对齐，如图 10-97 所示。

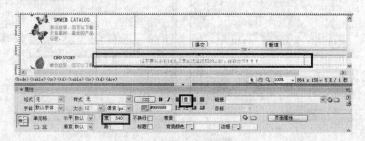

图 10-97　插入表格并在其中输入文本

Step 11　将插入点置于右侧单元格中，单击"表单"插入栏中的"按钮"图标□，弹出"是否添加表单标签"的提示框，单击"否"按钮，如图 10-98 左图所示。

Step 12　插入按钮后，在"属性"面板上设置其"值"为"返回留言列表"，"动作"为"无"，如图 10-98 右图所示。

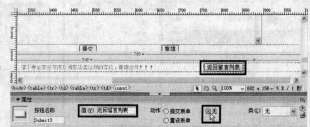

图 10-98　插入按钮并设置属性

5．为留言页面增加服务器行为

由于在制作留言列表页面时已经创建了数据库连接，此处只需要将此连接包含至当前网页文档，然后插入记录即可。

Step 01　继续在"sub3.asp"网页文档中进行操作，单击文档工具栏中的"代码"按钮，在文档编辑窗口中打开代码视图。

Step 02　将插入点置于\<html\>起始标签上方一行的末尾，然后打开"数据库"面板，右键单击前面创建的数据库连接，在弹出的菜单中选择"插入代码"，在插入点所在位置插入代码，如图 10-99 所示。

Step 03　切换至"设计"视图。打开"服务器行为"面板，单击❶按钮，在打开的下拉菜单中选择"插入记录"，如图 10-100 所示。

Step 04　在打开的"插入记录"对话框中设置"连接"为前面创建的"mb"，此时"插入到表格"自动变为"mytable"，"获取值自"也自动变为"form1"，单击"表单元素"列表区的文本字段"textfiled\<忽略\>"，在下面的"列"下拉列表中选

择 "nicheng" 字段，如图 10-101 所示。

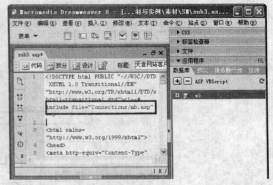

图 10-99　插入代码

图 10-100　选择 "插入记录"　　　　图 10-101　设置 "插入记录" 对话框

Step 05 按照同样的方法，单击 "表单元素" 列表区的文本字段 "textfiled2<忽略>"，在下面的 "列" 下拉列表中选择 "dianhua" 字段；单击 "表单元素" 列表区的文本字段 "textfiled3<忽略>"，在下面的 "列" 下拉列表中选择 "youxiang" 字段。

Step 06 单击 "表单元素" 列表区的文本字段 "textfiled4<忽略>"，在下面的 "列" 下拉列表中选择 "liuyan" 字段，然后单击 "确定" 按钮，如图 10-102 所示。

Step 07 选中下方表格中的按钮 "返回留言列表"，然后打开 "行为" 面板，单击 "添加行为" 按钮 +，在弹出的下拉菜单中选择 "转到 URL"。

Step 08 打开 "转到 URL" 对话框，单击 "URL" 编辑框后的 "浏览" 按钮，在打开的 "选择文件" 对话框中选择要转到的网页 "sub4.asp"，然后单击 "确定" 按钮，如图 10-103 所示。

温馨提示

　　采用同样的方法，为 "留言列表" 页面中的按钮 "我要留言"，设置到 "sub3.asp" 的链接。

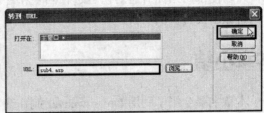

图 10-102　设置文本字段　　　　　　　图 10-103　"转到 URL"对话框

Step 09　为预览网页效果，保存文档后按【F12】键预览。在各个编辑框中输入内容，然后单击"提交"按钮，如图 10-104 所示。

图 10-104　预览网页

Step 10　提交内容后编辑框都变空，单击"返回留言列表"按钮查看留言，可以看到刚才的留言已经显示在留言列表下方，如图 10-105 所示。

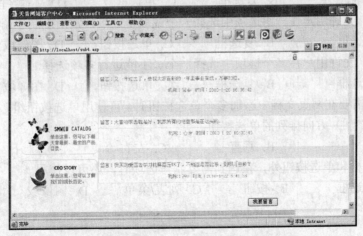

图 10-105　留言成功

前面只是讲了留言板前台的制作方法，实际上一个完整的留言板不仅有前台，还要有后台，以便于网站拥有者对留言进行回复和管理。有兴趣的读者可以参考上面的方法，自己试着做出留言板的后台。

本章小结

本章主要介绍了利用 Dreamweaver 制作简单动态网页的方法。学完本章后，读者应了解或掌握以下知识。

➢ 要创建和测试动态网页，应首先对 Web 服务器、站点等进行适当配置，并创建好网站数据库。

➢ 使用 Dreamweaver 只能制作个人网站中的小型留言板或注册、登录等模块，如要制作涉及到代码优化、速度、安全等问题的动态网站，最好还是使用专门的编程语言。

➢ 掌握安装和配置 IIS 的方法。

➢ 掌握表单及常用表单对象的应用。

➢ 能使用 Access 创建简单的数据库。

思考与练习

一、选择题

1. 在 Windows XP 操作系统下，只要安装了（　　　），就可以将自己的电脑设置为测试服务器。

    A．IIS   B．APS   C．IPS   D．CPS

2. （　　　）是最常见的表单对象之一，在其中可输入任何类型的文本内容，像姓名、地址、E-mail 或稍长一些的个人介绍等。

    A．列表/菜单   B．复选框   C．单选框   D．文本字段

3. （　　　）允许用户在一组选项中选择一个或多个选项，常用于制作调查类栏目。

    A．单选框   B．复选框   C．单选按钮   D．图像域

4. （　　　）允许用户在多个选项中选择一个，不能进行多项选择。

    A．单选框   B．复选框   C．单选按钮   D．图像域

5. 当用户需要在网页文档中添加多个单选按钮时，可使用单选按钮组，但使用这种方式只能添加（　　　）方向排列的单选按钮。

    A．水平   B．垂直   C．左右   D．上下

6. 除复选框和单选按钮外，在遇到需要制作选项时，还可以使用（　　　）。

    A．单选框   B．按钮   C．列表/菜单   D．图像域

二、填空题

1. 严格来说，一个完整的表单设计应该分为两部分，即_____部分和_____部

分，它们分别由网页设计师和程序设计师来完成。

2．文本字段可以以＿＿＿＿或＿＿＿＿显示，也可以以＿＿＿＿方式显示。在以＿＿＿＿方式显示的情况下，输入文本将被替换为＿＿＿＿或项目符号，以避免旁观者看到输入的内容。

3．使用＿＿＿＿＿＿可以用一些漂亮的图像按钮来代替 Dreamweaver 自带的按钮，从而使网页更美观。

4．对表单而言，＿＿＿＿＿是不可缺少的元素，它能控制表单的内容，如"提交"或"重设"。

5．＿＿＿＿＿＿是以表格的形式，按照行和列来表示信息。一般来说，表的每一行称为一个＿＿＿＿，每一列称为一个＿＿＿＿＿。

三、操作题

参照留言板的创建方法，制作"用户注册"功能模块，最终效果见本书附赠光盘"\素材与实例\实例"中的 register 文件夹。

提示：

（1）创建一个名为"mydb"的数据库。在数据库管理窗口中双击"使用设计器创建表"，打开表结构设计窗口。

（2）输入字段名"bianhao"，打开后面的数据类型下拉列表，从中选择"自动编号"。

（3）输入字段名"xingming"，取默认数据类型"文本"，在下面的"字段属性"设置区设置"必填字段"为"是"（表示该项必填）。

（4）输入字段名"mima"，取默认数据类型"文本"，在下面的"字段属性"设置区设置"必填字段"为"是"。再按照同样的方法，分别创建"dizhi"、"dianhua"和"youbian"字段，如图 10-106 所示。

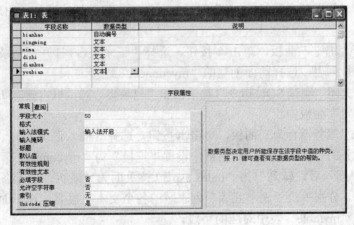

图 10-106　创建字段

（5）将表保存为"mytable"，并定义主键。

（6）新建一个名为 register.asp 的网页文档，在其中插入一个表单，并在表单中插入一个 6 行 2 列的表格，然后分别在前 5 行的每个单元格中输入文本或插入文本字段，将第

6 行的两个单元格合并，并插入两个按钮，如图 10-107 所示。

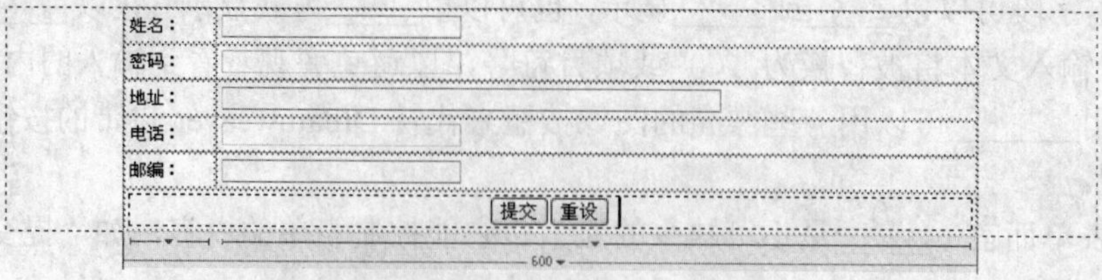

图 10-107　注册表单

（7）打开"数据库"面板，单击 田 按钮，选择"数据源名称（DSN）"，打开"数据源名称（DSN）"对话框，输入"连接名称"为"myconnect"。

（8）单击"定义"按钮，打开"ODBC 数据源管理器"对话框，并切换至"系统 DSN"选项卡。

（9）单击"添加"按钮，打开"创建新数据源"对话框，从中选择"Driver do Microsoft Access（*.mdb）"。

（10）单击"完成"按钮，打开"ODBC Microsoft Access 安装"对话框。在"数据源名"编辑框中输入"myodbc"，然后单击"选择"按钮，在打开的"选择数据库"对话框中选择前面创建的数据库。

（11）选定数据库后，单击"确定"按钮，返回"ODBC Microsoft Access 安装"对话框。再次单击"确定"按钮，返回"ODBC 数据源管理器"对话框。新建的数据源已出现在系统数据源列表中。

（12）单击"确定"按钮，返回"数据源名称（DSN）"对话框，此时新建的数据源名称出现在"数据源名称（DSN）"列表框中。为验证连接是否成功，可单击"测试"按钮。

（13）关闭"数据源名称（DSN）"对话框，此时新建数据库连接已出现在"数据库"面板中。

（14）打开"绑定"面板，单击 田 按钮，选择"记录集"，打开"记录集"对话框。打开"连接"下拉列表，选择前面创建的"myconnect"连接。

（15）依次关闭"测试 SQL 指令"对话框和"记录集"对话框，此时新创建的记录集被增加到了"绑定"面板中。

（16）打开"服务器行为"面板，单击 田 按钮，选择"插入记录"。

（17）在打开的"插入记录"对话框中设置"连接"为"myconnect"，"插入到表格"为"mytable"，"插入后，转到"为"index.asp"（该页面为登录页，已准备好），"获取值自"为"form1"。分别单击"表单元素"列表区的各个文本字段名，在下面的"列"下拉列表中分别选择"mytable"表中对应的字段。

（18）按【Ctrl+S】组合键保存文档，然后在浏览器中测试网页效果。

第**11**章
测试和发布站点

本章内容提要

- 申请空间和域名 ·· 231
- 站点本地测试 ·· 237
- 站点发布 ·· 242
- 同步文件 ·· 245

章前导读

　　网站制作好后，需要申请虚拟空间和域名，并将制作好的网站上传至虚拟空间，别人才能通过 Internet 访问网站。此外，为了让浏览者能顺利访问网站，在将站点上传至虚拟空间之前，最好在本地进行全面测试，包括兼容性和网页链接测试等。

11.1 申请空间和域名

　　Internet 上提供空间和域名服务的网站有许多，其申请流程也基本相同，本节就以其中的一个免费网站为例来讲解空间和域名的申请过程。

　　　　比较著名的提供空间和域名服务的网站有中国万网（www.net.cn）、新网（www.xinnet.com）、第一主机（www.5778.com）、中资源（www.zzy.cn）、中国频道（www.china-channel.com）、商务中国（www.bizcn.com）、新网互联（www.dns.com.cn）等。如果用户创建的是企业网站或其他商业网站，最好去知名的服务商处申请空间和域名，以保证网站的安全、稳定和流畅；如果创建的是个人网站，则可以申请免费空间和域名。

11.1.1 申请空间

　　第 1 章中已经介绍了空间的概念，此处不再赘述。一般要在某个网站申请某项服务，需要先注册成为该网站的会员，申请免费空间也不例外。

Step 01 　首先在 IE 浏览器中打开"中国免费空间网"首页"http://www.06la.com/"，并

单击其导航条上的"免费空间申请"链接，如图 11-1 所示。

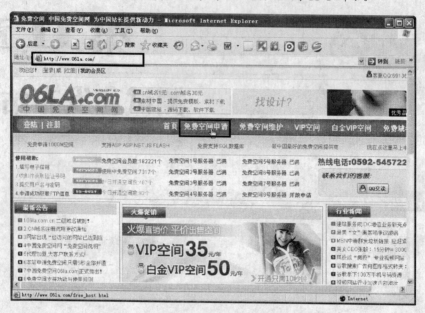

图 11-1　打开网页并单击链接

Step 02　打开"用户注册"页面，输入电子邮件和手机号码，然后单击"注册"按钮，如图 11-2 所示。

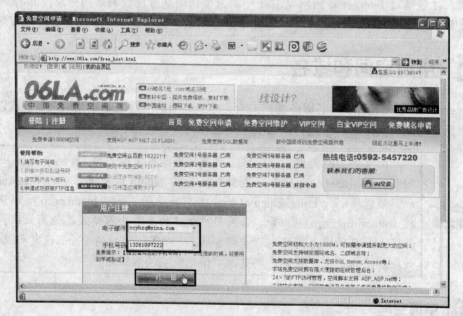

图 11-2　输入信息并单击"注册"按钮

Step 03　进入"会员注册第二步"，填写用户名和密码，并根据要求将下方的提示信息发送至指定的手机，之后单击"注册"按钮，如图 11-3 所示。

Step 04　大概 20 秒后，显示"验证成功"提示信息，单击"确定"按钮，如图 11-4 所示。

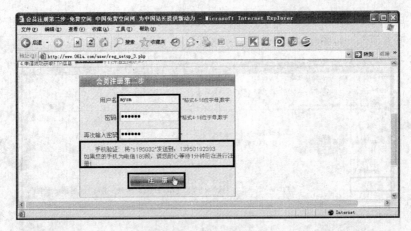

图 11-3　会员注册第二步

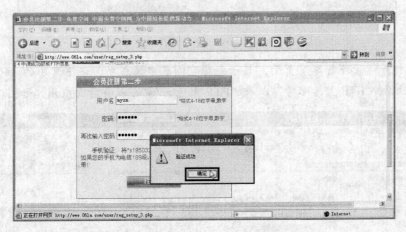

图 11-4　"验证成功"提示信息

Step 05　注册成功，进入"免费空间"申请页面，单击"点此开通免费空间"按钮，如图 11-5 所示。

图 11-5　申请免费空间

Step 06 显示提示信息，提示空间申请已经提交，大概过 1 分钟后，单击左侧的链接"管理首页"，如图 11-6 所示。

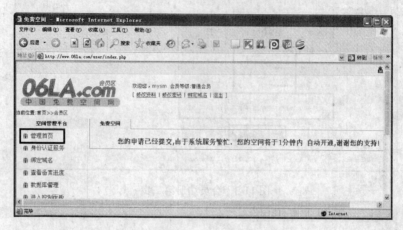

图 11-6　提交申请

Step 07 打开"管理首页"页面，显示免费空间已申请成功，记下其中的"FTP 上传地址"、"FTP 上传账号"以及"FTP 上传密码"，以备后面应用，如图 11-7 所示。

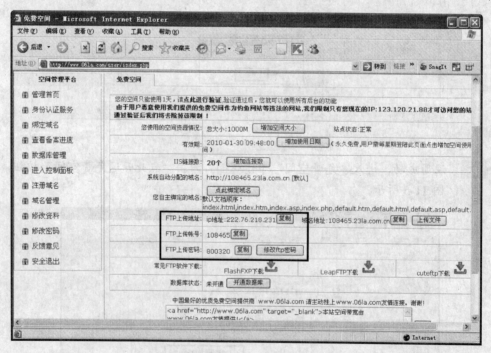

图 11-7　申请成功

温馨提示　我们可以看到系统自动分配了一个域名，一般在实际应用中，都要单独申请域名，并将域名与空间绑定，后面我们将详细讲述域名的申请方法。

11.1.2　申请域名

本节首先介绍域名基础知识，然后介绍申请域名的方法。

1.　域名基础知识

域名可分为顶级域名（一级域名）、二级域名和三级域名等。顶级域名是由一个合法字符串＋域名后缀组成，如 sohu.com、baidu.com、sina.com.cn；二级域名是指在顶级域名前再加一个主机名，如 mp3.baidu.com、sports.sohu.com；三级域名则在二级域名的基础上再加字符串，如 gg.mp3.baidu.com。

通常，使用顶级域名每年需要向服务商缴纳一定的租借费用，金额为几十至两三百元不等；而二级域名一般可以免费得到。

以 com、net、gov、edu 为后缀的域名称为国际域名。这些不同的后缀分别代表了不同的机构性质。例如：com 表示商业机构、net 表示网络服务机构、gov 表示政府机构、edu 表示教育机构。

以 cn 为后缀的域名称为国内域名，各个国家都有自己固定的国家域名，例如：cn 代表中国、us 代表美国、uk 代表英国等。部分国内域名的后缀还包括"国际通用域"，如 sina.com.cn。

2.　申请域名

域名的申请方法比较简单，下面以申请免费的二级域名为例说明。

Step 01　继续在前面的网站中进行操作。单击上方的链接"首页"，回到网站首页，并单击导航条中的"免费域名申请"链接，如图 11-8 所示。

图 11-8　申请免费域名

Step 02　打开免费域名申请页面，根据需要单击任意项下的"免费域名申请"链接，如

图 11-9 所示。

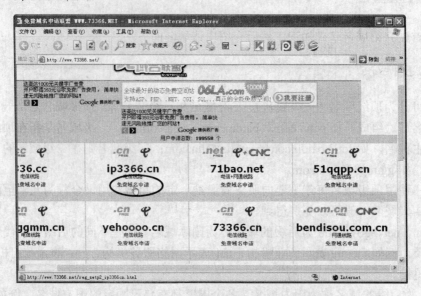

图 11-9 单击"免费域名申请"链接

Step 03 进入域名注册页面，根据提示输入各项信息，然后单击"提交"按钮，如图 11-10 所示。

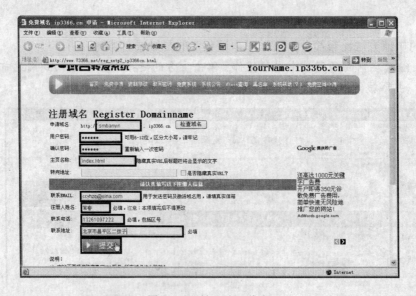

图 11-10 输入注册信息

温馨提示　　在输入第一项"申请域名"后，最好单击其后的"检查域名"按钮，检查该域名是否可用，如果已有人应用，需要重新输入新的域名。

Step 04 申请成功后，网页上会显示你的域名及密码信息，如图 11-11 所示。

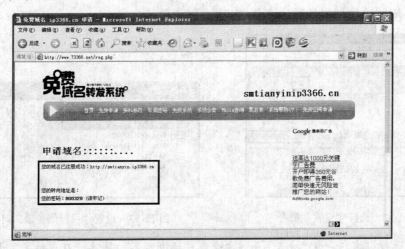

图 11-11 申请成功

　　空间与域名申请成功后，还需要将两者绑定在一起，这样在上传网站后，别人才能顺利地通过域名访问你的网站。要绑定本例申请的空间和域名，可利用 11.1.1 节得到的用户名和密码登录该网站，然后单击页面右侧的"绑定域名"超链接进行绑定。

　　对于大多数收费的域名和空间，通常需要先登录域名管理页面，并在域名解析里添加 A 记录，也就是空间的 IP 地址，然后进入空间管理页面，添加域名邦定。某些情况下只需在域名管理页面添加空间的 IP 地址即可。

11.2 站点本地测试

　　制作好网站并申请好空间和域名后，还不能立即将网站上传，为确保各网页在浏览器中均能正常显示，各链接均能正常跳转，还要对站点进行本地测试，如兼容性测试和网页链接检查等。

11.2.1 兼容性测试

　　通过兼容性测试，可以查出文档中是否含有目标浏览器不支持的标签或属性等，如 EMBED 标签、marquee 标签等。如果这些元素不被浏览器支持，网页会显示不正常或部分功能不能实现。

　　浏览器兼容性测试的具体操作如下。

Step 01 打开前面制作的 SM 网站的主页，单击"文档"工具栏中的 按钮，在弹出的下拉菜单中选择"设置"，如图 11-12 所示。

Step 02 打开"目标浏览器"对话框，在对话框中选择要检测的浏览器，在右侧的下拉列表中选择对应浏览器的最低版本。单击"确定"按钮，关闭对话框，完成要测试的目标浏览器的设置，如图 11-13 所示。

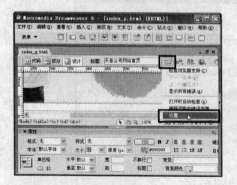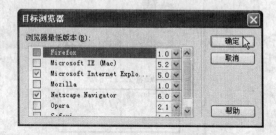

图 11-12 选择"设置"命令   图 11-13 设置"目标浏览器"对话框

Step 03 选择"文件" > "检查页" > "检查目标浏览器"菜单，在"结果"面板组中的"目标浏览器检查"面板中将显示检查结果，如图 11-14 所示。

图 11-14 "目标浏览器检查"面板

  Dreamweaver 的"检查目标浏览器"功能不会对文档进行任何方式的更改，只会给出检测报告。

由图 11-14 可以看出，"检查目标浏览器"面板可给出 3 种潜在问题的信息：告知性信息、警告和错误。这 3 种问题的含义如下。

➤ **告知性信息**：表示代码在特定浏览器中不受支持，但没有负面影响。

➤ **警告**：表示某段代码不能在特定浏览器中正确显示，但不会导致严重问题。

➤ **错误**：表示某段代码在特定浏览器中会导致严重问题，如致使页面显示不正常。

Step 04 单击"目标浏览器检查"面板左上方的按钮，在弹出的下拉菜单中选择"检查整个当前本地站点的目标浏览器"选项，以对站点中所有 Web 页面进行目标浏览器的兼容性检查，结果如图 11-15 所示。

图 11-15 检查整个站点

Step 05 单击"目标浏览器检查"面板左侧的 ⚙ 按钮，浏览器中会显示出检查报告，如图 11-16 所示。

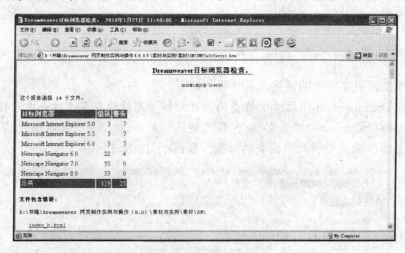

图 11-16 显示检查报告

Step 06 单击"目标浏览器检查"面板左侧的 🖫 按钮，可保存检查结果。

Step 07 双击"目标浏览器检查"面板中的错误信息，系统自动切换至"拆分"视图，并选中有问题的标记，如图 11-17 所示。

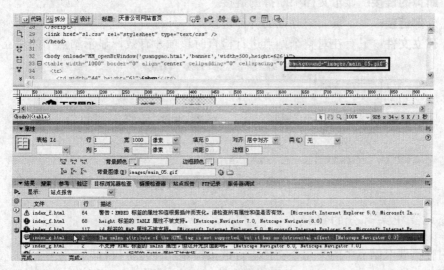

图 11-17 选中有问题的标记

Step 08 将有问题的代码修改或者删除，以修正错误。

11.2.2 检查网页链接

在一些大型网站中，往往会有很多链接，这就难免出现 URL 地址出错的问题。如果逐个页面进行检查，将是非常烦琐和浩大的工程。针对这一问题，Dreamweaver 提供了"检查链接"功能，使用该功能可以在打开的文档或本地站点的某一部分或整个站点中快速检查断开的链接和未被引用的文件。

1. 检查页面链接

要检查单个网页文档中的链接，具体操作如下。

Step 01 在 Dreamweaver 中打开要检查的网页文档（可继续在 SM 站点中进行操作）。

Step 02 选择"文件" > "检查页" > "检查链接"菜单，"结果"面板组中的"链接检查器"面板中将显示检查的结果，如图 11-18 所示。

图 11-18 "链接检查器"面板

Step 03 在"显示"下拉列表中可选择要查看的链接类型，如图 11-19 所示。

➢ **断掉的链接：** 显示文档中断掉的链接。
➢ **外部链接：** 显示页面中存在的外部链接。
➢ **孤立文件：** 只有在对整个站点进行检查时该项才有效，显示站点中的孤立文件。

图 11-19 选择要查看的链接类型

2. 检查站点中某部分的链接

有时候需要对站点中的某几个文档进行链接检查，此时可执行以下操作。

Step 01 选择"窗口" > "文件"菜单，打开"文件"面板。在"文件"面板中选择要检查的文件或文件夹。

> 可以结合键盘上的【Shift】或【Ctrl】键同时选中多个文件或文件夹。例如，要选择一组连续的文件，可按住【Shift】键，然后单击第一个和最后一个文件。要选择一组不连续的文件，可按住【Ctrl】键，然后分别单击选择各个文件。

Step 02 在选中的文件或文件夹上单击鼠标右键，在弹出的快捷菜单中选择"检查链接" > "选择文件/文件夹"菜单，如图 11-20 所示。

Step 03 检查结果将显示在"结果"面板组的"链接检查器"面板中。同样地，在"显示"下拉列表中可选择要查看的链接类型。

3. 检查站点范围的链接

除前面所讲检查单个和多个网页文档外，还可以直接检查整个站点范围的链接，具体操作如下。

Step 01 首先在"文件"面板中选择要检查的站点。

Step 02 右键单击站点根文件夹，在弹出的下拉菜单中选择"检查链接" > "整个本地站点"，如图 11-21 所示。

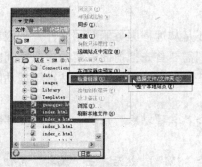
图 11-20 检查部分链接

图 11-21 检查整个站点范围的链接

11.2.3 修复网页链接

修复链接就是为有问题的链接重新设置链接文件，具体操作如下。

Step 01 在"断掉的链接"列表中，单击"断掉的链接"列中出错的项，该列变为可编辑状态，如图 11-22 所示。

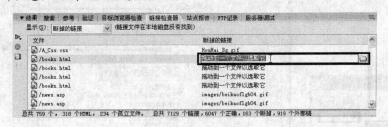
图 11-22 断掉的链接

Step 02 重新输入链接文件的路径或者单击右侧的 □ 图标，在弹出的"选择文件"对话框中重新选择链接的文档，此处按【Delete】键删除。

Step 03 下面还有几个文件与其有相同的错误，当修改完上述链接后，系统弹出图 11-23 所示的提示框，询问是否修正其他引用该文件的非法链接。

Step 04 单击"是"按钮关闭提示框，系统自动修正其他链接。

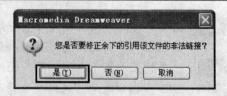

图 11-23 询问是否修正其他
引用该文件的非法链接

11.3 站点发布

当用户申请了空间和域名，并对站点进行测试后，就可以将站点上传到空间了。上传网页通常使用 FTP 协议，以远程文件传输方式上传。可以使用 FTP 软件（如 LeapFTP 和 CuteFTP 等）上传文件，也可以使用 Dreamweaver 上传，本书主要讲解 Dreamweaver 的使用。

11.3.1 设置站点远程信息

无论是从本地站点上传文件到远程服务器，还是从远程服务器取回文件，都应首先建立本地站点和远程服务器之间的连接。为此，我们需要首先把前面申请的虚拟空间的信息设置到 Dreamweaver 对应的站点中，然后才能通过 Dreamweaver 内置的站点管理功能上传或下载站点文件。

Step 01 启动 Dreamweaver 后，选择"站点"＞"管理站点"菜单，打开"管理站点"对话框，如图 11-24 所示。

Step 02 在站点列表中选择一个站点（此处选择"SM"），然后单击"编辑"按钮，打开"***的站点定义为对话框"。

Step 03 打开"高级"选项卡，在"分类"列表中单击"远程信息"，然后在右侧的"访问"下拉列表中选择"FTP"，并依次设置下方各项，如图 11-25 所示。

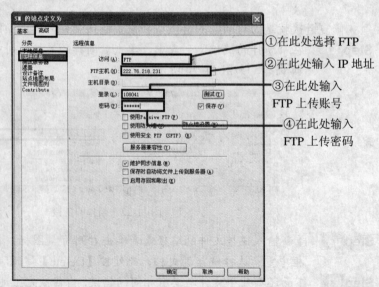

图 11-24 "管理站点"对话框　　　　图 11-25 设置站点远程信息

Step 04　为验证所设参数是否正确，可在设置好站点远程信息后单击"测试"按钮。如果成功连接，系统会给出相应的提示信息，如图 11-26 所示。

Step 05　依次单击"确定"按钮，关闭提示框和站点定义对话框，完成站点远程信息的设置。

图 11-26　测试连接

11.3.2　上传站点

与服务器成功连接后，如果要从本地站点向服务器中上传文件，可直接单击"文件"面板中的"上传文件"按钮 ，此时系统会首先打开图 11-27 右图所示的提示对话框，询问用户是否上传整个站点。如果单击"确定"按钮，系统将开始连接服务器并显示类似图 11-28 所示的对话框，显示上传进程。

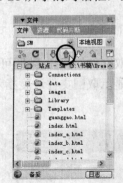

图 11-27　上传站点　　　　　　　　　　图 11-28　连接服务器

单击"本地视图"下拉列表，在下拉列表中选择"远程视图"，其中显示了远程服务器上的文件列表，如图 11-29 所示。

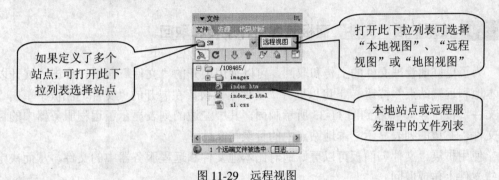

如果定义了多个站点，可打开此下拉列表选择站点

打开此下拉列表可选择"本地视图"、"远程视图"或"地图视图"

本地站点或远程服务器中的文件列表

图 11-29　远程视图

> 如果网站内容较多，上传网站会花费很长时间，此时应尽可能选择晚上等空闲时间执行上传工作。

此外，如果希望只上传某个文件或文件夹，可首先选中这些文件或文件夹，然后再单击"上传文件"按钮 ⬆。

当我们上传的是一个 HTML 文档，并且这个文档使用了一些图像素材，或者链接了其他文档，如果上传时没有选择这些素材或文档，Dreamweaver 将弹出图 11-30 所示的画面，询问用户是否将这些相关文件一起上传。如果选择"是"，表示随 HTML 文档一起上传这些相关文件；如果选择"否"，表示只上传 HTML 文档。如果不做任何选择，该对话框将在 30 秒后自动消除。

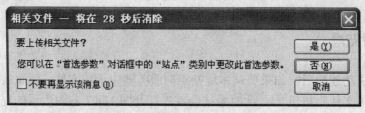

图 11-30 "相关文件"提示框

11.3.3 下载站点

要从远程服务器中取回文件，只需单击"文件"面板中的"获取文件"按钮 ⬇ 即可，此时将显示提示对话框，如图 11-31 所示。单击"确定"按钮，将显示取回文件进度指示对话框，如图 11-32 所示。下载完后该对话框会自动消失。

图 11-31 提示对话框

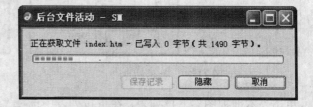

图 11-32 取回文件进度指示对话框

11.3.4 使用扩展"文件"面板管理文件上传和取回

为了更好地管理文件的上传和取回，可以使用展开的"文件"面板。单击"展开以显示本地和远端站点"按钮 ▦，可以展开"文件"面板。在展开的"文件"面板中单击"站点文件"按钮 ▤，将看到图 11-33 所示画面，其中左边的列表显示了远程服务器中的目录与文件，右边的列表显示了本地站点中的目录与文件。

使用扩展"文件"面板可以更好地对比本地文件和远程服务器中的文件，从而决定将哪些文件上传或取回。

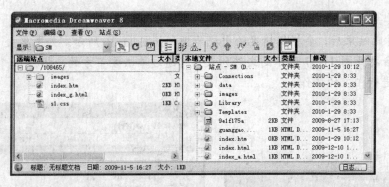

图11-33 展开的"文件"面板

温馨提示

成功上传或获取文件后，要记住单击"文件"面板中的"刷新"按钮 C 来刷新当前视图。

11.4 同步文件

所谓同步文件，就是使本地和远程站点中的文件保持一致。Dreamweaver 可以非常方便地完成该操作，它会根据需要在两个方向上拷贝文件，并在合理的情况下删除不需要的文件。同步文件的具体操作如下。

Step 01 打开"文件"面板，在站点下拉列表中选择希望进行同步操作的站点。

Step 02 在站点文件列表中选择希望进行同步的的文件或文件夹。如果要同步整个站点，可跳过此步。

Step 03 单击"文件"面板右上角的 按钮，在弹出的菜单中选择"站点">"同步"命令，如图11-34示。

Step 04 在"同步文件"对话框的"同步"下拉列表中选择希望同步的对象（整个站点或仅选中的文件），然后在"方向"下拉列表中选择同步的方向，如图 11-35 所示。

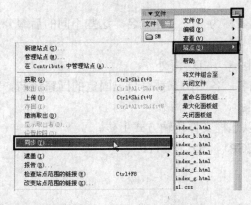

图11-34 选择"同步"命令

图11-35 选择同步对象和方向

Step 05 单击"预览"按钮，系统开始对比本地站点和远程站点中的文件。

Step 06 对比结束后，会根据情况给出提示框，如图 11-36 所示。如果单击"是"按钮，会打开图 11-37 所示的文件列表。可通过单击左下方的一排按钮，对所选文件进行相应的操作。

图 11-36 对比本地站点和远程站点

图 11-37 比较结果

本章小结

本章主要介绍了发布站点前需要做的准备工作和发布站点的具体操作。学完本章后，读者应了解或掌握以下知识。

➢ 了解申请空间和域名的过程，并能够自行申请免费和收费的空间和域名。

➢ 掌握兼容性测试的方法，并学会检查以及修复网页链接的方法。

➢ 会设置站点远程信息，并掌握上传和下载站点文件的方法。

➢ 发布站点前主要有三个问题需要解决，一是要申请好域名和虚拟主机，二是要对站点进行本地测试，三是要设置站点远程信息。

思考与练习

一、选择题

1. 以 com、net、gov、edu 为后缀的域名称为（　　）域名。这些不同的后缀分别代表了不同的机构性质。

　　A. 国外　　　　B. 国内　　　　C. 国际　　　　D. 海外

2. 以 cn 为后缀的域名称为（　　）域名，各个国家都有自己固定的国家域名。

　　A. 国外　　　　B. 国内　　　　C. 国际　　　　D. 海外

3. 上传网页通常使用（　　）协议，以远程文件传输方式上传。

　　A. HTTP　　　B. FTP　　　C. EGP　　　D. SMTP

二、填空题

1. 通过＿＿＿＿＿＿，可以查出文档中是否含有目标浏览器不支持的标签或属性等，如 EMBED 标签、marquee 标签等。

2．所谓_____，就是使本地和远程站点中的文件保持一致。Dreamweaver 可以非常方便地完成该操作，它会根据需要在两个方向上拷贝文件，并在合理的情况下删除不需要的文件。

三、操作题

在网上申请一个免费的虚拟空间和域名，并将自己的网站上传至该空间。

提示：

（1）打开搜索引擎网站"百度"，在搜索文本框中输入"免费空间申请"，然后单击"百度一下"按钮。

（2）在搜索结果中选择一个网站，然后根据 11.1 节的操作申请免费空间和域名。

第12章
综合实例——制作个人网站

本章内容提要

- 网站规划 248
- 网站制作 251

章前导读

　　实际工作中，很多用户对网页制作相关软件都操作得非常熟练，但真正要做网站的时候，却又不知该从何入手。针对这种情况，我们特意安排了这个制作个人网站的综合实例，让大家真正上手制作网站。本例的最终效果请参考本书附赠光盘"素材与实例/实例/personal"。

12.1　网站规划

　　动手制作网站之前，不仅要准备好相关的素材，还要对整个网站的主题、结构和风格有个大概的认识，做到心中有数。实在不行，可以在纸上勾出草图或将自己的想法一一列出。本节首先来介绍一下这方面的内容。

12.1.1　网站命名

　　一般情况下，公司网站直接以公司名作为网站名即可，个人网站可依自己爱好命名。网站名最好能反映出网站的性质，比如"39 健康网"，一看名字就知道是讲健康知识的。本章要制作的是一个个人网站，网站名为"心灵小站"。

12.1.2　划分栏目并确定网站结构

　　如果想要使建站的过程更顺利，就必须事先规划好网站的栏目和结构，这样在后面的制作中才能做到有章可循。

　　经过对网站内容的分析，我们将该网站划分为 6 个栏目：首页、心情日记、我的相册、网页素材、网页模板和我的博客。根据这些栏目，我们作出了图 12-1 所示的网站结构图。

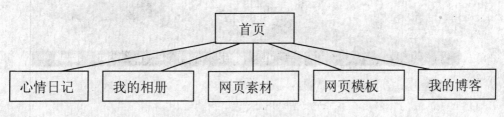

图 12-1　网站结构图

12.1.3　确定网站风格

一般情况下，对于公司网站来说，要根据公司的性质或标志来确定网站风格。个人网站就无所谓了，可以根据自己的喜好随意设置。本章要制作的个人网站选用了代表生命、活力、青春的绿色作为网站主色调；又以土黄色、红色、黄色以及蓝色作为点缀，不仅突出了重点，又能产生强烈的视觉效果。整个网站看起来特色鲜明，生机勃勃。图 12-2 和图 12-3 所示为网站首页和子页的页面效果图。

图 12-2　网站首页效果图

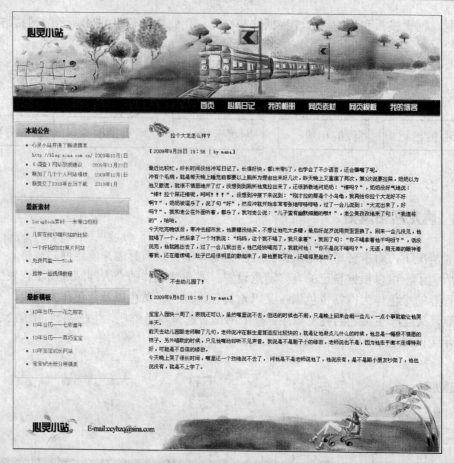

图 12-3　网站子页效果图

12.1.4　设置本地站点目录并定义站点

在编辑网页之前，首先要定义一个站点。站点的定义我们在前面已经讲了不止一次，一般都是用"基本"选项卡来定义，下面介绍使用"高级"选项卡定义站点的方法。

Step 01　首先在本地磁盘创建一个文件夹"personal"，并在该文件夹下创建一个新文件夹"images"，以存放站点中的图像文件。

> **温馨提示**　要获取本例中使用的图像，可以直接将本书附赠光盘"素材与实例\实例\personal"目录下的"images"文件夹拷贝至站点根目录下。

Step 02　启动 Dreamweaver 8，选择"站点" > "新建站点"菜单，在打开的"未命名站点 1 的站点定义为"对话框中选择"高级"选项卡。

Step 03　在"站点名称"文本框中输入"personal"；单击"本地根文件夹"文本框后的文件夹图标🗀，在打开的对话框中选择前面创建的文件夹"personal"；采取同样的方法，设置"默认图像文件夹"为"images"，如图 12-4 所示。

Step 04 单击"确定"按钮,完成站点定义,可以看到"文件"面板中显示了刚定义的站点,如图 12-5 所示。

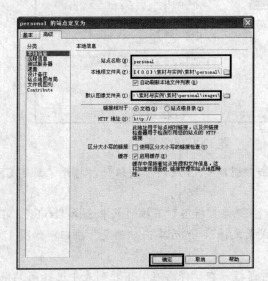

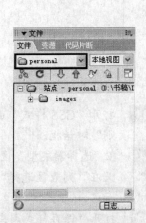

图 12-4 定义站点   图 12-5 "文件"面板中显示的站点

12.2 网站制作

安排本例的主要目的是使大家对网站的制作过程有一个全面的了解,能将前面所学知识顺利地应用到实战中。

本例中网站首页的结构与其他页面不一样,所以需要单独制作一个首页,然后制作模板,并利用模板制作网站子页。

12.2.1 制作网站首页

为便于大家理解,我们将网站首页的制作分为定义 CSS 样式、制作网页上部、制作网页中部和制作网页下部 4 部分来讲。

1. 定义 CSS 样式

在实际的网页制作中,一般都是先定义"body"标签样式,然后制作网站内容,最后再定义其他样式,此处为保持知识点的连贯性,将所有样式的定义都放在本节来讲。

Step 01 接 12.1.4 节操作,在"文件"面板中新建一个网页文档,命名为"index.html",如图 12-6 所示。

Step 02 在文档编辑窗口中打开"index.html"文档,单击"属性"面板中的"页面属性"按钮,打开"页面属性"对话框,在"分类"列表中选择"标题/编码",设置标题为"心灵小站网站主页",然后单击"确定"按钮,如图 12-7 所示。

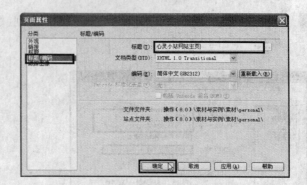

图 12-6 新建网页   图 12-7 设置网站标题

Step 03 打开"CSS 样式"面板，单击"新建 CSS 规则"按钮 ，打开"新建 CSS 规则"对话框。

Step 04 在"选择器类型"区选择"标签"，在"标签"下拉列表中选择"body"，在"定义在"列表区选择"新建样式表文件"，然后单击"确定"按钮，如图 12-8 所示。

Step 05 打开"保存样式表文件为"对话框，在"保存在"下拉列表中选择网站根文件夹"personal"，在"文件名"文本框中输入"s1"，然后单击"保存"按钮，如图 12-9 所示。

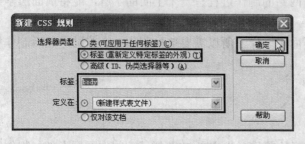

图 12-8 设置"新建 CSS 规则"对话框   图 12-9 保存样式表文件

Step 06 打开"body 的 CSS 规则定义"对话框，设置"大小"为"12 像素"，"行高"为"20 像素"，如图 12-10 所示。

Step 07 在"分类"列表中选择"方框"，然后在右侧的"边界"区域"上"编辑框中输入"0"，则下方的所有值都变为"0"，单击"确定"按钮完成"body"标签样式定义，如图 12-11 所示。

Step 08 再次打开"新建 CSS 规则"对话框，在"选择器类型"区选择"类"，在"名称"编辑框中输入"line"，在"定义在"列表区选择"s1.css"，然后单击"确定"按钮，如图 12-12 所示。

Step 09 打开".line 的 CSS 规则定义"对话框，在"分类"列表中选择"边框"，然后在"样式"区"上"下拉列表中选择"实线"，在"宽度"区域"上"编辑框中输入"1",在"颜色"区"上"编辑框中设置颜色为浅灰色"#E1E1E1",单击"确定"按钮完成".line"类样式定义,如图 12-13 所示。

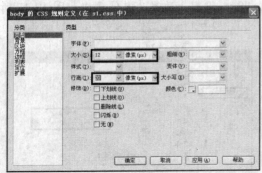

图 12-10 设置文本大小和行高

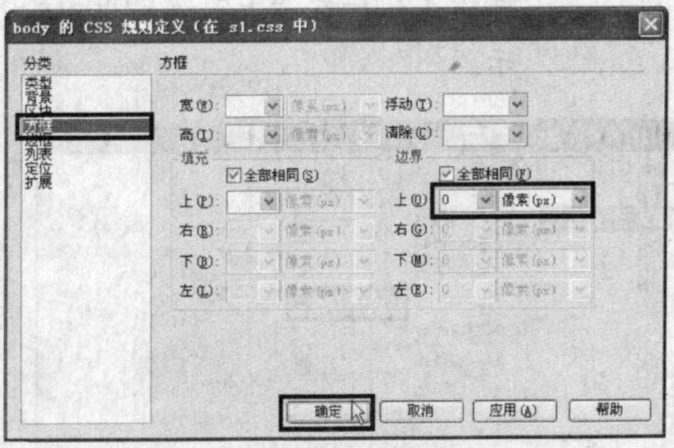

图 12-11 设置边界值

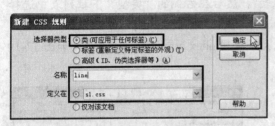

图 12-12 设置"新建 CSS 规则"对话框

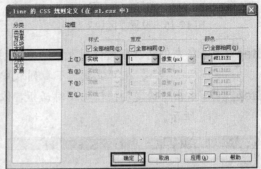

图 12-13 设置"边框"属性

Step 10 再次打开"新建 CSS 规则"对话框。在"选择器类型"区选择"类",在"名称"编辑框中输入"list",在"定义在"列表区选择"s1.css",然后单击"确定"按钮,如图 12-14 所示。

Step 11 打开".list 的 CSS 规则定义"对话框,设置"大小"为"12 像素","行高"为"22 像素","颜色"为深灰色"#666666",如图 12-15 所示。

图 12-14 设置"新建 CSS 规则"对话框

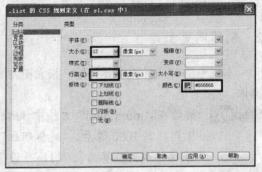

图 12-15 设置"类型"属性

Step 12 在左侧的"分类"列表中选择"区块",然后在右侧的"文本对齐"下拉列表中选择"左对齐",如图 12-16 所示。

Step 13 在左侧的"分类"列表中选择"方框",取消选择"边界"区的"全部相同"复选框,然后在"上"编辑框中输入"8",设置上边界为 8 像素,如图 12-17 所示。

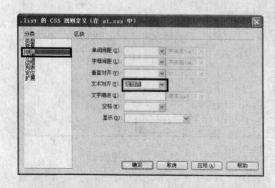
图 12-16 设置"区块"属性

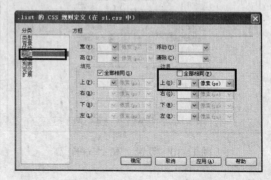
图 12-17 设置"方框"属性

Step 14 在左侧的"分类"列表中选择"列表",然后在右侧的"类型"下拉列表中选择"圆点",在"位置"下拉列表中选择"外",如图 12-18 所示。

Step 15 单击"确定"按钮关闭对话框,依次保存"index.html"和"s1.css",如图 12-19 所示。

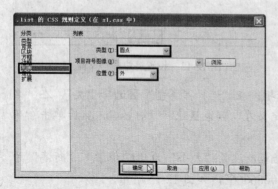
图 12-18 设置"列表"样式

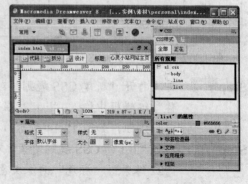
图 12-19 保存网页和样式文档

2. 制作网页上部

本例中的首页上部主要包括一张大图片和导航条,制作起来比较简单。下面来看具体操作。

Step 01 继续在"index.html"文档中操作。将插入点置于文档编辑窗口,插入一个 1 行 1 列,宽 1000 像素,"边框粗细"、"单元格边距"和"单元格间距"均为 0 的表格。我们称其为表格 1,并设置对齐方式为"居中对齐",如图 12-20 所示。

Step 02 将插入点置于表格 1 中,单击"常用"插入栏中的"图像"按钮,插入本地站点"images"文件夹中的图像"index_01.gif"。

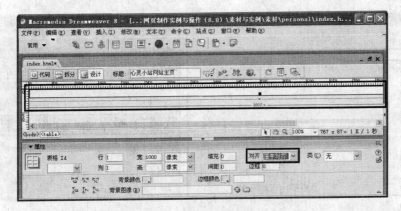

图 12-20 插入表格 1 并设置居中对齐

Step 03 将插入点置于表格 1 下方,插入一个 1 行 2 列,宽 1000 像素,"边框粗细"、"单元格边距"和"单元格间距"均为 0 的表格,我们称其为表格 2,并设置对齐方式为"居中对齐",如图 12-21 所示。

图 12-21 插入表格 2 并设置居中对齐

Step 04 保持表格 2 的选中状态,单击"属性"面板上"背景图像"文本框后的"浏览文件"按钮,在打开的"选择图像源文件"对话框中选择"images"文件夹中的图像文件"index_03.gif",然后单击"确定"按钮,如图 12-22 所示。

Step 05 将插入点置于表格 2 第 2 个单元格中,插入图像"index_05.gif",并设置为"右对齐",效果如图 12-23 所示。

3. 制作网页中部

本例中的网页中部主要是一些栏目精华,是由 2 个大表格中嵌套多个小表格组成的,下面来看具体操作。

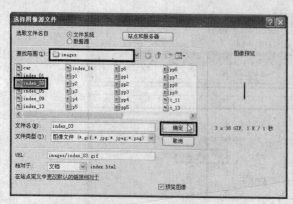

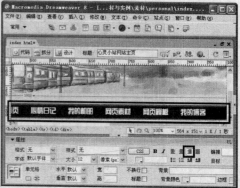

图 12-22　设置表格背景图像　　　　　　　　图 12-23　插入图像

Step 01　继续在"index.html"文档中操作。将插入点置于表格 2 下方，插入一个 1 行 1
列，宽 1000 像素，"边框粗细"、"单元格边距"和"单元格间距"均为 0 的表
格，我们称其为表格 3，并设置对齐方式为"居中对齐"。

Step 02　将插入点置于表格 3 中，设置其高为 5 像素，然后单击"文档工具栏"中的"拆
分"按钮，在文档窗口上方显示代码，将表格 3 对应单元格中的空格符号
" "删除，以使表格按照指定的高度显示，如图 12-24 所示。

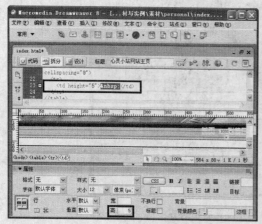

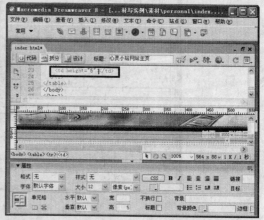

图 12-24　删除空格符号

　　　　此处的表格 3 只是起到一个隔离的作用，目的是使导航条和下方的内
容之间有一定的间距。

Step 03　回到"设计"视图，将插入点置于表格 3 下方，插入一个 1 行 2 列，宽 1000
像素，"边框粗细"、"单元格边距"和"单元格间距"均为 0 的表格，我们称
其为表格 4，并设置对齐方式为"居中对齐"。

Step 04　设置表格 4 左侧单元格宽 720 像素，然后在其中插入一个 4 行 6 列，宽 716 像
素，"边框粗细"、"单元格边距"和"单元格间距"均为 0 的表格，我们称其
为表格 4-1，并设置对齐方式为"右对齐"，如图 12-25 所示。

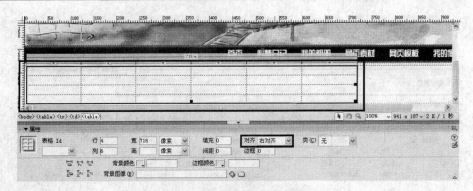

图 12-25　嵌套表格并设置对齐方式

Step 05　将表格 4-1 第 1 行的 6 个单元格合并，然后设置合并后的单元格高为 2 像素，并将其中的空格符号" "删除，如图 12-26 所示。

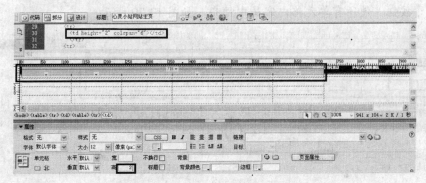

图 12-26　合并单元格并设置其高

Step 06　将表格 4-1 第 2 行的 6 个单元格合并，然后在合并后的单元格中嵌套一个 1 行 2 列，宽 712 像素，"边框粗细"、"单元格边距"和"单元格间距"均为 0 的表格，我们称其为表格 4-1-1，并设置对齐方式为"居中对齐"，如图 12-27 所示。

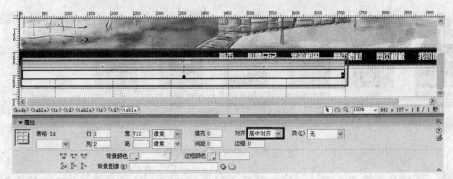

图 12-27　嵌套表格 4-1-1

Step 07　选中表格 4-1-1，设置其背景图像为 index_09.gif，然后将插入点置于左侧单元格中，设置其宽为 20 像素，并在右侧单元格中插入图像 t_11.gif，如图 12-28 所示。

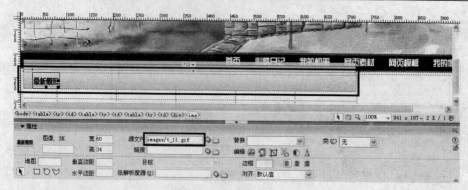

图 12-28　设置表格 4-1-1 属性

Step 08 拖动鼠标选中表格 4-1 第 3 行和第 4 行的所有单元格，在"属性"面板上"宽"文本框中输入"119"，设置所有单元格宽为 119 像素，然后单击"居中对齐"按钮，使所有单元格内容居中对齐，如图 12-29 所示。

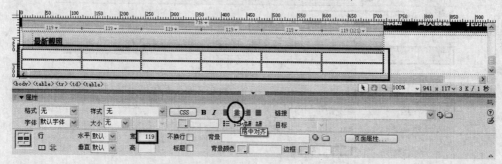

图 12-29　设置单元格属性

Step 09 在表格 4-1 第 3 行的 6 个单元格中分别插入图像 p1.jpg、p2.jpg、p3.jpg、p4.jpg、p5.jpg 和 p6.jpg，然后在第 4 行的 6 个单元格中分别输入文本，如图 12-30 所示。

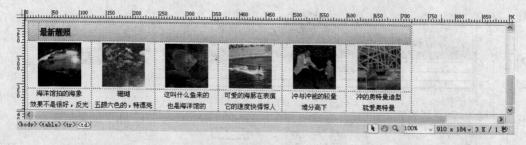

图 12-30　设置单元格内容

Step 10 将插入点置于表格 4-1 第 3 行第 1 列单元格中，设置其高为"110 像素"。分别选择表格 4-1 第 3 行单元格中的图片，然后在"属性"面板的"类"下拉列表中选择前面定义的样式"line"，如图 12-31 所示。

可采用同样的方法选择表格 4-1，并对其应用样式"line"。

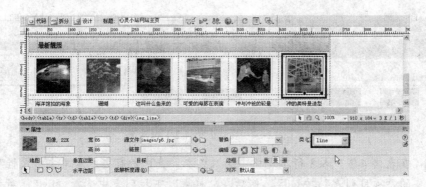

图 12-31　设置单元格高并对图像应用样式

Step 11 将插入点置于表格 4 右侧单元格中，在"属性"面板的"垂直"下拉列表中选择"顶端"，然后在其中插入一个 3 行 1 列，宽 274 像素，"边框粗细"、"单元格边距"和"单元格间距"均为 0 的表格，我们称其为为表格 4-2，并设置对齐方式为"居中对齐"，并应用样式"line"，如图 12-32 所示。

图 12-32　嵌套表格 4-2 并设置属性

Step 12 设置表格 4-2 第 1 行单元格高为 2 像素，并删除其中的空格符号 " "。

Step 13 在表格 4-2 第 2 行单元格中嵌套一个 1 行 2 列，宽 270 像素，"边框粗细"、"单元格边距"和"单元格间距"均为 0 的表格，我们称其为表格 4-2-1，并设置对齐方式为"居中对齐"，如图 12-33 所示。

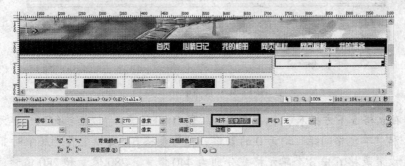

图 12-33　嵌套表格并设置属性

Step 14 设置表格 4-2-1 背景图像为 index_09.gif，左侧单元格宽 20 像素，然后在右侧单元格中插入图像 t_13.gif，如图 12-34 所示。

图 12-34　设置表格 4-2-1 属性

Step 15　在表格 4-2-1 第 3 行单元格中输入文本，选中所有文本后单击"属性"面板上的"项目列表"按钮，然后在"样式"下拉列表中选择"list"，对文本应用"list"样式，如图 12-35 所示。

图 12-35　输入文本并对其应用样式

Step 16　在表格 4 下方插入一个 1 行 1 列，宽 1000 像素，"边框粗细"、"单元格边距"和"单元格间距"均为 0 的表格，称为表格 5，并设置其"居中对齐"。

Step 17　设置表格 5 高为 10 像素，并删除其中的空格符号" "，如图 12-36 所示。

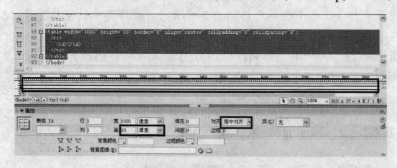

图 12-36　设置表格 5 高

Step 18　在表格 5 下方插入一个 1 行 3 列，宽 1000 像素，"边框粗细"、"单元格边距"和"单元格间距"均为 0 的表格，称为表格 6，并设置其"居中对齐"。

Step 19　设置表格 6 中 3 个单元格宽分别为 440 像素、280 像素和 280 像素，然后参照"本站公告"栏目的制作方法制作"最新日记"、"最新素材"和"最新模板"3 个模块，结果如图 12-37 所示。

图 12-37　制作其他模块

4. 制作网页下部

相对网页上部和中部来说，网页下部的制作相当简单。下面来看具体操作。

Step 01 继续在 "index.html" 文档中操作。将插入点置于表格 6 下方，插入一个 1 行 2 列，宽 1000 像素，"边框粗细"、"单元格边距" 和 "单元格间距" 均为 0 的表格，称为表格 7，并设置其 "居中对齐"。

Step 02 将插入点置于表格 7 左侧单元格中，在 "属性" 面板的 "垂直" 下拉列表中选择 "底部"，然后插入图像 "index_14.gif"，如图 12-38 所示。

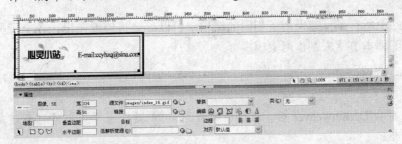

图 12-38　设置单元格属性并插入图像

Step 03 将插入点置于表格 6 右侧单元格中，插入图像 "index_13.gif"，此时网站首页便制作完成了，如图 12-39 所示。

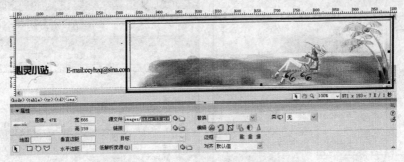

图 12-39　在表格 6 右侧单元格中插入图像

Step 04 按【Ctrl+S】组合键保存网页，然后按【F12】键预览网页，效果如图 12-40 所示。

图 12-40　预览网页

12.2.2　制作网页模板

本例网站中所有子页都采用了相同的结构，所以只要将模板做出，各个子页的制作就是小菜一碟了，本节就来制作网页模板。

1. 制作网页上部

Step 01　启动 Dreamweaver 后，选择"文件">"新建"菜单，打开"新建文档"对话框。

Step 02　在"类别"列表中选择"模板页"，在右侧的"模板页"列表中选择"HTML 模板"，单击"创建"按钮创建模板页，如图 12-41 所示。

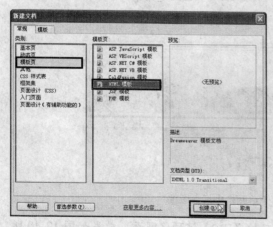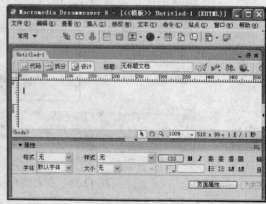

图 12-41　创建模板页

Step 03 按【Ctrl+S】组合键，打开"另存为模板"对话框，在"另存为"文本框中输入"t1"作为模板文档名，然后单击"保存"按钮保存文档，如图 12-42 所示。

Step 04 打开"CSS 样式"面板，单击面板下方的"附加样式表"按钮 ，打开"链接外部样式表"对话框，单击"浏览"按钮，设置"文件/URL"为上节创建的样式文件"s1.css"，然后单击"确定"按钮，如图 12-43 所示。

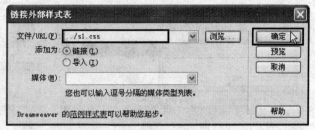

图 12-42 "另存为模板"对话框   图 12-43 "链接外部样式表"对话框

Step 05 参照 12.2.1 节制作网页上部的方法制作模板文档的上部，如图 12-44 所示。

图 12-44 制作网页上部

2. 制作网页中、下部

Step 01 继续在"t1"模板中操作。将插入点置于表格 2 下方，按【Shift+Enter】组合键换行，然后插入一个 1 行 2 列，宽 1000 像素，"边框粗细"、"单元格边距"和"单元格间距"均为 0 的表格，我们称其为表格 3，并设置为"居中对齐"。

Step 02 将插入点置于表格 3 左侧单元格中，在"属性"面板的"垂直"下拉列表中选择"顶端"，在"宽"文本框中输入"280"，然后单击"居中对齐"按钮 ，如图 12-45 所示。

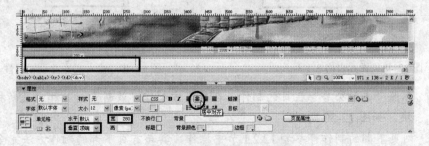

图 12-45 插入表格并设置属性

Step 03 在表格 3 中左侧单元格中插入一个 3 行 1 列，宽 274 像素，"边框粗细"、"单元格边距"和"单元格间距"均为 0 的表格，我们称其为表格 3-1，并对其应用样式 "line"，如图 12-46 所示。

Step 04 将插入点置于表格 3-1 的第 1 行单元格中，设置其高为 2 像素，并删除其中的空格符号 " "，如图 12-47 所示。

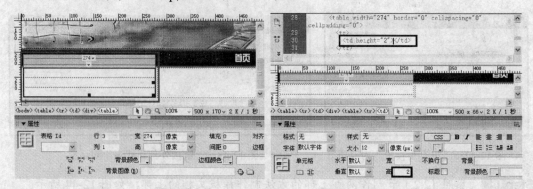

图 12-46　插入表格 3-1　　　　　　　　图 12-47　设置单元格属性

Step 05 将插入点置于表格 3-1 的第 2 行单元格中，在其中嵌套一个 1 行 2 列，宽 270 像素，"边框粗细"、"单元格边距"和"单元格间距"均为 0 的表格，我们称其为表格 3-1-1。

Step 06 设置表格 3-1-1 对齐方式为"居中对齐"，背景图像为"index_09.gif"，左侧单元格宽 20 像素，然后在右侧单元格中插入图像"t_13.gif"，如图 12-48 所示。

Step 07 在表格 3-1-1 的第 3 行单元格中输入文本，选中所有文本后单击"属性"面板上的"项目列表"按钮，然后在"样式"下拉列表中选择"list"，对其应用该样式，如图 12-49 所示。

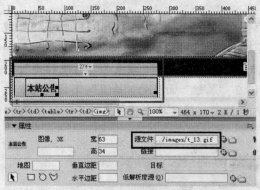

图 12-48　设置表格 3-1-1　　　　　　　　图 12-49　输入文本并设置属性

Step 08 参照"本站公告"栏目的制作，在其下方制作"最新素材"和"最新模板"板块，如图 12-50 所示。

Step 09 网页下部的制作可参考 12.2.1 节中操作，其与首页下部的制作方法完全相同。

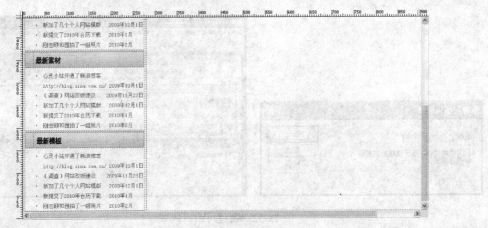

图 12-50 制作其他板块

3. 创建可编辑区域

可编辑区域是网页模板中必不可少的元素，下面就来创建可编辑区域。

Step 01 将插入点置于表格 3 右侧单元格中，在"属性"面板的"垂直"下拉列表中选择"顶端"，然后单击"标签选择器"中的"<td>"标签选中单元格，如图 12-51 所示。

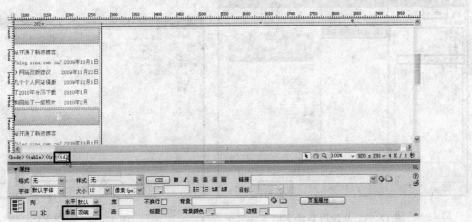

图 12-51 选择单元格

Step 02 选择"插入">"模板对象">"可编辑区域"菜单，打开"新建可编辑区域"对话框，直接单击"确定"按钮创建可编辑区域，如图 12-52 所示。

Step 03 此时模板文档便制作完成了，按【Ctrl+S】组合键保存文档。

12.2.3 制作网站子页

有了模板，网站子页的制作就相当简单了，下面来看具体操作。

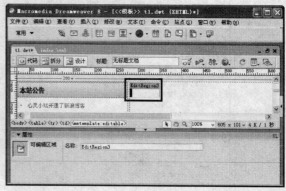

图 12-52 新建可编辑区域

Step 01 启动 Dreamweaver 后，选择"文件" > "新建"菜单，打开"新建文档"对话框，切换至"模板"选项卡。

Step 02 在"模板用于"列表中选择"站点'personal'"，在随后出现的"站点'personal'"列表中选择上节制作的模板"t1.dwt"，然后单击"创建"按钮，如图 12-53 所示。

Step 03 创建文档后，按【Ctrl+S】组合键保存文档为"sub1.html"，如图 12-54 所示。

图 12-53 从模板新建文档   图 12-54 保存文档

Step 04 将插入点置于可编辑区域中，插入图像"car.gif"，然后打开网站根文件夹下的"diary1.txt"，按【Ctrl+A】组合键选择所有文本，如图 12-55 所示。

Step 05 按【Ctrl+C】组合键复制所选文本，然后单击文档标签栏中的"sub1.html"，切换至该文档，将插入点置于图片右侧，按【Ctrl+V】组合键粘贴文本，如图 12-56 所示。

Step 06 按【Enter】键，然后再次插入图像"car.gif"，并按照同样的方法，将"diary2.txt"中的内容拷贝至图像下方，接着按【Ctrl+A】组合键选择可编辑区域中所有内容，并单击"属性"面板上的"文本缩进"按钮 ≝，使文本两侧有一定的空隙。

Step 07 至此网站子页"sub1.html"便制作完成了，按【Ctrl+S】组合键保存文档。

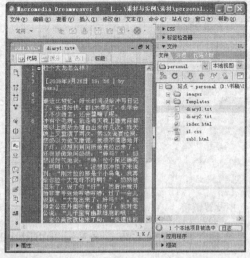

图 12-55　选择文本　　　　　　　　　　图 12-56　粘贴文本

经验之谈　　可按照该子页的制作方法制作网站中其他子页。

12.2.4　设置超级链接

只有设置了超链接，各个网页才能组成一个完整的网站，下面就来为网页设置超链接。

Step 01　在 Dreamweaver 中打开网站首页，选中导航条所在图片，然后单击"属性"面板上的"矩形热点工具" □ ，如图 12-57 所示。

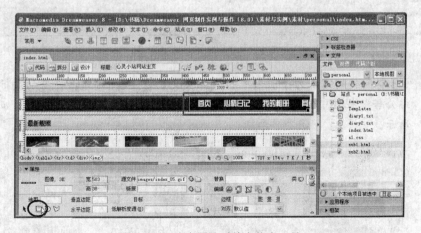

图 12-57　选中图片后单击热点工具

Step 02　在文字"首页"所在区域单击鼠标并拖动，绘制矩形热点，然后单击"属性"面板上"链接"文本框后的"指向文件"按钮 ⊕ ，并向右拖动至"文件"面板中的"index.html"上，如图 12-58 所示。

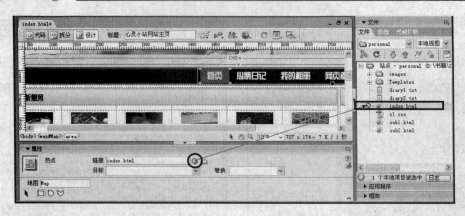

图 12-58　绘制热点并设置链接

Step 03　继续在文字"心情日记"所在区域单击鼠标并拖动，然后为其设置到"sub1.html"的链接，如图 12-59 所示。

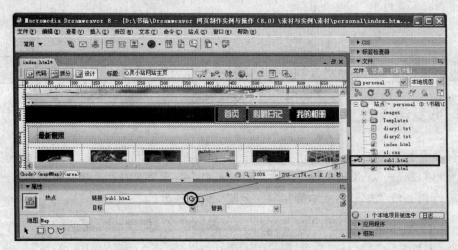

图 12-59　绘制热点并设置链接

Step 04　可采取同样的方法为导航条中的其他项设置链接，之后单击并拖动鼠标选中"本站公告"栏目中的第 1 项，然后在"属性"面板上为其设置链接，如图 12-60 所示。

图 12-60　为文本设置链接

Step 05　为其他文本设置链接，之后单击网页最下方右侧的图片，在电子邮件所在区域绘制矩形热点，为其设置电子邮件链接，如图 12-61 所示。

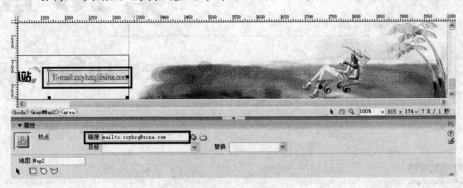

图 12-61　设置电子邮件链接

Step 06　可采取同样的方法为模板文档和其他网页设置链接，此处不再赘述。

本章小结

通过本章的学习，读者应该明白以下几点：

➢　在制作网站前，首先要做好规划，定义站点并准备好相关素材。

➢　在制作网站时，可先制作首页，然后制作其他子页。

➢　可利用模板和 CSS 样式表来统一网站风格，并达到事半功倍的效果。

➢　在设置超链接时，目标网页一定要设置正确。

思考与练习

操作题

参照"sub1.html"网页的制作，制作"personal"网站中的其他子页。

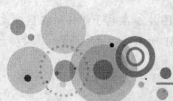

第13章
Dreamweaver 功能扩展

本章内容提要

- 应用第三方插件..270
- 网页制作技巧..273
- 常见网页特效..276
- 网页制作常见问题..284

章前导读

前面章节主要介绍了 Dreamweaver 基本功能的应用，但是要制作出精彩的网页，光掌握这些基本功能是远远不够的。为使制作的网页更漂亮，制作效率更高，本章我们就来学习第三方插件的应用、网页制作技巧、常见网页特效以及网页制作中常见问题等知识。

13.1　应用第三方插件

应用第三方插件是 Dreamweaver 的一大特色，大家可以理解为一个插件就是 Dreamweaver 的一个新功能。例如，通过安装 page transitions 插件，我们可以为网页设置页面转换效果，当浏览者进入或离开页面时会产生溶解、渐隐、渐现等特殊效果，从而使页面富于变化，给人留下深刻印象。因此，通过下载和安装插件，可以不断扩展 Dreamweaver 功能，这样有助于节省设计时间，提高工作效率。

13.1.1　下载第三方插件

互联网上有很多网站都提供 Dreamweaver 第三方插件的下载，这些插件有的是个人开发的免费版本，有的是团队开发的商业版本，大家可以通过选择 Dreamweaver "命令"菜单中的"获取更多命令"菜单项，打开 Adobe 公司的插件下载网页来下载一些比较常用的第三方插件。另外，本书附赠光盘附带了一些常用插件，大家可以在光盘的"素材与实例\素材\插件"目录下找到这些插件。

13.1.2 安装第三方插件

第三方插件都有统一的格式，可以使用专门的扩展管理器"Extension Manager"方便地安装或卸载插件。

Step 01 如果未启动 Dreamweaver，可以单击"开始"按钮，选择"所有程序" > "Macromedia" > "Macromedia Extension Manager"，启动扩展管理器。

如果已启动 Dreamweaver，则可在其中选择"命令" > "扩展管理"菜单来启动扩展管理器，如图 13-1 所示为扩展管理器窗口。

Step 02 在扩展管理器窗口中单击"安装新扩展"按钮，打开"选取要安装的扩展"对话框，找到插件所在文件夹，选择要安装的插件，然后单击"安装"按钮，如图 13-2 所示。

图 13-1　扩展管理器窗口　　　　　图 13-2　选择要安装的插件

Step 03 在弹出的"Macromedia 扩展管理器"对话框中单击"接受"按钮，准备安装插件，如图 13-3 左图所示。

Step 04 插件安装成功后，将给出一个安装成功提示对话框，如图 13-3 右图所示，单击"确定"按钮，安装的插件将出现在插扩展管理器窗口中，如图 13-4 所示。

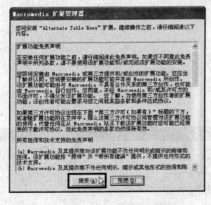

图 13-3　安装插件

经验之谈

有些插件需要在安装后重新启动 Dreamweaver 8 才能生效，具体情况可参见安装插件时的提示信息。

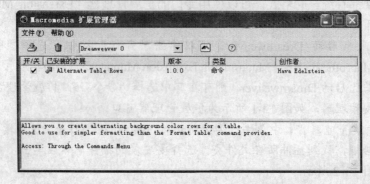

图 13-4　成功安装插件后的扩展管理器窗口

13.1.3　应用第三方插件

Dreamweaver 中的插件分为多种，如果按作用划分，可分为链接类插件、导航类插件、窗口类插件、层类插件等。如果按性质划分，可分为 HTML 代码插件、JavaScript 命令插件，以及新的行为、属性检查器和浮动面板等。

安装插件后，根据性质的不同，插件命令被分别放在不同的菜单或面板中。例如，如果插件为 HTML 代码，这些插件可能被添加到"插入"栏和"插入"菜单；如果插件为 JavaScript 命令，则这些插件将被添加到"命令"菜单中。

下面以上节安装的插件为例，简单说明插件的使用方法。

Step 01　在 Dreamweaver 中新建文档，并在其中插入一个 6 行 3 列、宽为 300 像素的表格。选中表格，设置填充为 3，间距为 1，如图 13-5 所示。

Step 02　选择"命令" > "Alternate Table Rows"菜单，打开"JavaScript Stuff"对话框，分别在两个文本框中输入"#FF9900"（橙色）和"#FFFF00"（黄色），如图 13-6 所示。

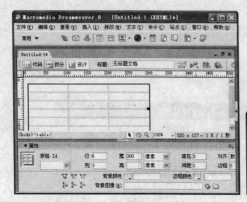

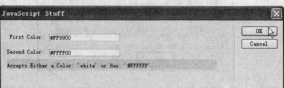

图 13-5　插入表格并设置属性　　　　图 13-6　设置"JavaScript Stuff"对话框

可以在文本框中输入英文或颜色代码来表示颜色，这两种形式该插件都支持。

温馨提示

Step 03 单击 "OK" 按钮，得到的表格效果如图 13-7 所示。

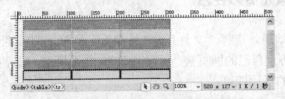

图 13-7 对表格应用插件后的效果

对网页应用插件后，如果需要取消插件的作用，有两种方法，一种是直接修改网页代码，一种是再次执行插件，并修改其中的参数。例如，就本例而言，可以在选中表格后重新执行 "命令" 菜单中的 "Alternate Table Rows" 命令，在打开的对话框中设置两种颜色均为白色，然后单击 OK 按钮。

知识库

最好直接修改代码，因为后者会增加网页中垃圾代码的量。

13.1.4 管理插件

插件的管理主要包括删除插件、打开或关闭插件等。要管理插件，仍需借助扩展管理器，相关操作如下（参见图 13-8）。

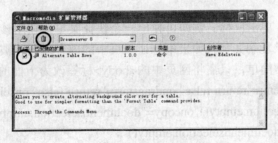

图 13-8 管理插件

要删除插件，可首先在插件列表中选中插件，然后单击 "移除扩展" 按钮 🗑 ；要打开或关闭插件，可以选择或取消插件列表区插件名称左侧的复选框。

关闭和移除插件后，与插件相关的插件菜单项将消失。不过，要使该操作生效，经常需要重新启动 Dreamweaver 8。

13.2 网页制作技巧

在浏览网页时，经常会看到一些网页中有诸如禁止右键、禁止另存为、表格背景随鼠标变化等小技巧，有些读者可能会想："这些小技巧是如何实现的呢？"，本节我们就来解决这些问题。

13.2.1 让你的网页无法另存为

经常上网的人都知道，选择"文件">"另存为"菜单，即可将自己喜欢的网页保存在本机上，那么如何防止自己的网页被"另存为"呢。非常简单，只需在代码视图中<body>标签的前面插入下面的代码即可：

```
<noscript><iframe src=*></iframe></noscript>
```

图 13-9 所示为在网页中插入以上代码后的"代码"视图，如果浏览者在浏览网页时试图保存插有该代码的网页，会弹出如图 13-10 所示的提示框。

图 13-9 插入代码

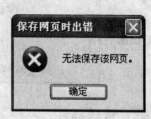

图 13-10 提示框

13.2.2 隐藏右键快捷菜单

在一般的网页上，单击鼠标右键即可弹出一个快捷菜单，使用该菜单可以另存网页中的图片或背景，还可以复制文字。如果不想让网页中的内容或图片被别人利用，可以隐藏该快捷菜单。方法非常简单，只需将网页中的<body>标签改为下面的形式即可。

```
<body oncontextmenu="return false" ondragstart="return false" onselectstart ="return false"
onselect="document.selection.empty()"oncopy="document.selection.empty()"onbeforecopy="ret
urn false"onmouseup="document.selection.empty()">
```

图 13-11 所示为改变<body>标签后的代码视图。

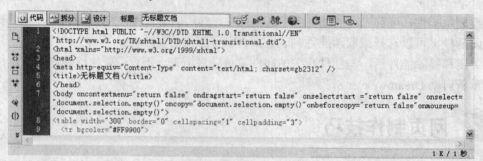

图 13-11 改变<body>标签

13.2.3　跑马灯效果

在很多网页上都可以看到文字自下向上或自左向右滚动的效果，这就是所谓的跑马灯效果，那么如何实现这种效果呢？为你的文字加上下面所示的"<marquee>"标签即可。

<marquee　direction=up　height=146　onmouseout=start()　onmouseover=stop()　scrollAmount=4> </marquee>

以上代码表示文字可以自下向上滚动，如果要使其自上向下滚动，可将"direction"值设为"download"；如果要使文字左右滚动，可将"direction"值设为"left"或"right"，相应地要把"height"改为"width"，如图 13-12 所示为在网页中应用"marquee"标签后的代码效果。

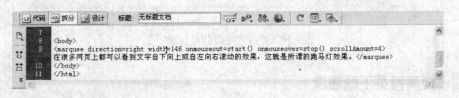

图 13-12　应用"<marquee>"标签

13.2.4　滚动条的显隐

在有些网站中，为使画面美观，经常需要隐藏滚动条，实现这种效果的方法非常简单，只需在<body>标签中加入"scroll="no""即可，如下代码所示。

<body scroll="no">

在包含嵌入式框架的网页中，如果在被包含的网页中加入该代码，将使网页效果得到很大改善，如图 13-13 显示了一个包含嵌入式框架的网页在不加"scroll="no""与加上"scroll="no""后的网页效果对比。

图 13-13   网页效果对比

13.2.5   提高网页下载速度

下载速度对于网页来说至关重要，试想，如果一个网页半天打不开，浏览者恐怕早已跑到别的网站上去了。所以下面我们讲一下提高网页下载速度的方法。

1. 优化表格提速

表格的使用增加了显示页面的时间，因为浏览器需要在填充表格内容之前完全理解表格的结构，在大部分表格内容下载完之前，浏览器什么也不能渲染。表格越大，需要处理的信息也就越大。一般来说，大量小表格渲染起来比一个有很多行的大表格要快。

因此，假使你的网页中需要用到一个八行的大表格，那么你可以把它分成四个各有二行的小表格，以加快网页下载速度。

2. 利用缓存提速

缺省情况下，浏览器在内存或硬盘上设置缓存来存储最近用到的图像。也就是说，对于那些在网站中重复出现的图像，比如网站标志、页首或导航条，如果浏览器辨别出是相同的文件名，它会直接从缓存中读取，而不再从网上下载，这就大大地节省了下载时间。

针对这种情况，在设计网页时应该充分考虑浏览器的缓存。例如，如果网站有大量相似的图形，应把它进行分割，使其中不变的部分能从缓存中立刻读出来。虽然在每页还要调用一些新图，但由于这些图很小，因此可以很快下载。

13.3   常见网页特效

本节收集了一些常见网页特效，在本书附赠光盘"素材与实例\素材\特效"中可以找到这些代码。

13.3.1　脚本语言简介

脚本语言是基于对象的编程语言，网页中常用的有 VBScript、JScript 和 JavaScript，主要用来制作一些特殊效果，以弥补 HTML 的不足。现在有很多网站都提供网页特效的下载，这些网页特效便是用脚本语言实现的，其形式如图 13-14 所示。

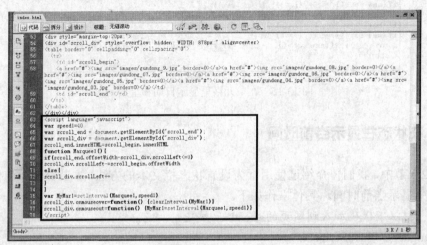

图 13-14　脚本语言形式

VBScript 和 JScript 是微软的产品，IE 都支持。JavaScript 是 Netscape 的产品，不仅适用于 Netscape，同时和 IE 也有很好的兼容性，可以说是一种通用的脚本语言。本书中用到的脚本语言主要以 JavaScript 为主。

13.3.2　显示日期和星期

很多网站的首页都会显示欢迎信息或时间、日期等，使用脚本语言可以轻松实现该功能。把以下代码加入代码窗口的某区域中（可以放在单元格里），则在预览网页时该区域中将显示日期和星期。

```
<script language="javascript">
var week;
if(new Date().getDay()==0)          week="星期日"
if(new Date().getDay()==1)          week="星期一"
if(new Date().getDay()==2)          week="星期二"
if(new Date().getDay()==3)          week="星期三"
if(new Date().getDay()==4)          week="星期四"
if(new Date().getDay()==5)          week="星期五"
if(new Date().getDay()==6)          week="星期六"
document.write((new Date().getMonth()+1)+"月"+new Date().getDate()+"日 "+week);
</script>
```

可以根据自己的喜好更改星期的形式，比如把"星期日、星期一"改成"周日、周一"等。图 13-15 所示为将该代码加在单元格里的形式。

```
<td><script language="javascript">
var week;
if(new Date().getDay()==0)          week="星期日"
if(new Date().getDay()==1)          week="星期一"
if(new Date().getDay()==2)          week="星期二"
if(new Date().getDay()==3)          week="星期三"
if(new Date().getDay()==4)          week="星期四"
if(new Date().getDay()==5)          week="星期五"
if(new Date().getDay()==6)          week="星期六"
document.write((new Date().getMonth()+1)+"月"+new Date().getDate()+"日 "+week);
</script>
</td>
```

图 13-15　在单元格里显示日期和星期

13.3.3　在状态栏显示当前时间

在 6.2.3 节中，我们曾介绍过使用行为设置状态栏文本的方法，本节介绍如何使用脚本在状态栏中显示当前时间，具体操作如下。

Step 01　把以下代码加入到网页的<head>区域中。

```
<Script Language="JavaScript">
var flasher = false
function updateTime() {
var now = new Date()
var theHour = now.getHours()
var theMin = now.getMinutes()
var theTime = "" + ((theHour > 12) ? theHour - 12 : theHour)
theTime += ((theMin < 10) ? ":0" : ":") + theMin
theTime += ((flasher) ? "   " : " =")
theTime += (theHour >= 12) ? " 下午" : " 上午"
flasher = !flasher
window.status = theTime
timerID = setTimeout("updateTime()",1000)
}
</Script>
```

Step 02　把 "onLoad="updateTime()"" 加在<body>标签里，如图 13-16 所示。

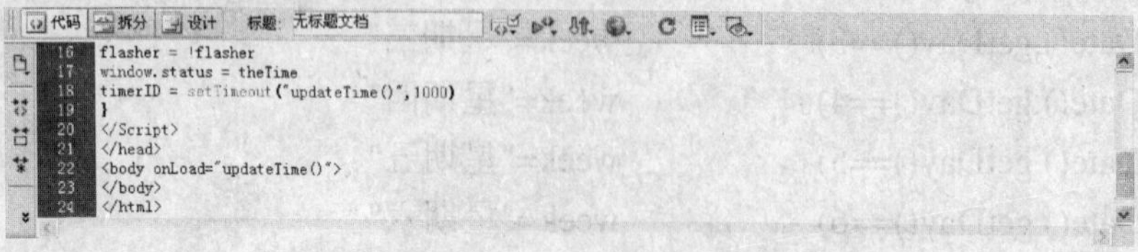

```
16   flasher = !flasher
17   window.status = theTime
18   timerID = setTimeout("updateTime()",1000)
19   }
20   </Script>
21   </head>
22   <body onLoad="updateTime()">
23   </body>
24   </html>
```

图 13-16　加入代码效果

13.3.4　打开页面时根据当前时间出现相应问候语

在不同的时间打开页面时，会看到不同的问候语。要实现这样的效果其实非常简单，把下面的代码加入到<body>区域中即可。

```
<script language="javaScript">
now = new Date(),hour = now.getHours()
if(hour < 6){document.write("凌晨好!")}
else if (hour < 9){document.write("早上好!")}
else if (hour < 12){document.write("上午好!")}
else if (hour < 14){document.write("中午好!")}
else if (hour < 17){document.write("下午好!")}
else if (hour < 19){document.write("傍晚好!")}
else if (hour < 22){document.write("晚上好!")}
else {document.write("夜里好!")}
</script>
```

13.3.5　自由改变图片大小

浏览者将鼠标光标放置在图片的上方，单击并拖动可放大或缩小图片。完成该效果需要执行两步操作。

Step 01　将以下代码拷贝至<body>区域中。

```
<script language="JavaScript">
function resizeImage(evt,name){
newX=evt.x
newY=evt.y
eval("document."+name+".width=newX")
eval("document."+name+".height=newY")
}
</script>
```

Step 02　在网页中插入图像，然后在"属性"面板上"图像"文本框中输入"image"，接着在图片标签中加入代码"ondrag="resizeImage(event,'image')""，形式如图13-17 所示。

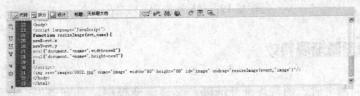

图 13-17　加入代码效果

13.3.6 鼠标指向图片时图片变亮

浏览者访问网页时，默认状态下图片呈模糊状态，当用鼠标指向图片时图片变亮。该效果可用于链接图片，制作方法如下。

Step 01 把以下代码加入到<head>区域中。

```
<script language="JavaScript">
function makevisible(cur,which){
if (which==0)
cur.filters.alpha.opacity=100
else
cur.filters.alpha.opacity=20
}
</script>
```

Step 02 在页面中插入图片，并在图像标签中加入代码 "style="filter:alpha(opacity=20)" onMouseOver="makevisible(this,0)" onMouseOut="makevisible(this,1)""，形式如图 13-18 所示。

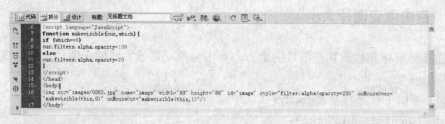

图 13-18　加入代码效果

可通过改变 opacity 值，来改变图片的初始状态，值越大，图片越清晰。图 13-19 显示了图片初始状态和鼠标指向图片时的状态。

图 13-19　鼠标指向图片时变亮

13.3.7 图像渐隐渐现特效

浏览者访问网页时，图片逐渐变清晰，又逐渐变模糊，直到消失。这种效果在 flash 中实现起来相当容易。现在我们来看看在 Dreamweaver 中如何实现。

Step 01 把以下代码加入到<body>区域中。

```
<script language="JavaScript">
var b = 1;
var c = true;
function fade(){
if(document.all);
if(c == true) {
b++;}
if(b==100) {
b--;
c = false}
if(b==10) {
b++;
c = true;}
if(c == false) {
b--;}
u.filters.alpha.opacity=0 + b;
setTimeout("fade()",50);}
</script>
```

Step 02 在页面中插入图片，并将图片命名为"u"，替换文字为"Image"，边框为"0"，然后在<img>标签中加入代码"style="filter:alpha(opacity=0)""，形式如图 13-20 所示。

Step 03 在<body>标签中加入代码"onLoad="fade()""，这样在预览网页时，图片会慢慢地变清晰，然后再慢慢地变模糊。

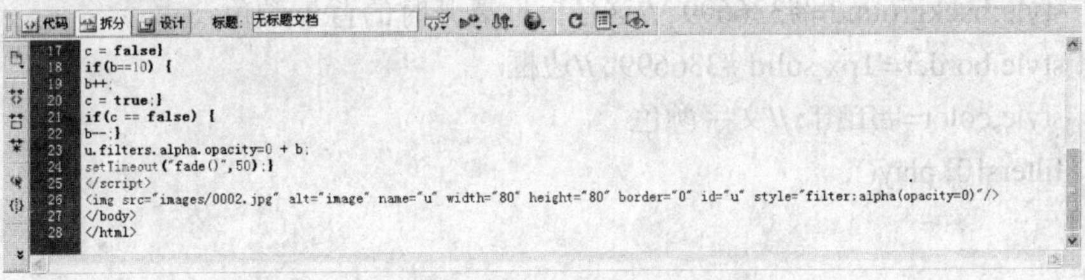

图 13-20 加入代码效果

13.3.8 炫彩变色菜单

浏览者将鼠标光标放置在网页中的菜单上时，菜单会改变颜色。制作该特效的具体操作如下。

Step 01 把下面的代码加入到<head>区域中，它的作用是创建一个样式并设置相关属性。

```
<style type="text/css">
```

.menu   td{font-size:12px;font-family:verdana,arial;font-weight:bolder;color:#ffffff;border:1px
        solid
        #336699;background:#336699;filter:blendtrans(duration=0.5);cursor:hand;text-align
        :center;}
</style>

Step 02 把下面的代码加入到<head>区域中（可为位于前面代码的后面），它的作用是把
        事件动作绑定到菜单上。

```
<script>
function attachXMenu(objid){
  var tds=objid.getElementsByTagName('td');
  for(var i=0;i<tds.length;i++){
    with(tds[i]){
      onmouseover=function(){
        with(this){
          filters[0].apply();
          style.background='#FEBD20'; //这是鼠标移上去时的背景颜色
          style.border='1px solid #ffffff'; //边框
          style.color='black'; //文字颜色
          filters[0].play();
        }
      }
      onmouseout=function(){
        with(this){
          filters[0].apply();
          style.background='#336699'; //这是鼠标离开时的背景颜色
          style.border='1px solid #336699'; //边框
          style.color='#ffffff'; //文字颜色
          filters[0].play();
        }
      }
    }
  }
}
</script>
```

Step 03 接下来该制作菜单了，这里需要注意的是，要把 class 设置成和 css 里的样式名
        一致（此处为"menu"），还要为它设置一个 id。这里我们只需将以下代码加入
        到<body>区域中即可。

```
<table    class="menu"    id="menu0"    width="500"    cellpadding="1"    cellspacing="3"
```

```
border="0" bgcolor="#FFCC00" align="center">
    <tr>
    <td>网站首页</td>
    <td>新闻中心</td>
    <td>下载基地</td>
    <td>公司浏览</td>
    <td>人才招聘</td>
    <td>服务项目</td>
    </tr>
</table>
```

Step 04　在上面 table 结束的地方执行事件动作的绑定，也就是将以下代码加入到上面代码的后面，这里的 menu0 就是 table 的 id。

```
<script>attachXMenu(menu0); </script>
```

图 13-21 所示为菜单效果，该效果源文件请参考本书附赠光盘"素材与实例\实例特效"中的"menu.html"文档。

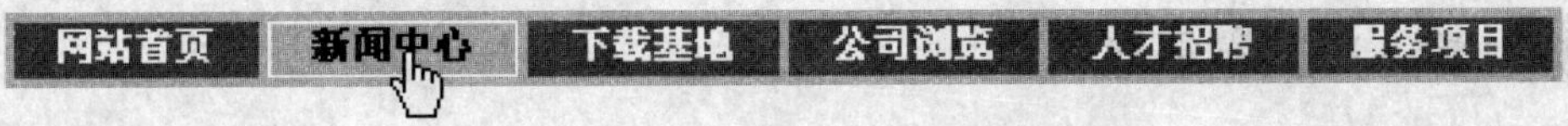

| 网站首页 | 新闻中心 | 下载基地 | 公司浏览 | 人才招聘 | 服务项目 |

图 13-21　变色菜单效果

13.3.9　打开的窗口自左上角展开

使用该效果，可以使打开的链接窗口自左上角慢慢地向右下方扩展开来。具体制作方法如下。

Step 01　把以下代码加入到<head>区域中。

```
<script Language="JavaScript">
function expandingWindow(website) {
var heightspeed = 2;
var widthspeed = 7;
var leftdist = 0;
var topdist = 0;
if (document.all) {
var winwidth = window.screen.availWidth - leftdist;
var winheight = window.screen.availHeight - topdist;
var sizer = window.open("","","left=" + leftdist + ",top=" + topdist + ",width=1,height=1,scrollbars=yes");
for (sizeheight = 1; sizeheight < winheight; sizeheight += heightspeed) {
sizer.resizeTo("1", sizeheight);
```

```
}
for (sizewidth = 1; sizewidth < winwidth; sizewidth += widthspeed) {
sizer.resizeTo(sizewidth, sizeheight);
}
sizer.location = website;
}
else
window.location = website;
}
</script>
```

Step 02 把以下代码加入到<body>区域中。

`<a href="index.htm" onClick="expandingWindow('index.htm');return false;">点击链接看效果</a>`

> 可以把上面代码中的链接页设置为自己需要的任何页。

13.3.10 输入框的聚焦效果

经常上网的人可能知道，在有些网页上，当光标靠近文本框时，框中的文字会自动被选中，不需要单击即可直接输入文字。该效果在输入用户名和密码时非常有用，实现方法也相当简单，把以下代码加入到<body>区域中的任意位置（包括单元格）即可。

`<input name="homepage" size="30" maxlength="100" value="http://" onMouseOver="this.focus()" onMouseOut="if(this.value=='')this.value='http://';" onFocus="this.select()" onClick="if(this.value=='http://')this.value=''">`

可以根据需要改变文本框的名字和大小。

13.4 网页制作常见问题

一些网页初学者在学习的过程中，往往会碰到这样或那样的问题。针对这种情况，本书总结了一些常见问题的解决方法，以供读者参考学习。

13.4.1 图片的间隙

不知大家有没有遇到过这种情况，将一张大图片切割后在 Dreamweaver 中用表格进行拼接，预览网页时切割后的小图片之间总是会有间隙，这是为什么呢？

此时需要检查是否把表格的边距、间距和边框均设置为 0。另外，要注意在切割图片时切片之间的距离，如果这些都排除了，就需要打开代码视图来看看放置图片的小单元格中是否有空格符号" "，如果有，需要将其删除。

13.4.2　黄色警告

在 Dreamweaver 中编辑网页时，有时会出现黄色标识符，一般初学者可能不知道这是什么原因。

这是由于网页代码中标识符不匹配或有非法标识符引起的，解决方法就是删除掉非法标识符或改正不正确的代码。这需要对 HTML 代码有一定的认识。

13.4.3　选择小图片

在编辑网页的过程中，有时需要在表格或层中插入特别小的图片，那么如何选择这些非常小的（比如 1px×1px）图片呢？

其实很简单，在插有小图片的表格单元格中单击，然后按【Shift】键加左、右方向键即可。

13.4.4　背景颜色的设置

由于 IE 浏览器的默认背景颜色为白色，因此，当网页背景为白色时，许多网页制作者会忽略网页背景色的设置。在此情况下，页面会以当前浏览器的背景色来显示内容，当访问者更改了浏览器的背景色时，往往会导致网站的美观性降低。

所以，无论网页使用什么样的背景色，请一定要记住把它设置好，哪怕是白色！

13.4.5　表格左对齐

大家都知道，表格（Table）的默认水平对齐方式为左对齐，设置"align="left""和不设置的效果是一样的，于是很多人不去设置这个属性。但是在某些特殊情况下，IE 会把默认的左对齐理解为居中对齐，从而导致页面的排版出现问题。所以大家在做网页的时候一定要养成设置表格水平对齐方式的吸光，不要偷懒跳过这步。

13.4.6　定义单元格宽度

不知读者有没有遇到过这种情况，当将一个单元格的水平对齐方式设置成左对齐后，却发现放在单元格中的文字并没有应用该属性，反而继续居中显示，查看文字两端也没有发现任何垃圾代码，可是无论如何都改变不了文字的位置。怎么办呢？

原来是单元格的"宽度"属性在作怪，将其删除或重新设置后问题即可解决。

本章小结

学完本章内容后，读者应了解或掌握以下知识。

> ➤ 了解第三方插件的概念，能够使用"扩展管理器"安装、删除和管理第三方插件，并顺利地应用安装好的插件。
> ➤ 掌握常用网页制作技巧，如禁止访问者另存网页和隐藏右键快捷菜单。
> ➤ 认识脚本语言，并掌握常见网页特效的应用，如显示日期和星期、打开页面时根据当前时间出现相应问候语等。
> ➤ 能够自行解决网页制作中的一些常见问题，如图片有间隙时的解决办法，选择小图片的方法等。

思考与练习

一、选择题

1. 第三方插件都有统一的格式，可以使用专门的（　　）非常方便地安装或卸载插件。

A.插件管理器　　　　　　B.扩展管理器　　　　　　C.扩展面板　　　　　　D.插件面板

2. 在有些网站中，为了画面的美观，经常需要隐藏滚动条，实现这种效果的方法非常简单，只需在<body>标签中加入（　　）即可。

A. scroll="2"　　　　　B. scroll="yes"　　　　C. scroll="no"　　　　D. scroll="1"

3. （　　）是基于对象的编程语言，网页中常用的有 VBScript、JScript 和 JavaScript，主要用来制作一些特殊效果，以弥补 HTML 的不足。

A. 脚本语言　　　　　　B. C 语言　　　　　　C. C++语言　　　　　　D. XML

4. 在编辑网页的过程中，有时需要在表格或层中插入特别小的图片，如要选择这些小的图片，可以在插有图片的表格单元格中单击，然后按（　　）键加左、右方向键。

A.【Shift】　　　　　　B.【Ctrl】　　　　　　C.【Alt】　　　　　　D.【Enter】

二、填空题

1. 通过下载和安装插件，可以不断扩展＿＿＿＿＿＿功能，这样有助于节省设计时间，提高工作效率。

2. 对网页应用插件后，如果需要取消插件的作用，有两种方法，一种是＿＿＿＿＿＿网页代码，一种是再次执行插件，并修改其中的参数。

3. 在 Dreamweaver 中编辑网页时，有时会出现黄色标识符，这是由于网页代码中标识符不匹配或有＿＿＿＿＿＿引起的。

4. 大家在做网页的时候一定要养成设置表格＿＿＿＿对齐方式的习惯。

三、操作题

1. 在 Dreamweaver 中新建一个"html"网页文档，通过添加脚本，使其状态栏显示当前时间。

2. 在操作题 1 中新建的文档中插入图像，并为其设置渐隐渐现特效。

责任编辑：姜　鹏
封面设计：王雁南

金企鹅 计算机畅销图书系列

实例与操作系列

五笔打字实例与操作
中文版Windows XP实例与操作
中文版Word 2003实例与操作
中文版PowerPoint 2007实例与操作
电脑办公八合一实例与操作
电脑组装、维护与维修实例与操作
方正书版10.0实例与操作
中文版Photoshop CS2实例与操作
中文版CorelDRAW X3实例与操作
中文版Dreamweaver 8实例与操作
中文版Flash 8实例与操作
中文版3ds Max 9.0实例与操作
中文版AutoCAD 2007实例与操作
中文版Pro/E Wildfire 4.0模具设计实例与操作

ISBN 978-7-80243-485-1

9 787802 434851 >

定价：32.00元（含1CD）